第八日的蝉

［日］
角田光代
著

刘子倩
译

CNS 湖南文艺出版社 HUNAN LITERATURE AND ART PUBLISHING HOUSE 博集天卷 CS-BOOKY

目录
contens

第八日的蝉

第0章

把脸凑近，近得足以令那双干净的眼眸映出自己身影后，婴儿笑得越发开心。扭动着手脚，嘴角流下口水。缠在婴儿腿上的毛毯滑落，露出那双小得惊人的脚丫子。脚指头宛如玩具，白皙的脚底想必连泥土都没踩过。希和子把婴儿抱在胸前，将脸埋进那细软蓬松的头发中，用力深吸一口气。

001

第1章

夏天，我突兀地想，蝉鸣、大海、天空、阳光，晒得黝黑的年轻人、茂密的树林。那是充满力道的风景。啊，是夏天，夏天，虽然无处可去，也等于毫无前途可言，但映入眼中的光景，却令我本来如惊弓之鸟的沮丧心情，得以缓缓放松，甚至好像得到解脱。眼中所见的一切都灿烂辉煌。

005

第2章

第八天的蝉，可以看见别的蝉无法看到的东西。虽然它也许并不想看。但是，我想，那应该不全是糟得必须紧闭双眼的东西吧。

197

第八日的蝉

第八日的蝉

第0章

把脸凑近，近得足以令那双干净的眼眸映出自己身影后，婴儿笑得越发开心。扭动着手脚，嘴角流下口水。缠在婴儿腿上的毛毯滑落，露出那双小得惊人的脚丫子。脚指头宛如玩具，白皙的脚底想必连泥土都没踩过。希和子把婴儿抱在胸前，将脸埋进那细软蓬松的头发中，用力深吸一口气。

握住门把手。手心如握寒冰。那种冰冷，仿佛在宣告已无退路。

希和子知道平日上午八点十分左右，这间屋子会有大约二十分钟不锁门。她知道只有婴儿被留在屋里，无人在家。就在刚才，希和子躲在自动贩卖机后面目送妻子与丈夫一同出门。希和子毫不犹豫，转动冰冷的门把手。

门一开，烤焦的面包、油、廉价粉底、柔软精、尼古丁、湿抹布……那些混杂在一起的味道扑面而来，稍微缓和了室外的寒意。希和子扭身滑入门内，走进屋里。不可思议的是，明明一切都是初次见到，却像在自己家一样行动自如。不过，她并非气定神闲。心跳剧烈得像要从内撼动身体，手脚颤抖，脑袋深处随着心跳阵阵刺痛。

希和子伫立玄关，瞥向厨房后方关得严密的纸门。她凝视着边角已经褪色发黄的纸门。

她并不想做什么，只不过，是来看看。只是来看看那个人的宝宝。这样就结束了，一切就此结束。明天——不，今天下午，她就会去买新家具、找工作。把过去那段日子通通忘掉，展开新的人生。

希和子再三这么告诉自己，脱下鞋子。她按捺想跑过去一把拉开纸门的冲动，只是转动眼珠环视厨房。中央有张小圆桌。桌上，残留着面包屑的盘子、吐司的袋子、烟蒂堆积如山的烟灰缸、乳玛琳、橘子皮，全都乱七八糟堆在一起。梳理台那边，排放着水壶、奶粉罐和捏扁的啤酒罐。生活气息的过度鲜明，令希和子几乎忘记呼吸。

这时，纸门后面，像是觉得差不多可以探探情况似的传来哭声，令希和子的身体猛地一僵。目光再次被纸门吸引。她一步一步，跨步踩过沁凉的油毡地板。她在纸门前站定，一鼓作气拉开门。窒闷的热气扑面而来，婴儿孱弱的哭声也随之涌现。

和室里铺着凌乱的垫被没有收拾。盖被掀开，毯子扭曲隆起。两组被褥的另一头，有张婴儿床。沐浴在透过蕾丝窗帘射入的阳光中，婴儿床看起来光辉洁白。电暖炉在床下发出红光。希和子踩过被褥走近婴儿床。婴儿手舞足蹈地哭个不停。细细的呜咽声渐渐变大。婴儿的奶嘴落在枕边。奶嘴前端被口水沾湿，闪闪发光。

希和子的脑中嗡然响起刺耳的金属声。婴儿的哭声一高，金属声也同时变得响亮。二者混为一体，希和子感到婴儿“哇——哇——哇”的哭声仿佛发自自己体内。

平日早上，妻子会开车送丈夫到离家最近的车站。她从不带婴儿去。希和子猜想，一定是因为婴儿在睡觉，时间又短，所以让婴儿睡着就这么出门了吧。实际上，做妻子的十五至二十分钟后就会回来。所以，希和子本来只打算看看安静入眠的婴儿。她以为只要看一眼，应该就能对一切彻底死心了。她还打算，看完之后不惊动婴儿就蹑足离开。

现在，婴儿在婴儿床里哭得满脸通红。希和子像要碰触炸弹，战战兢兢伸出手。手掌从穿着毛巾布衫的婴儿肚子探入背后。正欲这么抱起的瞬间，婴儿的小嘴往下一撇，仰望希和子。婴儿清澈纯真的眼睛看着希和子。睫毛被泪水沾湿，含在眼中的泪水倏地滑落耳朵。然后，明明眼中还含着泪水，婴儿却笑了。的确是在笑。希和子浑身僵硬，动弹不得。

我认得这孩子。这孩子也认得我。不知为何希和子如此暗想。

希和子把脸凑近，近得足以令那双干净的眼眸映出自己身影后，婴儿笑得越发开心。扭动着手脚，嘴角流下口水。缠在婴儿腿上的毛毯滑落，露出那双小得惊人的脚丫子。脚指头宛如玩具，白皙的脚底想必连泥土都没踩过。希和子把婴儿抱在胸前，将脸埋进那细软蓬松的头发中，用力深吸一口气。

好软，好暖。软得可以轻易压扁，却又有种绝对压不扁的强壮坚硬。如此脆弱，如此坚强。小手黏糊糊地触摸希和子的脸颊，湿湿的，但还是好温暖。不能放手，希和子想。如果是我，绝对不会把孩子一个人扔在这种地方。由我来保护。我会保护你，免于一切的痛苦、悲伤、寂寞、不安、恐惧、煎熬。希和子已经无法再思考任何事。她像念咒般不断喃喃自语。由我来保护。保护，保护，直到永远。

怀中的婴儿，依旧对希和子微笑。宛如嘲弄，宛如安慰，宛如认同，宛如宽宥。

第1章

夏天，我突兀地想，蝉鸣、大海、天空、阳光，晒得黝黑的年轻人、茂密的树林。那是充满力道的风景。啊，是夏天，夏天，虽然无处可去，也等于毫无前途可言，但映入眼中的光景，却令我本来如惊弓之鸟的沮丧心情，得以缓缓放松，甚至好像得到解脱。眼中所见的一切都灿烂辉煌。

// 一九八五年二月三日 //

解开大衣纽扣，裹住婴儿抱起，我没命地往前跑。完全不知道跑到哪里，脑袋一隅却冷静地想到，如果朝车站去或许会撞上那个女人，于是脚自动往车站的反方向跑。看到甲州街道这个路标，我朝着白色箭头指的方向加快脚步。一发现迎面驶来的出租车是空车，立刻反射性地举手。

我钻进后座，这才发觉自己无处可去。后视镜里，只映出司机偷窥我的眼睛。

“去小金井公园。”

我说。出租车驶出。转头一看，陌生的街景安静地渐渐远去。罩着大衣的婴儿，开始微微挣扎。噢，好乖，好乖，宝宝最乖了。这种话自动脱口而出，令我吃了一惊。噢，好乖，好乖，宝宝最乖了。我再次重复，轻抚孩子的背。

路上堵车，出租车停下来动弹不得。本来一直哼哼唧唧哭闹的婴儿，开始含着大拇指打起瞌睡，又倏地回过神睁开双眼，发出细声打算哭泣，但昏昏欲睡的双眼旋即翻白。种种念头逐一浮现我的脑海。得去买尿片，还得买奶粉。得决定今晚睡觉的地方。这些念头才刚冒出，还来不及整理思绪，就已被更多新冒出的念头取代。

该做什么呢？我现在，该做什么呢？越是拼命思索，不知为何反有睡意袭来。我像婴儿一样昏昏欲睡，直到轻搔鼻尖的柔软触感令我猛然睁眼，连忙抱紧带着奶味的婴儿，就这么再三重复。

“停在公园入口吗？”

司机用毫不客气的平板语调问。我瞥向车外。

“麻烦你在下一个十字路口右转。”

我情急之下脱口而出。一大清早的，如果去公园一定会惹人怀疑。还是在住宅区随便找个地方下车比较明智吧。

“请在下个转角，那栋房子前面让我们下车。”我说得好像那栋房子就是目的地，付了车钱。接过找的零钱，说声谢谢，我含笑下车。连自己都惊讶居然挤得出笑容。

确定出租车已消失后，我才走回刚才出租车开过来的那条路。就这么沿着街道步行，寻找有无商店已开门营业。在写着关野桥的路口转弯，零零星星有商店出现，但铁门都是拉下的，我走了一会儿，又回到公园。自己也不明白为何脱口说出小金井公园这个字眼。是因为以前和那个人来过吗?

早晨的公园，冷清闲散。只有穿运动服跑步的人，以及带狗散步的女人。我在靠近入口的长椅坐下，看着熟睡的婴儿。她微微张开的小嘴，缓缓淌下透明的口水，我用自己的手指抹去。

当务之急，取名字。对，名字。

薰。这个字当下浮现脑海。这是我以前和那个人决定的名字。我们挑出一些无论生男生女都适用、响亮好听的名字，从中选择了这个字。

“薰。”我试着喊熟睡的婴儿。婴儿的单边脸颊，猛地抽动。宝宝知道，是在喊自己。

“薰，小薰。”我开心地喊了又喊。

我等到快十点才离开公园。回到刚才走过的马路，走进开始营业的药房。我浏览陈列纸尿片、湿纸巾，以及奶粉的架子。奶粉和奶瓶都有卖，但就算在这里买了，我也不知该怎么泡牛奶。我蹲在货架前，正忙着看奶粉罐上的说明，薰开始不停扭动，还呜咽着发出孱弱的哭声。我慌忙起身，轻轻摇晃薰。我轻轻拍背、抚摸，把脸凑近低声对薰说话。没事，没事的，小薰。薰不仅没停止哭泣，反而越哭越大声。

“怎么了，要喝奶？”

听到有人出声招呼，我转头一看，身穿围裙的大婶正把脸凑近薰。

“朋友托我帮忙照顾小孩，可是怎么换尿片和喂奶都没交代，她就出门了。”我情急之下说。

大婶目瞪口呆地看着我：“要买哪种，这个行吗？”她从架上取出奶粉罐和奶瓶，走进里屋。这是一间老旧的药房，我望着蒙尘的蚊虫止痒药，轻抚哭个不停的小薰的背部。持续的哭声，令我的脑袋逐渐空白。我本来，是打算做什么来着的……

“这年头的年轻人真是的。”大婶拿着装了牛奶的奶瓶，从里屋走出来，“把自己的玩乐看得比小孩还重要。上次报纸不是也写着吗？亲生父母活活打死小孩，在我们那个时代绝对不可能发生这种事。”她边用若是自言自语未免太大声的音量说着，边从我怀里一把抢去婴儿。“噢，乖乖，乖乖，肚子饿饿是吧？”她柔声安抚着，把奶瓶抵在薰的嘴上。哭泣的薰，摇头抵抗了一阵子，最后终于含住奶嘴，睁大双眼，一脸认真地开始喝奶。

“今天一整天都是你照顾？关于奶粉的分量，这上面写着，每隔三四个小时，我想想看哦，一天大概喂四次奶，记得喂完要让宝宝打嗝……拜托，怎么连你也一样的表情。”

被大婶取笑，我才发现自己死盯着薰，慌忙也笑了。我付了钱，道谢后走出药房。把塞满东西的塑胶袋挂在手上，抱着婴儿，沿路不停换手拿行李，就这么回到公园。我走向公厕，但里面没有婴儿床。无奈之下，只好找张空的长椅，让薰躺下轻轻脱下尿片。纸尿片已湿透了，我用湿纸巾仔细擦拭光滑的性器，套上新的尿片。

喂奶和换尿片的动作，都已在我脑海中不知重复过多少次。我在脑海里替幻想中的薰喂奶、换尿片、洗澡，哄她入眠、逗她开心。

照顾婴儿的经验我也有。学生时代的好友仁川康枝生下女儿时，我去她家做客帮忙照顾过宝宝。换尿片，喂奶，哄宝宝睡觉，抱在怀里安抚。我总是一边回想当时的触感，一边照料幻想中的薰。所以照理说应该做来得心应手，但仔细套上的纸尿片，却在大腿根处挤到一块，只好撕开胶带重新粘贴。

康枝。

我抬起头。蔚蓝如洗的冬季晴空一望无垠。对了，康枝。还有康枝在。

明知那是不可能，但我觉得一切问题好像都在瞬间解决了，我抱起薰，举得高高的，薰再次发出细小的咯咯笑声。我试着将那双互相摩擦的小脚丫贴在自己脸上。冰凉沁肤。

“薰，我的薰。已经没事了，放心吧！”我对薰说。也许是听懂了我的话，薰含笑俯视我，吸吮手指。

在公园前搭乘开往中央线车站的公车，前往新宿。在新宿的百货公司买了抱婴儿用的婴儿背带和毛巾被、连身婴儿服和婴儿内衣，又在另一个楼层买了旅行袋。钻进厕所，替薰换衣服，把行李装进旅行袋。

我在百货公司前面的公用电话亭打电话给康枝。“好久不见！”康枝接起电话就如此兴奋尖叫，我问她现在可否去她家玩。

“好哇，你来啊，你现在在哪里？”康枝语气开朗地说。

“跟你说哦，我不是一个人。”我也尽量声音高亢地说。

“啊？不是一个人？”

“康枝，你听了可别吓一跳哦。我啊，现在是妈妈。我当妈妈了。”

“啊？真的？什么时候？天哪，你想吓死我啊。你怎么都不说一声……什么时候，你几时生的？天哪，是真的吗？”

“抱歉，我没硬币了。待会儿见面再聊，我要去搭电车了。”

我打断高声问个不休的康枝，挂上话筒。

我们搭乘总武线。薰心情极佳，不断对坐在隔壁的年轻男人微笑伸手。我看男人似乎很困扰，于是每每握住薰胖嘟嘟的手臂制止。小小的五根手指，牢牢反握我的手，薰一脸茫然地仰望我。

我们在本八幡下车。前往康枝公寓的路上，我再三思考到时该说的话。没问题，没问题，我如此告诉自己。最后一次去康枝家，是我辞去工作的前夕，所以已是一年前的事。从车站通往轨道边的那条路，变得远比记忆中热闹。有药房、唱片出租店、花店、速食连锁餐厅。

康枝已在公寓前等候。她一看到我就挥手跑来，凑近检视薰。“哇，哇，好可爱哦，你居然当妈妈了！”她一边尖声嚷嚷，一边用比我牢靠的手势抱起薰。薰皱起脸迟疑着要不要哭，呜地张开嘴，但表情就这么定住，清澈的眼睛一直凝视康枝。

“美纪呢？”我问。

“在外婆家。”她回答。康枝的母亲本来独居横滨，现在好像搬到附近先建后售的成屋。

“她有时会帮我带小孩。不过就算我不拜托她，她也会自动来接小孩。”康枝笑着说，“宝宝叫什么名字？是女生吧？”她凑近看薰。

“我叫作薰，以后请阿姨多多指教哦。”

我故意用童言童语，康枝笑了，薰也跟着咧嘴笑了。我的心情渐渐放松。来这里果然是对的。

康枝家在八层公寓的五楼，比我以前来访时多了不少东西，感觉上变得很杂乱。和室纸门上有涂鸦，四处散落着故事书及玩具娃娃屋。

“买时是刚盖好的新房子，但是毕竟已住了五年。那家伙，叫他戒烟他也不听。美纪现在又成了天才壁画家。”仿佛看出我的想法，康枝一边拿拖鞋给我一边笑言。

“呃，康枝，我想请你帮忙。”我在沙发落座，说道。

“要我帮什么忙？”好像正在厨房泡茶的康枝，拉长了音调发问。

我深吸一口气，然后才开口。

“这孩子不是我生的。我交了男朋友……这是他带来的孩子。我跟他，现在同居。不，是曾经同居，直到现在。他太太爱上别人，丢下这孩子离家出走，所以，他带着薰来投靠我，但他跟太太还没正式离婚，所以，本来打算等他们办妥手续，我们就结婚。可是，他对这孩子动粗。好像是因为酒越喝越多，于是就……所以，我就逃出来了。我打算继续逃下去。康枝，我不会给你添麻烦的。所以请你帮帮我。”

我一口气说完。拿着红茶茶杯从厨房出来的康枝，连杯子都忘记放到桌上就这么专心倾听。悄然无声的客厅里，只闻薰的咿呀学语。

“希和，你那个男友，该不会，是那个……”

康枝这才想起来似的把红茶放到桌上，语带顾忌地说。

“怎么可能。不是啦，如果是那种人，我早就跟他分手了。”

我想起来了。我跟他的事，就像学生时代一样，当时我一五一十都跟康枝说过。后来电话中的内容越来越沉重，讲电话的时间也越来越久。现在想想，那时美纪才两岁。康枝要做家事又要带小孩，想必已经够累了，却还耐心听我倾诉直到我主动挂电话。但是最后，康枝却叫我别说了。“我听不下去了。如果你要讲那个人的事，就别再打电话来。”脾气温和的康枝，难得用如此强硬的语气说话。当然，那不是因为她累了，而是替我着想，这点我直到很久之后才想通。

“啊，太好了。那个人，真的太烂了。不过，你说要逃，那是不可能的。他不喝酒时还是可以沟通吧？我想你们好好谈一谈应该还是有希望。”

我凝视康枝。拥有自己坚定的想法，并且试图坦诚表达的康枝。

“虽然你说他喝了酒就会动粗所以才逃出来，但这样下去你打算拆散那孩子和父亲吗？那样小薰太可怜了。”

我想起学生时代，有个教授边抽烟边讲课，康枝立刻站起来抗议。康枝说的话永远是对的。那个教授，最后再也不敢在我们班抽烟。

一瞬间，我有种时光倒流的错觉。我们的脸上还有青春痘，眼前是写有艰深法语没擦干净的黑板，走廊传来热闹的喧哗，窗外绿叶繁茂的水杉沐浴在融融的阳光中——回过神才发觉，我哭了。我弓背把脸埋进两腿之间，泪水潸然滑落。

“对不起，康枝，对不起。对不起，真的很对不起。我已经不能回头了。”康枝仍如往昔丝毫未变，我却已回不去那个时候了。

“拜、拜托……我又没叫你现在就回去。你想在这儿待多久都行。只是，你不能一直逃避。等你心情平静了，还是回去好好讲清楚吧，啊？毕竟爸爸、妈妈和小薰一家团圆才是最好的办法。”

爸爸、妈妈与小薰。我无法抬头。我试图将反胃欲呕的呜咽用力咽下，心口反而起伏得更加汹涌，眼泪鼻涕哗哗直流。

“啊，美纪小时候的玩具，还有衣服之类的，都分送给朋友的小孩，已经没剩多少了，不过还有一点点，待会儿我从壁橱找出来给你。你想在这里住多久都行。不用在意我家那口子。你看，这玩意，你知道吗？是去年上市的电动玩具。去年圣诞节他熬夜排队买回来的，很难相信吧。那家伙，每天一回来，就一直玩这个。他已经成了家里的摆饰品，中看不中用。所以你用不着顾忌他，我也很高兴多了个伴陪我说话。好了，希和，别哭了啦。”

康枝语调仓皇地安抚我。

“谢谢，不好意思。”我一边勉强挤出声音这么说，一边在心里下定决心。

我绝对不能给这个人惹麻烦。我该接受的惩罚绝对不能让这个人代为承受分毫。所以，绝对不能说出真相。即使再怎么痛苦。

晚上，康枝的丈夫重春买了豆子回来。我这才想起今天是节分[1]。重春戴上纸做的鬼面具撒豆子，薰涨红了小脸哇哇大哭，最后连美纪也哭了。

重春比以前胖了一些。父母子女共有的平凡生活，想必就是如此吧。正如康枝所言，重春一吃完饭，就一直坐在电视机前打电动。

① 节分是指季节变换时分，特指立春的前一天，这天傍晚按照习俗会撒豆子驱鬼。

// 二月四日 //

把薰交给康枝照顾，我在午后离开公寓。搭总武线到吉祥寺，换乘井之头线。明明是昨天早上走过的路，却似截然不同的街景。身体轻得奇妙，仿佛脱胎换骨变成另一个人。我确信一切必然都会很顺利。

然而当我越接近昨日尚在居住的公寓，心跳就越快。警察团团包围公寓的情景，一再浮现脑海。今早，我在康枝家，把早报一字不漏地仔细看过，报上完全没提到昨天的事。所以应该没问题，我硬生生抹去脑海自然浮现的情景。昨天，什么事也没发生。没有发生任何值得报纸刊载的事件，我如此告诉自己，加快脚步走向公寓。

开锁，进门。四个月前才刚租的小套房，像陌生房间般迎接我。我打开房间本身配备的鞋柜，抓起那叠放在空旷架子中段的文件。我蹲在玄关，取出房屋中介公司的信封，走进屋内。我拿起扔在地上的电话话筒，试着“啊”了一声。确定声音没发抖后，我按下号码。

“我是天空公寓1号房的住户，野野宫希和子。”

没问题。我既未发抖，也毫无异样。

“啊——您是天空公寓的住户，野野宫小姐。是是是。”是个殷勤的男声。

“对不起，家父忽然病倒，我必须立刻回老家……”我想起同样内容的话，一年前也曾说过。甚至还想起当时并未说谎，声音却抖个不停。因为不安、愤怒，以及绝望。

“就算现在搬家，但您是今天才通知我们，所以还是得收您下个月的房租，可以吗？”房屋中介商问。

“没关系。”我回答。

“那，等您决定好搬家的日子，请过来一趟，还有些手续要办。到时请把钥匙带来。”

“请问，不能邮寄吗？我必须尽快赶回去……”

“对，邮寄有点不妥当。但我也知道您有苦衷。总之，您应该不是这两天就要搬走吧？我先把文件寄过去，请您先看一下。”

这是不用付押金和礼金[①]的套房，结果却这么啰唆，真烦人。

“我知道了。等我决定好哪天搬家再通知你们，到时我会去你们公司。”我根本没这个打算却如此说完，挂上电话。

我从梳理台下取出垃圾袋，把室内的东西一样不漏通通塞进去。毛巾，洗脸用品，拖鞋，电锅，手提式收录音机。幸好我没有什么

① 在日本租屋按规矩要先付相当于一个月房租的押金和一个月礼金。押金可退，礼金是不退的。

大件家具。棉被塞不进垃圾袋，我用绳子绑住。把几乎空无一物的小冰箱插头拔掉。冰箱和棉被该丢在哪里呢？公寓前的垃圾集中场，常有住户不遵守丢垃圾的日子随便乱扔东西，所以放在那里就好吧？只要丢的时候，小心点别让人看到就行了。

我在此度过的生活片断，塞满五个垃圾袋。我从门上的猫眼往外瞧，确定没有人影后，便把垃圾一一拿出去丢。二楼的住户下楼来了，我慌忙躲回房间屏息噤声。其实没那个必要，但我却连大气都不敢出，直到完全听不见他的动静。

我拎着旅行袋，漫步在吉祥寺百货公司的儿童用品卖场。但我不知该买什么。有尿片，有奶粉，温度计和棉花棒想必也该买着备用。

赫然回神，才发觉自己正在看堆满粉彩童装的专柜。我摊开连身衣，叠起小小的牛仔裤，望着价钱等同成人服装的时髦毛衣。我突兀地想起，两年前也曾如此走在这个楼层。那时我对以往必逛的女装卖场不屑一顾，笔直走来这里，拿起像洋娃娃穿的小衣服，忽而摊开忽而举高检视。嘴角还挂着笑容。

不由自主地，我好想趴在小衣服堆里埋头痛哭。我告诉自己，再也不用哀怜那时的我了。根本不需哭泣，因为薰已回到我身边。

我买了内衬毛里的连身婴儿服、围兜、婴儿内衣、消毒器、瓶装离乳食品、毛巾布做的小鸭子。总计一万六千元。又在地下一楼买了给康枝一家的蛋糕，二千五百元。

银行里，还有将近四千万元的存款。父亲过世时的保险金，以及父亲留下的存款，加上自己工作时存的八十万元，大约是这个数目。对我来说是难以想象的天文数字，但直到昨日为止，那个金额其实没什么意义。顶多只意味着我可以不用急着立刻找工作。可是现在不同了。我要用那笔钱和薰活下去。我甚至觉得，一定是因为这样父亲才会留给我那笔钱。但是就算钱再多，迟早还是会坐吃山空吧。最好还是量入为出，省吃俭用。我把买东西的发票收进皮夹，走出百货公司。

晚上，我给薰洗澡。康枝说要帮忙，穿着衣服一起进浴室来。对我来说这是新手上阵头一遭，但我不能让康枝发现这点。我很害怕失手把薰掉进浴缸，又怕香皂会令手滑，不管做什么都慢吞吞。薰哇哇大哭起来。

“你每次动作都这么慢条斯理吗？夏天倒还没关系，冬天小心会感冒哦。”康枝像母亲一样教训我，最后连衣服都湿透了，也不管薰还在哭便动作迅速地帮她洗好头。洗完全身，我抱着薰缓缓浸入浴缸。

“小薰泡完澡叫我一声，我在外面等着。”康枝说着，走出浴室。

我看着光溜溜的薰。手脚和小肚子，在水里白皙得脆弱。薰不哭了，微微含笑。“舒服吗？很舒服吧。”我小声对她说。薰神情恍惚地微微张嘴看着我。

我把薰交给在外面洗脸间等着的康枝，匆忙清洗自己的身体与头发。“很舒服对不对？”康枝的声音传来。我走出浴室一看，穿上连身装的薰正在康枝怀里笑。这孩子一笑，四周顿时明亮起来。薰的笑容真的很可爱。

// 二月五日 //

凌晨四点左右薰开始哭闹，就算替她换尿片喂奶用尽各种方法哄她，依然哭个不停。安静的公寓里只有薰的声音回响。我束手无策看着薰，渐渐不安起来。薰像要挤出小小身体的所有力量一般大哭。哇地挤出声音后，便痉挛似的吸气，真担心她会不会就这样窒息。为什么哭个不停呢？为什么？我抱起薰，在和室里来来回回兜圈子。哭得这么大声，重春和美纪、康枝想必都被吵得睡不好吧？正当我起来准备带她出去走走之际，张嘴号哭的薰，把睡前喝的牛奶咳咳全吐出来了。我慌张失措，连忙拿湿纸巾擦拭薰的嘴巴和弄脏的榻榻米。

我这才发觉她病了。医院。不，不能去医院。因为既没有健保卡，也没有母子手册。那么该怎么办？薰哭个不停，我已六神无主。

纸门倏地开启，穿睡衣的康枝走进来。“吐了吗？”她低声问，从我手中抱起薰。她替薰脱去衣服，用湿纸巾擦拭脖子周围，迅速换上我递给她的内衣，去厨房将金色液体装入奶瓶走回来。康枝说那是苹果汁。薰专心喝着苹果汁。

“我帮得上忙的当然会尽力，但我能做的毕竟有限。”康枝刚睡醒的脸浮肿，如此说道。我点头嗯了一声。

“你跟他联络了吗？至少告诉他，你们在哪里吧？”我再次应声点头。康枝就此沉默，抱着薰安抚。我注视着康枝。

薰哭累睡着时已过了清晨五点。我摸摸她的额头，没发烧。康枝两眼浮肿地说声晚安，走出和室。公寓再次恢复静谧。我睡不着，随意眺望架上陈列的书背封面。书没几本，一下就看遍封面。我拿起眼睛瞄到的《育儿事典》这本厚重书籍。也许是美纪出生时康枝从父母那里拿到的，书看起来老旧褪色。我随手一翻，夹在里面的纸片飘落。好像是广告传单。

“欢迎来到Angel Home（天使之家）”，上面用大字如此写着。底下，写的是“唯有放手，我们方可解脱”。还附有像小朋友画的天使插图，下方，有焦点模糊的剪报照片和见证者的心声，述说着与Angel Home的相遇，如何令他们在平凡琐事中也能找到喜悦；本来被医师宣告只剩三个月寿命的母亲，去Angel Home生活后已平安度过三年；原本深受过敏折磨的儿子，用Angel Water泡澡洗出一身光滑水嫩的肌肤。是新兴宗教吗？看起来像是可疑的推销手法。我对康枝会有这种东西深感不可思议，但我还是把它夹回原来那一页，继续翻阅《育儿事典》。

我把各种病名浏览一遍。小儿麻痹、麻疹、水痘、突发性发疹……呕吐下痢一再发生时……四十摄氏度以上的高热持续三天以上时……我把目光从书上移开看着熟睡的薰。我忽然发现，这个现在睡得安静的孩子，也可能猝然停止呼吸、发高烧、不断呕吐。这本是理所当然的事，我却从不知道。我还以为她会永远朝我微笑，就这么乖乖长大。我真傻。薰已非幻想中的婴儿，她会拉肚子、也会呕吐，是个活生生的人。

我想抹去在体内急速蔓延的不安，遂合起书本。早知道就不看这种书了，我把不安的原因归罪于书本。总之，先睡觉吧。睡一觉，然后明天再想。我关灯，钻进被窝。越想睡就越清醒。

// 二月六日 //

上午，我跟着康枝学习调理婴儿离乳食品。外面风和日丽，阳光照进客厅。美纪正在看卡通录影带。薰紧贴在沙发上，吸着奶嘴，不时踢动小脚。美纪常常转头瞄薰一眼，对她咧嘴微笑，或是捏捏她的脚趾。薰每次都笑得开心，发出咿呀儿语。

“小薰现在六个月？七个月？”

一边把蒸好的南瓜压成泥，一边被康枝这么盘问，我一时之间答不上来，备感焦虑，但还是追溯记忆，答称马上就满六个月了。

我不知道薰的正确生日。之前听说预产期是八月十二日。那个女人是八月二十五日带薰回到那间公寓的，所以薰的出生日期不是八月二十日就是十五日吧。

我命名为薰的那个孩子，本该在七月三十日诞生。当时我甚至还乐观地担心，生日正值暑假期间，孩子会收不到班上同学的生日礼物。

“七月三十日是她的生日，所以已经满六个月了。好快。”

我订正。是的，薰是我的宝宝。我命名为薰的孩子，按照计划降临这个世界了。

“那，是狮子座喽。”

康枝似乎想说别的，却笑着如此说道。

中午，我喂薰吃我与康枝一起做的离乳食品。是煮熟压碎的南瓜、胡萝卜和菠菜掺在一块的稀饭。我看美纪一直盯着瞧，于是我问：“要阿姨喂你吃一口吗？”她当下一脸认真地说：“美纪才不是小宝宝！”她嘴上这么说，可是看到薰张嘴，自己也不由张嘴的模样真可爱。

我不禁产生错觉。

我只是带着七月三十日出生的薰，来康枝家做客。我没有任何烦恼与问题，非常满足，唯一要想的只有晚餐该煮什么。我回到自己房间，几乎以为，自己置身在能够独立完成康枝教的离乳食品的那种生活中。

不，这不是错觉，我试着这么想。不是错觉，这是真实的。我就是在这种生活中。我已得到这样的生活。午后的阳光，卡通录影带，在厨房烹调的午餐，欢笑声。

“美纪，卡通演完了哟。”

发觉电视画面变蓝，康枝关掉录放影机。画面切换回电视，吵吵闹闹的广告声发出。我把汤匙送到薰的嘴里，但怎么塞她都吐出来。康枝说起先这样，很快就好，没关系，于是我仔细替她拭净嘴角。

随手乱折的报纸，扔在沙发上。我抱着薰，若无其事往沙发移动，边看电视边翻报纸。前天和昨天，报上都没有任何消息。今天一定也没事。虽然这么想，却还是感到不安，不知现在到底怎样了。那些人没有到处找薰吗？不可能。只是报上没登罢了。所以我这边，无从得知警方究竟采取了什么行动、已逼近到什么地步。对于我，对于我和薰，他们已接近到什么程度呢？

“你怎么了？有什么关心的新闻吗？”

康枝的声音蓦地冒出。我发觉自己死盯着报纸，慌忙抬起头一看，康枝正从厨房的餐台觑着我。

“说到这里，”我的声音嘶哑，干咳一声，挤出笑容，“说到这里才想起，康枝，Angel Home是什么东西？”不要紧，我说得很自然。

“啊，天哪，你看到了？”康枝一脸尴尬。

“昨天，我把《育儿事典》借来看。结果那玩意夹在书里，我很好奇那是什么。”我试着挤出笑容。

“美纪现在虽然已经好多了，但她三岁时过敏得很严重，痒得哇哇大哭，出门还被大家当怪物打量，我也很苦恼。就在那时候，我在书店发现那份广告单，就打电话去了。我当时一心只想死马当作活马医。结果，那居然是个可疑团体。”话题从报纸转移令我大感安心，于是我也起劲地应声附和。“我本来以为是以邮购方式贩卖自然食品和中药，结果不是。好像是在深山里，住着一群人，他们铆起劲来拼命劝诱我加入，害我觉得怪怪的。像这种，现在不是很流行吗？你忘啦，以前不是有个谷小姐吗？法语系的，那个人，听说就是迷上了什么讲座。”康枝举出老同学的名字，开始说此人的八卦。

“今天下午，我要去参加美纪幼儿园的教学参观会，你要不要一起去？”聊完同学的八卦，康枝慢条斯理地说。我说我要留在这里。

康枝出门后，我实在待不住，索性带薰离开公寓。我给薰戴上美纪的旧帽子，让她坐在婴儿背带里用小被子把她整个裹住。这样应该就没有人能看见薰的面孔了。无论在去车站的路上还是在电车里，我总觉得有人在仔细打量我们。本来还担心万一薰又哭了该怎么办，没想到薰一直心情很好，不是笑就是定定地看着我的脸。

换乘电车后抵达公寓。我四下张望，没看到有人守在这里监视。扔在垃圾集中场的小冰箱和棉被，被贴上大件垃圾须另行申请处理的警告单。我视若无睹地走过，打开信箱。里面有几张广告传单和房屋中介公司寄来的信。我塞进皮包，匆匆回到车站。

明知应该不可能，警察团团包围康枝家的情景依然在脑海萦绕不去。我试着告诉自己那种想象太幼稚，却还是无法抹去。

我会被逮捕吗？会被迫和薰分开吗？薰的脸抵在我胸前已经睡着了，右手还抓着我的毛衣。我不能被捕。我不能把薰交出去。迟早，我必须离开康枝家。问题是，离开后，我该何去何从呢？

康枝家并未被警方包围。阳光普照的玄关大门前，康枝与美纪呆呆地伫立。一看见我，康枝就数落：“你跑到哪儿去了？真是的！居然把屋主关在门外！真不敢相信！”美纪也模仿着说：“真不敢相信！”

// 二月七日 //

下午，我把薰交给康枝照顾，去房屋中介公司还钥匙。是年轻的女职员负责处理。本以为大件垃圾的事可能会被抱怨，结果对方并未说什么，公式化地结束手续。

接着前往吉祥寺，在车站附近的美容院剪发。我懒得回答频频找话题的美发师，埋头阅读周刊和女性杂志。

每页都是设计师品牌的服装，我感到不可思议。不过是短短两年前，我还瞪大双眼看着这种杂志，确认价钱，想着该怎么搭配，迫不及待等着发薪的日子。那样的自己，如今想来仿佛他人。

现在不管看到何种时装，都跟大声播放的辛蒂・露波[①]的歌曲一样，只令我感到嘈杂喧嚣。

我接着拿起周刊翻阅，在某一页停手。标题是《重大刑案的后续

① 辛蒂・露波（Cyndi Lauper）为20世纪80年代美国流行女歌手，以浓妆、夸张服饰及各式假发带动青少年次文化。

发展》。内容包括五年前的新宿公车纵火案，以及去年起轰动社会的“固力果森永食品公司”勒索案等，报道了这几年大小新闻的后续发展。“失踪一个月/大阪男童绑票案”这行文字跃入眼帘。发生在大阪某私人医院，刚出生的男婴遭人抱走的案件，据说是两年前的事。嫌犯是一对无法生育的夫妻，他们把婴儿藏起来抚养了整整一个月。

看得太起劲会引人怀疑，于是，我假装在看上面那篇凌虐杀人案件，只有目光转动阅读排在下段的文章。婴儿的父母都以“请让我们安静生活”为由不接受采访，周遭的人表示，小孩自己倒是一无所知地健康长大，常见一家三口假日走在路上。美发师要拿掉斗篷了，我只好慌忙合起杂志。

付钱时，我尽量小心不让拿钱的手颤抖，但手却不听使唤抖个不停，找回的零钱在脚边洒了一地。

我连自己换了什么发型都没检视就这么上了电车。只觉脖子凉凉的，用手一摸，才发现美发师好像替我剪了个时髦发型，后脑推上去露出发根。

一回去康枝就摸着我的后脑捧腹大笑。薰一时之间似乎没认出剪短头发的我是谁，我一抱她就哇哇大哭。

我的行为，和几年前某对夫妻的所作所为没两样，我一边哄薰一边暗想。其实，不一样，不是这样的。一定有谁，比方说神明，能够理解。我并非从医院偷走婴儿。不是那样的。我心里这么想，然而，另一个我，却不停嗫语：哪里不一样？明明就一样。哪里不一样？明明就是犯罪。

// 二月八日 //

我拿了几件美纪的旧衣服，再加上纸尿片和全套奶瓶、薰的衣服，已把旅行袋塞得鼓鼓的。

我和康枝，还有美纪、薰四人一起吃午餐，我决定今天下午，离开康枝家。

“一定要好好沟通哦，我相信绝对没问题的。结婚之后男人就会振作起来，所以一定要早点办妥结婚登记，知道吗？”康枝一心以为我们要回到薰的父亲身边，从早上就一直反复强调这点。

“不过，我很庆幸。”我正忙着洗午餐的碗盘之际，康枝站到我身旁如此说，“希和，去年你家不是办丧事吗？你妈也早已过世了，你又没有兄弟姊妹。所以我一直担心你撑不撑得住。之前，我又叫你别再打电话来。可是，幸好你找到新对象，又有了小薰，你已经不再是一个人了。快点正式结婚，多生几个自己的小孩吧。”

康枝，根本没有什么新对象，我已经生不出小孩了，我现在，只有薰了——要是能这么说该多好。但我，只能对康枝说的每一句话点头。康枝永远处在善良正直的环境里，所以才能善良正直。

离开公寓时，康枝叫我留个联络方式，我只好怀着罪恶感，写下刚退租的永福住址和捏造的电话号码。

康枝与美纪，一路送我们到车站，在检票口挥手告别。我也转头频频挥手，对着这个或许今生永无相见之日的朋友。

一搭上上行电车，泪水便泉涌而出。我再也顾不得有谁会看到，任凭泪水狂流。薰用温暖的小手心，黏糊糊地摸我的脸颊，睁着黑白分明的浑圆大眼，定定地注视我。我忽然觉得，这孩子好像真的能看穿我的心情。她仿佛正在安慰我。

昨夜我决定在三鹰换电车，前往那个人住的地区，走进第一个映入眼帘的派出所自首。我并非对自己的行为心生畏惧。自己做了什么，我自认还算明白，也觉得一切都会很顺利。但我昨天想了一晚，还是觉得没办法。我能给薰什么呢？当她发烧时，呕吐时，到了该上学的年纪时，我什么也不能给她。只要继续跟我在一起，这孩子就永远不会有父亲和亲戚。

“哎哟，笑了耶，笑了耶。宝宝好聪明哦。”

身旁响起声音，我慌忙抹去眼泪抬起头。坐在邻座的老妇，正凑近看着薰。薰从婴儿背带里探出身子，把脸贴近老妇眯眯笑。

“好聪明的宝宝哦。而且，怎么会笑得这么可爱呢？”

老妇目不转睛地看着薰，痴迷地说。是的，我在心中说。聪明，乖巧，总是笑容可掬。这孩子一笑就仿佛四周大放光明，对吧？于是，好像连自己也跟着心里软乎乎的，对吧？

“眼睛跟妈妈一模一样。眼睛好有精神哦。”

老妇用食指轻戳薰的脸颊。薰咧开嘴笑得开心，握住她的食指。

“哎哟，一点也不怕生耶。好聪明的宝宝。”

她翻来覆去地说。

跟妈妈一模一样。我把她的话在心中反刍。一模一样。跟我一模一样。

老妇无视沉默不语的我，径自逗薰说话，之后在浅草桥下车离去。我也在下一站的秋叶原下车。

一个月，我改变主意了。那对大阪夫妇，抚养婴儿一个月。一个月就好。倘若我正在做跟他们一样的事情，那我要求跟他们相同的时间应该不算过分吧？我替笑起来宛如点亮明灯的薰脱下毛线帽，也没低头，就这么昂首走向山手线的月台。

我们搭乘从东京开往博多的新干线。买的虽是到名古屋的票，但我当然没有目的地。新干线的车窗，将东京的景色不停流向后方。

我不会再回东京了。不是这么决定，而是有这种预感。我抱着薰定定眺望窗外。薰也像大人似的望着窗外。我十八岁来到东京，二十六岁遇到那个人。我曾以为会一直在东京生活下去。然而，我已无法回头。开始西沉的太阳隐没在大楼彼端。橙色的街头，林立的霓虹灯艳光四射。迪斯科舞厅和咖啡吧、美术馆及时装大楼，不停被向后冲走。第一次约会，与朋友的小小口角，用尽力气奋斗的自己，都被冲刷而去。与那个人共度的时光，爱过那个人的记忆，都被冲刷而去。

这样就好，我心情平静地想。那种东西，通通被冲刷得不见踪影也无所谓。我已经不再是过去的我，我是这孩子的母亲。

走出名古屋车站的检票口，我寻找宾馆的招牌。应该有柜台没人的自动化宾馆。

几年前，我常跟那个人上宾馆。他虽然想来我的住处，但我宁可上宾馆。因为如果在我的住处，我怕会产生错觉。因为我会忍不住相信，这个人会与我相拥入眠直至天明。

第一次被那个人带去宾馆之前，我压根也没想过自己会变成一个上宾馆的成年人。结果呢，现在，我不是被男人带去，而是自己四处搜寻宾馆。

走过观光饭店林立的街道，我在后巷找到一家“珊瑚礁”宾馆。我决定先走到入口，如果柜台有人就掉头离开。幸好没人。我迅速进入，把万元大钞送入自动掉出房间钥匙的机器。取出钥匙和找的零钱，我快步走向电梯。

我在心中祈求薰千万别哭，进了房间就把薰放在特大号双人床上。对于放在房间中央的床，宛如水晶吊灯的照明，隐约渗出的暧昧气氛，薰似乎都不觉得奇怪，含着大拇指啊啊出声。房间一隅，有着办家家酒般的迷你厨房，配备了热水壶、微波炉和咖啡机。我烧开水，洗餐具、加热瓶装离乳食品，坐在床上喂薰。

即便是当年和他上宾馆毫不抗拒的我，也没想到在不久的将来，竟会在宾馆喂婴儿吃饭。想到这里，我笑了。笑完，才发觉并不怎么好笑。

我将彻底洗刷干净的浴缸放满热水，和薰一起坐进去。薰一泡热水，表情就像小大人似的。她眯起眼，张着嘴，呼地叹口大气。这世上怎会有如此幸福呢?

泡完澡，我本来打算思考明天以后的事，但躺在薰身旁哄着哄着，自己也在不知不觉中睡着了。

睡到一半，我迷蒙睁眼，眼前是薰的睡脸。小小的脸蛋，微启的双唇，淌落的透明口水。薰热乎乎的吐息喷到我脸上，这是何等幸福。就算跟那人热恋之际，也从未有过这种心境。我轻抚薰柔嫩的脸颊，安心地闭上眼。

// 二月九日 //

早上九点半退房。在宾馆内应该没被人看到，但走出宾馆时，看似粉领族的路过女子朝我看来，惊愕地瞪大双眼。我慌忙转头，假装男伴还在里头，但这样或许反而更可疑。我匆匆离开宾馆。

我在名古屋街头徘徊终日。漫步车站周边，冷了就钻进地下街。在咖啡店要热开水喂奶，在厕所换尿片，累了就在长椅休息。地下街如迷宫无尽蜿蜒。这么走着，我发现我们看起来就像寻常母女。换言之没有任何人注意我们。向来乖巧的薰，即使现在哭得满脸通红也无人注目。会靠近的只有喜欢婴儿的中年妇女或老太太。噢，不哭不哭，她们说着凑近薰的脸。我不动声色地藏起薰的脸，她们便温柔地轻拍薰的屁股，握住小小的手掌。

随处可见的母亲和随处可见的婴儿。有可以回去的家，有等待的家人。我很高兴别人的漠不关心，超乎必要地漫步街头。薰持续不休的哭声，终于让我察觉自己累了。支撑婴儿背带的肩膀，痛得麻木。我走上地面，沿着马路走到公园。

名古屋、京都、大阪、冈山、广岛，坐在长椅上，我试着一一列举能想到的地名，结果想到的都是新干线的停靠车站。京都与广岛我去过，是参加学校的教学旅行去的，小时候全家旅行也去过。虽然去过，并不代表有地方可以栖身。

我必须找个不怕人怀疑的过夜场所。然而，又不能一直住宾馆。还是租个房间吧，就算小点也没关系。

薰又开始哭，即使站起来哄她也没用。听着这种响彻心肺的哭声，脑袋都快要嗡嗡发麻。也不知哪儿来这么大的力气，薰一鼓劲仰起背，像要逃离我般哭个不停。别哭，拜托，别哭了，薰。夕暮中，我只能如此不断重复。

“喂，你无家可归吗？”

忽然有人对我说话。

我吓了一跳，抬头一看，是个女人站在眼前。不知套了多少件衣服，明明个子不高，上半身却被衣服塞得像女巨人。起毛球的长裙下，伸出穿着厚袜的脚，脚上趿拉着凉鞋。皮肤虽有光泽但看起来并不年轻。是个完全看不出多大岁数、外貌不可思议的女人。

“不，我只是在休息。”

我戒慎恐惧地说。女人一脸正经，粗声叹口气。

“你不是一直待在这里吗？”她说。

被她一说我才发现，刚才还挂在大楼上的夕阳，现在只剩余光映照西方天空，东方已开始染上群青色。

“你无家可归吧。”

女人武断地说，朝薰伸出手。我当下躲开女人的手臂，把薰抱在怀里藏起来。女人再次叹了一声。薰躲在我怀里，扯高嗓门继续哭泣。

“唉，唉，哭了，我不会怎样的，你快点叫她别哭了。”

女人皱起眉头说。我背对女人，安抚薰。

“这样会冷吧？喂，你要来我家吗？”

背后传来女人的声音。我战战兢兢地转头。女人依旧皱着眉，越过我的肩把头凑近看薰。

“我不会怎样的，只是看宝宝可怜才这样说。”

女人又粗声叹了一口气。

“不用了，呃，我们该回去了。”

“你无处可回吧，我说你可以来我家。”

我定定地注视着女人。这人到底是谁？是坏人，还是好人？目的何在？可是就算再怎么看，我也看不出她有何企图，真正的用意是什么。薰涨红小脸继续哭。我可以跟她走吗？女人用那种令人联想到弹珠、毫无感情的眼睛看着我。

我合拢大衣前襟把薰抱在怀里，手提旅行袋。脑中虽然有个声音叫我别跟她去，但我还是决定跟女人一起走。能被抢走的顶多也只有钱吧，总比薰被抢走好。我如此在心中辩解。

女人走出公园，头也不回沿着宽阔车道边的步道走去。我隔着数米距离走在她身后。女人塞饱衣服的臃肿背影，被车灯和店铺霓虹灯炫目地照亮，旋即沉入黑暗。薰的哭声像塞了耳塞般嗡嗡响，听起来哇——哇——哇的。为何哭成这样呢？是在警告我别去吗？一定是这样，是在叫我别去。虽然这么想，我仍旧凝视女人的背影，继续迈步。

女人蓦地拐过转角。不知不觉中我变成小跑步。在同一个转角拐弯一看，女人的背影仍继续步行。越过乌沉沉的河流，繁华市区的热闹消失。附近一片昏暗，唯有路灯亮着。就连路灯也是，不是坏了就是忽明忽灭，烘托出四周的黑暗。然而，并非一无所有。泛白的路灯，照亮民宅。仿佛在过河时也超越了时间，放眼所及皆是古老平房。不可思议的是，家家户户都没灯光，一片死寂。

女人倏地遁入黑暗中不见踪影。我慌忙走到她消失之处，有一扇通往民宅的门。敞开的门内，是正在打开拉门门锁的女人。我在门前驻足，仔细打量那间屋子。和周遭一样，是平房。从大门到格子拉门的玄关之间点缀着踏脚石。树丛像要包围房子恣意伸展枝叶，杂草丛生几乎淹没踏脚石。在路灯照耀下模糊浮现的，是冰激凌的空袋子和牛奶纸盒。

哇，哇，哇，哇——薰的声音似乎比刚才更添绝望。这个小身体是从哪儿发出那么大的声音？薰凄厉的哭声令我脑袋发蒙。什么都无法思考。

女人不发一语地进了屋。在我面前，只有敞开的玄关。橙黄灯光蓦地亮起。仿佛被那灯光所诱，我踩上踏脚石。

一进玄关就是走廊，左右并列着纸门。右边最后方那扇纸门是开着的，同样流泻出橙色光带。我反手关上玄关拉门，一边听着薰的哭声，缓缓扫视从玄关看得见的部分。

这间房子怪怪的，我神思恍惚地想。说不上的怪。是哪里怪呢？我纹丝不动，移动视线想找出到底是哪里怪。随手扔在玄关的脱下的旧鞋，堆叠在走廊上的纸箱，黑色垃圾袋。闪着乌光的走廊，角落聚积的灰尘，电话台上的黑色电话罩着褪色防尘套。无声。

没有任何怪异之处。只是个谈不上爱干净的住户所住的普通房子。但那种说不上来的古怪，依然萦绕心头。

我把旅行袋放在脱鞋处，脱下鞋子，悄悄进屋。沿着走廊走去，不时可见地板凹陷破洞。往敞着的纸门探头一看，依旧裹着大衣的女人站在房间正中央。即使看到我，也没请我进去或邀我坐下，我只好僵立在走廊上，环视室内。褪色的榻榻米，填满了四面墙的同样褪色的衣柜。四处堆放着一沓沓用绳子捆绑的报章杂志。算不上清洁，但也顶多如此，果然没有怪异之处。但我总觉得心神不宁。

“唉，又哭了，又哭了，你快点让她别哭。”

女人蓦地发出不比薰哭声逊色的大嗓门，我吓了一跳走进房间。

“不是小便就是大便，再不然就是肚子饿了。”

倒是女人看起来快哭了。我慌忙脱下大衣，解开背带，让薰躺在榻榻米上，解开连身衣的纽扣。女人连忙打开暖气，像野猫似的蹑足缓缓靠近，探头看着我的手。

我从袋中取出湿纸巾和新尿片后打开薰身上的尿片，排泄物的臭味立刻弥漫开来。

“哇！好臭！”女人大叫，还夸张地捏鼻子。明明是她自己叫我换尿片。我懒得理她，专心擦拭薰的屁股。

然后我才醒悟。这间屋子完全没有气味。进了玄关走过走廊，都没有任何气味。我心里产生的那种怪异感，或许就是由此而来。我会这样察觉，是因为老实说我本来也很怕排泄物的臭味，现在竟让我感到怀念。在一个没有任何气味的地方，突然冒出的人类气味，虽然谈不上是香味，却奇妙地令人心情平静。

“哇！好臭！受不了！”

女人两手在脸前交叉，脸孔半埋在大衣袖口后面嚷嚷着。

“府上的厨房，可以借用一下吗？”

我一边给薰穿上新尿片一边说。

“在对面！快把那个包起来！”

用不着她说，我把用过的尿片包起来放进塑胶袋，从袋中取出奶瓶和婴儿食品去对面房间。厨房也很乱。地上的酱油瓶和酒瓶，不管里面有没有液体全都堆放在一块。角落堆着纸箱。室内中央的桌上，罐头、空的保鲜盒、保鲜膜……乱七八糟堆放着。我发现梳理台有水壶，仔细洗净后拿去烧开水。再从餐具柜自行借用盘子，同样仔细清洗后，把婴儿食品倒出来。端着薰的食物回到房间时，女人正朝薰伸出手。

“别碰她！”我不假思索地大叫，女人吓得跳起来，脚步踉跄往后退。

“你干吗？这么大声！我只是看她哭个不停，想哄哄她罢了！”

女人愤然回嘴，我连忙向她道歉。她让我们进家门，连厨房都借给我用，实在没道理不准她碰。

薰依旧在哭。也不肯喝奶，婴儿食品送到她嘴边她也别开脸继续哭。我束手无策。女人一直站在房间角落不打算坐下，来回看着哭泣的薰与我。

“请问，我们可以在这里过夜吗？”我仰望女人说。

“你无家可归吧。”女人又重复一次之前说过的话，“棉被在壁橱里。”她一边甩动双手像要挥开薰的哭声，就这么走出房间。

有浴室吗？可以借用吗？厕所在哪里？盥洗室呢？我的三餐怎么解决？虽然千头万绪，却被薰的哭声打断，我拖拖拉拉起身，打开壁橱，抽出棉被铺在地上。没有床单。我穿着大衣就这么躺下。仿佛已好久不曾躺下了。棉被隐约带着线香的气味。我让哭个不停的薰睡在我身旁。每次昏昏欲睡就会被薰的哭声赫然惊醒。空调咔啦咔啦的转动声格外响亮。哭成这样没关系吗？为什么哭个不停呢？我的眼中也流出泪水。真傻，明知哭泣也没用。

// 二月十日 //

远处传来音乐。小时候住的地方有商店街，每到下午六点就会响起这种音乐。那首曲子旋律轻快，但是听久了，却让人有种想逃离的寂寞。

我醒了。往旁边一看，薰还在睡。的确有音乐传来。不知是收废纸还是收垃圾，声音缓缓地渐去渐远。

纸门泛着白光。我躺着环视室内，壁橱的纸门已变成褐色，电灯的灯罩蒙着灰尘。我起来才发现身体笨重无力。昨天中午，在咖啡店吃完三明治后就毫无进食，但我完全没胃口。昨夜，薰哭累了睡着，可是很快又醒来哭泣，就这么周而复始，所以我几乎都没睡。我拉开纸门。屋内悄然。走廊冷飕飕的。厕所位于走廊尽头，旁边是浴室。我开门探头往里瞧，瓷砖缝发黑，到处都灰蒙蒙的。要给薰洗澡，还得先把浴室仔细刷洗一遍才行。我在盥洗室洗脸。水的冰冷，令昏沉的脑袋舒服了一些。

我很想把面向走廊的纸门全部拉开，检视屋内情形，但某扇纸门后面，想必正睡着昨天那个女人。

回房一看，薰还在睡。我再次漫步走廊，来到玄关。打开扭转式门锁，拉开拉门。天空晴朗无云，清洁的阳光照耀周遭，周遭却都是跟阳光不搭调的灰黑旧屋。杳无声息，也没人走在巷弄间。对面房子的门内，排放着盆景，但植物全都枯死了。看得见的窗子都关着遮雨窗。大概是空屋吧。

女人家的信箱，插着报纸。我抽出报纸，回到房间，在酣睡的薰身旁看报纸。我一字不漏看完，并没有婴儿失踪的报道。我安心了，但我完全不明白现在到底是什么状况。

薰随着哭声醒来，我慌忙泡牛奶喂她。很怕她又像昨天那样哭个不停，但喝完奶后薰看着我笑了。我好开心。小薰，今天你心情很好哦。我们来换尿片吧，也换件衣服吧。你没有洗澡，先用毛巾替你擦擦干净吧。薰清澈的眼睛定定地注视着说话的我，张开小嘴笑了。

一走进厨房，之前不见人影的女人居然在里面，把我吓了一跳。女人站着吃吐司。我对她道早，她也不看我，径自看着远方，把吐司的袋子捧在胸前，默默吃着吐司。

“不好意思。借用你的水和水壶。”我钻过女人身旁，清洗水壶，烧开水，也自行借用锅子给奶瓶消毒。

“如果有人来，你出去应门。”女人突然说。

“谁会来？”我问，但女人没回答是谁。

“我是说如果。如果有人来的话，不管对方说什么你都把他赶走就对了。”女人边吃吐司边说。

“对方会说什么？”就算问了，女人也不回答。

“你一直待在这里没关系。”女人冷不防地说，再度粗声叹气。

“说什么一直，那怎么好意思。”这女人到底是什么来历？看起来不像精神异常，我也知道她无意加害我们，但是，她为何会叫萍水相逢的我们一直待在这里呢？

“呃，我……”我说到一半就被打断。

“快拿牛奶去喂她吧。”

女人凝视奶瓶说，我行个礼走出厨房。

下午，我让薰坐在婴儿背带里，穿上大衣刚走到玄关，旁边房间的纸门猛然拉开，女人现身。

“你要去哪里？”她咄咄逼人地说。

“呃，我去买东西……”

“什么时候回来？”

“马上就回来。如果你有什么需要的我可以一起买。”

“没有。”女人冷冷撂下话，便把纸门关上。

我走出大门，来到小巷。这一带好像没什么商店，真是奇妙的一区。虽有栉比鳞次的房子，却家家都不似有人居住。不是遮雨窗紧闭，就是门口躺着生锈的脚踏车，简直像鬼镇。鬼镇彼端耸立的铁塔，看起来如同舞台布景。

那个女人，该不会是非法侵入民宅，擅自在那间房子住下来吧？抑或是犯了什么罪逃到此地，躲在那间屋子里？对于那个来历不明的女人，自己既感到悚然，同时却也暗自安心在找到住处前能有地方过夜。浴室只要打扫一下应该很干净，瓦斯和电力也能使用。

我在速食店买了汉堡，去公园吃。公园里有不少带着小孩的妈妈。

“多大了？叫什么名字？”一个年轻的妈妈逗薰说话。

“六个月，叫薰。”听到这个回答，对方把小孩抱在膝上。

“我叫拓海哟，请多指教。”她一边说，一边还舞动小孩的双手装可爱。薰好奇地看着婴儿。比薰大一点的男婴应该有几个月大，我完全看不出来。

“你住在哪里？”这次她问的是我。

“过了这里，再往前走的河那头。”我不知区名，只能这么回答。

“噢。那一带，现在已经没什么人住了吧。我听说大部分住户都迁走了。”

“啊，对，是啊。”我附和道。原来那些空房子的住户是强制迁离吗?

“那，你都是去名古屋附属医大做健诊？”

“对，没错。”我这么回答，自己也知道面孔僵硬。就算对方再追问下去我也答不出来。我慌忙在脑中搜寻脱身的借口，但是，她却频频出声点头，看着在阳光下玩耍的孩子们，开始谈起她自己的事。我松了一口气。她说她在一年前从东京搬来此地，与公婆同住，但是处得并不好。

“所以，我一大早就出门，在儿童馆或图书馆、公园这些地方逛个一圈，傍晚才回家。有时想想这样算什么呢？自己都觉得窝囊。简直像流浪汉一样。”

拓海开始哭闹起来，她从手提袋取出奶嘴让他含着。握住薰伸向奶嘴的小手，“小薰，你要跟我们家拓海做好朋友哦。”她做出鬼脸凑近薰。

你在东京时住在哪里？老公是从事哪一行的？上哪家医院健诊？儿童馆位于何处？面对这个想必生性开朗的年轻妈妈，我好想问这些问题。我们一定立刻就能变成好朋友。让薰和拓海一起玩，我俩可以一边盯着他们一边聊个痛快。聊育儿的不安，对家人的小小牢骚，交换童装与公共设施的最新情报。

那种事，根本不可能实现。

“我还得去银行一趟。”

我说着起身。

“我们明天也会在这里，不妨喊我一声。”

女人毫无心机地笑了，抓起抱着奶嘴的拓海的小小手臂，挥舞着小手说拜拜。我也摇着薰的小手说拜拜，薰咯咯发笑。

只要看到房屋中介公司我就进去碰运气。但对方的态度都一样傲慢。以前还在上班时，明明只要递上公司的名片就能轻易让对方介绍房屋。

——我与丈夫分居正在找房子。

——丈夫周末也要工作，所以由我一个人负责找房子。

——丈夫从四月起要调职，所以我先过来这边找房子。

人人皆对我摆出麻烦的表情。甚至有人露骨地面带不悦，表示大部分屋主都不愿租给有婴儿的家庭。不租给有婴儿的家庭？我真想问问这个国家是否连小孩都不能生了。

但中介商还是带我看了两所房子。一所是位于蔬果店楼上的二房公寓，另一所是晒不到阳光的小套房。蔬果店楼上的房间虽旧，但日光充足。只是对方要求看我的身份证及户籍资料、丈夫的雇用证明，我撒谎说明天再拿来，就这么离开房屋中介公司。

我在地下街的舶来品店，买了可以整个裹住婴儿的大外套。又买了离乳食品、尿片、自己的便当，这才回到女人家。大门没锁。女人拉开纸门认清是我后，便猛然关上纸门。门内大概是开着收音机吧，传来震耳欲聋的演歌声。

我用大外套裹着薰让她躺在洗脸间，开始清洗浴室。把浴缸彻底刷洗干净，再蹲下刷瓷砖。瓷砖缝里的黑色霉斑刷不掉，不过用莲蓬头冲过后，至少已不再灰头土脸。我扭开热水龙头开到最大，蒸汽升起，透明的液体汹涌流出。

趁着浴缸的水还没放满，我去厨房泡牛奶。用微波炉加热刚才买的便当，从多条抹布中选出最不脏的一条，擦拭乱七八糟堆满东西的桌子。把薰放在膝上喂奶，其间趁空吃我的便当。响彻屋内的演歌，强调出这间屋子的安静。薰的咿呀儿语在厨房响起。

我环视室内。视线落到餐具柜隔壁的细长柜子上。老旧的木柜，附有几个抽屉。我抱着薰起身，一边竖耳留意走廊的动静，一边悄悄拉开最上层的抽屉。里面放了装在盒子里的几枚印章，褪色的水电费账单。我又拉开第二格。里面放着邮票，有十元和五元的，全都很旧。再拉开一格，装的是裁缝用剪刀、碎布、装在盒子里的纽扣类。擅自碰触别人的东西，我知道是不对的行为，但我想了解一下那个女人。我拉开下一层抽屉，然后，凝目注视柜内。里面放着褪色的母子手册。

我轻触那个。拿在手上，蹲下身，定睛细瞧。

格子花纹的米色封面，边角已磨损翘起。上面写着昭和三十三年十月三日交付。母亲姓名这一栏，用钢笔写着中村富子。是那个女人的名字吗？小孩的姓名栏是空白的。我继续翻阅。后面是没用过的育儿咨商诊疗券。第三页，有孩子已申报户口的证明书。小孩名叫中村里荣子，出生年月日是昭和三十四年五月二十九日。如果那女人是中村富子，那她应该有个只比我小四岁的女儿。

这间屋子虽然毫无生活气息，但在过去，也有一家人生活过吗？那女人是家中的成员吗？

我专心翻阅。妊娠初期的状态，产后母体的健康状态。新生儿出生时好像重两千两百克。备注栏注明是早产儿。身长四十五厘米，头围三十一厘米。我想象那小小的生物。我无缘拥抱的、两公斤出头的生物。那个女人抱过吗？她对那小生物微笑过吗？

薰在我膝上，伸手抓我翻开的手册。我高举到薰够不到的地方，仔细打量。

我想起还在放热水，慌忙把手册放回原处关上抽屉。

“借用你的浴室哦。”我在女人房前高喊，但她没回应。我抱着薰走向浴室。透明的水从浴缸哗哗溢出。我扭紧水龙头关上热水，抱着薰，好一阵子，就这么盯着流往排水口的透明热水。沐浴在日光灯的灯光下，它如同圣物闪闪发光。

// 二月十二日 //

今天，我在车站买的报纸上，发现相关报道：

日野警局于十一日发布消息，指出今年二月三日，东京都日野市某公司职员秋山丈博（34岁）家中失火，出生六个月大的长女惠理菜自火场离奇失踪。上午八点过后，秋山之妻惠津子（32岁）开车送丈夫丈博到车站搭车上班，将惠理菜独自留在家中的期间，家里发生火灾。火势约在一小时后就扑灭了，但现场找不到惠理菜。据日野分局表示，基于有可能是绑票案，为了惠理菜的安全所以一直未公开消息。

薰把小手伸向我专心阅读的报纸，时而拍打时而试图握住。报纸发出沙沙声响，从对折处撕破。薰开心地笑了。

失火？那间屋子烧起来了？

怎么会失火呢？这是怎么回事？我拼命回想。我记得当时电暖炉是开着的。火红的电热线至今犹在眼前。可是怎会起火呢？

不，现在该想的不是那个。事件终于被公开了。这表示追踪薰的势力，已迫近眼前了。

但是，我越是反复阅读报上印刷的文字，越觉得那是发生在远方的事。就像去年在报上看到“下毒事件危机重重”[①]报道时的感觉。那跟身在此地的我与薰毫无关系。因为这孩子是薰，不是什么“惠理菜”。是因为我渴望这么想吗？或是因为我少了什么呢？

不过话说回来，火灾究竟是怎么回事？这点令我耿耿于怀。可怕的念头浮现脑海。

该不会是我干的吧？会不会是我故意把毯子塞进电暖炉？会不会是被我踢倒的？或是我捡起地上的打火机，点燃铺在地上的被褥纵火，并且在确认有火苗燃起的烟味后，我就落荒而逃了？

不对，我没做那种事。先不说别的，首先我就没理由那样做。没理由？真的吗？被那女人痛骂的事，我不是一直记在心上吗？我不是还在心里诅咒她死了最好？——不，可是，不对。觉得她死了最好，和实际采取行动，完全是两码事。我根本没有放什么火。我只是把薰救出火场。是的，那时候，如果我没把薰带走，这孩子早已葬身火窟。唯有这个念头不停在我脑中打转。

我站起来，把报纸揉成一团扔掉，仿佛打从一开始便没看过。

光吃瓶装食品和速成离乳食品我担心不够，于是去超市买菜，擅自借用女人的厨房煮晚餐。我战战兢兢地使用电锅，虽然老旧，

---

① 指1984年固力果森永食品公司的产品遭人下毒的勒索事件。

幸好并未坏掉。我替薰煮了菠菜稀饭和吻仔鱼煎蛋。剩下的菠菜拿来煮味噌汤，还有炒什蔬和吻仔鱼拌萝卜泥。我把多煮的用保鲜膜包好放在桌上，洗完澡出来时，大概是女人吃掉了，只见梳理台叠着空盘子。

今天有个愉快的发现。我发觉薰只要两手往前贴在地上就会坐。她坐在榻榻米上，乖乖地看着我。我隔着一段距离，试着喊她过来。她还不会爬，想动，却咕咚往前倒。但薰并未因此哭泣。

女人吩咐过若有人来就由我出面应付，但至今无人来访。我虽知不应该，还是忍不住再次拉开厨房抽屉。我把已看了好几次的母子手册又从头翻开，逐字阅读。三个月大时婴儿长到四公斤，身长已有五十四厘米。下个月长到五点五公斤，身长六十厘米。六个月大后不知是否未再测量，是空白栏。还夹了几张薄薄的预防接种注射证明单。我对女人还一无所知，但看着这小小的手册，似乎了解了什么。女人除非必要绝不开口，一直面无表情，实在难以想象她生育早产儿的姿态，但是想到她的确这么做过，竟有种不可思议的安心感。

薰呆坐在地上，望着专心翻阅别人母子手册的我。

// 二月十三日 //

早上，正在喂薰吃饭时，上次在梦中听到的音乐又传来了。来买哟，来买哟，音乐之间还语气低调地如此招徕。我抱着薰从玄关探头往外望。上午的阳光中缓缓驶来白色小货车。当我就这么戳在玄关张望之际，和经过的小货车女驾驶四目对个正着。小货车停下，女人从敞开的车窗探出面孔，出声说："欢迎选购。"

"你有宝宝啊。那一定要买无农药的。真的完全不一样。番茄和胡萝卜，都是以前的老味道。"头上包着三角巾，脂粉未施，看似好脾气的圆脸女人走下驾驶座，打开小货车的后车门。看似普通的小货车，里面却改装得像个迷你商店。五彩缤纷的蔬菜，冰箱的肉类，连看都没看过的盒装零食在瞬间吸引目光。

"来，欢迎慢慢看。也可以试吃哦。哇，好可爱的宝宝。多大了？哇，笑了，真可爱。"她从我怀里抱起薰，在阳光照耀的人行步道上把薰举得高高的逗她。

“哎呀，不过，这个，应该是出疹子吧。”女人的声音，令我慌忙离开小货车，“你看，这个地方，整片都红红的，这里也是。”她扯开薰穿的连身装领口，检视薰的皮肤。被她这么一说，虽不到荨麻疹的地步，但的确有很多小红点。昨晚洗澡时我并未发现。

“这里，原来还有人住啊。你们用的是自来水吧？这一带，居民已经不多了，水质也很糟糕。”

我从女人手中接过薰，掀起薰的毛衣检查肚子和背部。小红点只出现在脖子周围。

“烹调和饮用水最好用这个。今后将是连水也要花钱买的时代。”她弯身钻进小货车，拿着宝特瓶下车，把装了一半水的瓶子给我看。我差点讶然出声。标签上写着Angel Water。

“你就当作被骗一次喝喝看。味道完全不同，最重要的是只要三天就能让你的体质大幅度改善。”女人一边说，一边往塑胶杯倒水，递到我手上。我单手接过，战战兢兢地试饮。的确和自来水截然不同。口感滑润又隐约带着甘甜。可是康枝是怎么说过来着？可疑团体，劝诱加入。

“买这种水洗澡当然是不太可能，但只要走一小段路，前面就有一家叫作宝汤的公共澡堂，你何不一周去洗个几次？直到宝宝的这些疙瘩消失。也许会比这一带的水质好。不嫌弃的话，这瓶送你，你试试看。这一带，我常常绕过来，所以如果有什么需要的再喊我。”

倒是一点也看不出女人硬要拉我加入的样子。她把新的宝特瓶装进纸袋交给我，迅速坐进驾驶座。“下次见！”她开朗地挥挥手，握住方向盘。音乐再次响起，车子缓缓在杳无人迹的巷弄前进。

我一手抱着薰，一手抱着纸袋，回到玄关。女人从前面房间探出脑袋定定地注视我。

“这个，是人家送的。”

我试着开口。女人不发一语，猛然关上纸门。今日纸门后面也同样传来嘈杂的演歌声。

我临时起意决定大扫除。尘埃和看不见的污垢或许才是起疹子的原因。就算不是，最近薰看到什么都伸手抓，然后就想直接塞进嘴里吸吮。只是打扫一下，那个女人应该不会生气吧。先从厨房开始。我想把刚刚的宝特瓶放进冰箱，纸袋里却掉出一张纸片。是“Angel会报”。我随手扔进垃圾桶，开始整理冰箱里的东西。超过食用期限的肉类和熟食小菜、干枯的蔬菜全都扔进黑色垃圾袋。

我让薰在房间躺下，把棉被拿去晒，用抹布擦榻榻米。薰在玩鸭子玩偶。接着我拿抹布擦走廊，刷洗厕所。女人窝着的房间，不停传来演歌声。她整天不是在听演歌录音带，就是不晓得出门上哪儿去。如果替她准备饭菜，她会神不知鬼不觉地吃掉。有时，她会从拉开一条缝的纸门后面，眼也不眨地盯着待在厨房或房间的我与薰。只是一旦四目相对，她立刻消失无踪。

我一边听着尖锐刺耳的演歌一边东擦西擦。一擦才发现，屋里好像真的累积了不少尘埃，抹布立刻变黑了。

我想起当初刚踏进这屋子时感到的异样。这间屋子怪怪的。到底是哪里怪，直到现在打扫时我才恍然大悟。是因为毫无生活气息。虽有电话和冰箱、棉被、门把布套这些日常生活的轮廓，却没有内容，是空壳子。就算再怎么擦拭，再怎么刷洗，也碰触不到那个空壳子。是因为女人已经放弃了生活本身吗？

哭声传来，我慌忙去房间。薰扔开鸭子放声大哭。我抱起她，微微晃动着哄她，但她依然哭个不停。啊，宝宝乖，宝宝乖。薰最乖了。薰张大嘴巴，淌着透明口水哭泣。紧闭的双眼也流出水滴。噢，不哭，不哭。不哭，不哭。

空壳子。在我哄她的声音之间，传来另一个声音。“像你这种人，根本是个空壳子。”电话彼端，那个女人如此说过。“喂，你谋杀了自己的孩子吧，真不敢相信，会变成空壳子就是你杀子的报应吧，被杀死的孩子生气了哦，你活该。”那个声音连珠炮似的如此宣告。

那不是她头一次打电话来。有时是恳求我把丈夫还给她，也有时温柔得诡异并找我聊天。当然也有破口大骂的时候，也曾露骨地谈论她和丈夫的性生活并且得意大笑。我当时觉得无可奈何。我觉得就算她这么对我也是因为我自作自受。可是，唯有空壳子这个字眼，让我说什么也无法无可奈何地承认。

然而，现在想想那是真的。我已经生不出任何东西。

这个女人，一定看穿我是个空壳子，所以才会主动喊住我。这间毫无生活气息的房子，不是最适合我吗？

我俯视还在哭的薰。红着脸，弓起背，哇哇哭个不停的婴儿。

这孩子为何总是如此？才刚觉得她很爱笑就突然毫无理由地哭起来。一旦哭了就久久不停。薰的声音，仿佛把手从喉咙伸进去撼动心脏般响亮。为何要哭？为何哭个不停？

哭得满脸通红、五官扭曲的薰，蓦地和那个人的面孔重叠。一笑起来形状就像鸽子的嘴，略小的耳朵。薰也像那个女人吗？若像的话是哪里像呢？我拼命寻找相似点。下垂的眼角，清晰的眉毛。不可能。在电车上，人家不是说她长得跟我一模一样吗？怎么可能会像你呢？又不是你的小孩。你只是个空壳子女人吧？不对，这是我的孩子。我才不是空壳子。薰的哭声，那女人的声音，以及自己的叫声，在脑中交错，嗡嗡回响。

“吵死了！”

劈头传来怒吼，我一下回神。女人站在走廊，瞪着我的脚边，怒吼道：

“吵得我听不见歌声！叫她别哭了！”

我赫然一惊看着薰。我刚才在想什么呢？我想对薰做什么？我明明只有薰了。

“你这样大吼只会让薰更害怕！”

我也吼回去。我把自责的念头，转向女人身上发泄。

“既然是她妈妈就叫她别哭！吵死了！”

“我现在就会安抚她！你走开！薰会被你吓到！”

“啊——啊——天哪，大便臭死人，哭声吵死人。”

“那真是对不起哦！”

我怒吼，然后，突然像泄了气一般觉得好笑。从肚子底层，犹如小气泡般涌起笑意。我忍不住笑了出来。我甚至想起刚来到此地时，女人夸张地嚷着薰的尿片好臭好臭的动作，而为之发噱。我边笑边凑近看薰，旋即吃了一惊。薰下面的牙床，有条白线。我用手指碰触，硬硬的。

“喂，这个白白的，该不会是牙齿吧？”我不假思索地靠近女人说，女人倏地拉开距离说：

“既然是人，当然会长牙齿。”

她冷着脸快步走出房间。

// 二月十四日 //

我穿上大衣前往便利商店，买了三份报纸，在公园一字不漏地检视。没找到那个事件的后续报道。

我把报纸扔进公园的垃圾桶，前往超市。走在超市里便觉安心。我拿起酱油、白米之类的东西，烦恼着该不该买。我现在才发觉，酱油和白米这类东西，不只是商品，更是生活的保证。是明天后天都会使用，可以在家用餐过着这种平稳生活的保证。女人的家中虽也有酱油，但也不知是多久以前的，看起来浓稠乌黑，味道也变得很呛。我想买瓶新的，却又忍不住怀疑，能否在那里待到把这瓶用完。即便是小瓶装的，我也踌躇再三买不下手。

最后，我还是买了小瓶酱油和两公斤白米。另外，还有蔬菜和肉类鱼类，也买了奶粉和盒装果汁。出了超市才发觉，东西重得令人难以置信。把薰抱在肚子上，一手拎着装米的袋子，另一手拎着装肉和蔬菜的袋子，我踉跄步行。想到这种重量也是生活的保证，即便沉重也令人欣喜。

下午电话响了。转盘式黑色电话，发出令家中空气阵阵颤动的刺耳声音。我身体一僵，定定地凝视那黑色团块。被发现了吗？被拆穿了吗？电话的声音听来宛如悲鸣。

演歌的音量倏地变小，纸门猛然拉开。“你去接！”女人的怒吼传来。但是我依然动弹不得，直到女人再次大吼：“去接呀！”我才战战兢兢拿起话筒。

“请问是中村太太府上吗？”男人的声音如此问道。

“唔。”我回答，只能发出叹息般的嘶声。

“你是她女儿？”男人问，我只好含糊地噢了一声。这次终于清楚发出声音。

“啊，太好了，既然女儿在事情就好办了。因为老太太有点无法沟通。你明天也在吗？我可以带着那份文件过去拜访吧？”

“那份文件？”我全身一松。不要紧，我还没被发现。

“就是不动产的文件呀。我应该已经寄去给你了吧？你也答应过了吧？”

“啊，对。”我一头雾水地回答。

“那么，明天上午我过去拜访。我想想看哦，十点过后吧。那就万事拜托了。”男人的声音快活地说完便挂断电话。

“那个，明天，有客人要来哦。”

为了不被再次大声响起的演歌声盖过，我在纸门前高喊。无人应答。“上午，有人要来拜访你女儿。是男的。”

过了一会儿，纸门后面大声抛回一句“关我屁事”。我很想说，那又关我屁事。

“我要出去洗澡喽。”

还是没回应。某个我不认识的演歌歌手，正语带哀切地放声高歌。

我用大衣牢牢裹住薰，走向公共澡堂。是“三角巾女人”告诉我的宝汤。

如果母亲还活着——我在暗巷边走边想。我和母亲感情并不好。我讨厌母亲，我想母亲大概也讨厌我。脏死了，这是母亲的口头禅。脏死了快去洗手，脏死了快去换衣服。渐渐地，我觉得她好像是在说我自己脏。那个完全不肯沟通的屋中女人，常常令我想起母亲。动不动就怒吼着尿片臭死了、哭声吵死了的女人。母亲如果还在世，或许也会那样。或许我们也将维持沟通不良的僵局，就这么一起生活。

吐出来的气息泛白。我唱起在森林遇到熊的歌，薰当下哈哈笑。牙床露出小小的白牙。在我看来如珠似玉。

// 一月十五日 //

上午十点，疑似昨日打电话来的男人来访。女人不肯出房间。男人一边拍打玄关的门，一边频呼“里荣子小姐，里荣子小姐”。薰正在睡觉，所以我尽量不出声音地打开玄关。男人的手朝仅开了十厘米细缝的拉门一搭，猛然把门整个拉开走进来。他坐在玄关门口，把文件排满一地。

“这里和这里，还有这里，可以麻烦你盖个章吗？”他殷勤地说。我朝文件投以一瞥，强制迁离这几个字映入眼帘，令我吃了一惊。我想再看仔细点，男人却开始侃侃而谈：“要你们这两天就搬想必不可能，但至少这个月底之前必须清空。我们也不想把事情闹大。小姐，我记得你是住哪儿来着的，川崎，是吧？你得把你妈带回去。”上了年纪的男人和颜悦色地对我说。

“请问，究竟是怎么回事……”

我忍不住插嘴。男人依旧和颜悦色，抬头仰望我。

“嘎？小姐，你是里荣子小姐吧？我记得你不是已经收到我寄的信了吗？上次，同意的文件你不也用挂号信寄还给我了吗？”男人说到这里打住，蓦地脸色一凝，“咦，小姐，你是谁？你不是里荣子小姐？你是哪位？”他问道。

我的背上忽然一寒。恐惧涌至喉头。会露馅，会被看穿。他会发现我是被人从公园捡来的走投无路的女人。薰会被抢走。

“我只是，呃，来照顾老太太几天……”我情急之下说。

“天哪——”男人发出怪声，“伤脑筋。富子女士在吗？”

“现在，呃，她不巧外出……”我说到一半，纸门后面，猛地蹿出怒吼。

“谁要卖给你！我偏不搬！我死都要死在这里！”

被突然冒出的声音惊吓，我不由看向男人。男人一脸为难地看着我，讨好地嘿嘿笑。

“我还以为今天有她女儿在应该会有进展。不过，通过她女儿已办妥手续，这里在法律文件上已不是老太太的房子了。”他辩解似的对我说。

“你是帮佣的？亲戚？能不能帮我联络她女儿。再这么赖着不走，可能要吃官司什么的，到时就麻烦了。”

“我会跟她联络。”我说。

“你现在就联络。”男人依旧和颜悦色，但在和颜悦色之间隐约可窥见不耐烦。

“现在有点不方便……老太太又那样……”我含糊其词。基本上我连她女儿在哪里都不知道。

“真是伤脑筋。那我改天再来，请你们先沟通好。否则再这么拖拖拉拉的我们也得采取行动了。我们就是希望尽量尊重你们才这样上门拜访。贵姓大名？”

“啊？”

“小姐，为了谨慎起见请把名字告诉我。”

“我叫中村康枝。”我情急之下扯谎。

“好好好，康枝小姐是吧。”男人边点头边起身，手已伸向玄关门。就在这时，后面的房间，哇地传来薰宛如猫叫的细弱哭声。男人一脸不可思议地回头。我慌忙走下脱鞋处。

“不好意思，我不清楚情况。我会尽快联络里荣子小姐。”

我连推带拉地把男人赶出去。被他听见了吗？他发现有婴儿在吗？那个男人，知道中村富子的女儿怎么联络吗？会不会就在这几天之中用某种方法取得联络，说他看到家里有婴儿和陌生女人，向她女儿打听我是谁？我猛然关紧玄关的门，反弹似的奔过走廊。

不可能露馅，一个女人带着婴儿不可能惹人起疑。他不可能发现。但我无法抹消不祥的预感。心里骚动不安。

我抱起细声哭泣的薰安抚她。我哄着好乖好乖的声音在颤抖。薰的哭声渐大。我脑袋昏然麻痹地听着那哭声。

// 二月十七日 //

黎明时分，电话响起。我拉开纸门，定睛凝视走廊角落的黑色电话。女人房间的纸门也砰地发出近似爆裂的声音开启。我把视线朝那边移去，只见女人探出脑袋盯着电话。电话声音刺耳地响个不停。

“你去接。”

女人发现我，便以命令的语气如此说道。然后，再次砰地关上纸门。她似乎把音量调得更大，演歌变得更大声。

电话响了十声后停止，然后再次响起。我把薰留在房间，缓缓走近电话。我拿起话筒。黑色话筒像铁块一样沉重。

“妈？”歇斯底里的怒吼声劈头钻入耳中。“不是已经谈妥了吗？你打算在那里待到几时？契约都已经签好了。那块地已经不是你的了。你快点搬走啦，随你爱去哪儿都行，我不是已经给你一笔钱了吗？你不是也收下了吗？”电话那头的女人就像神经质的小型犬，尖声吠个不停。

我想起封面磨损的母子手册。我暗想，这个声音就是那出生时才两千两百克的小婴儿吗？我想象着怀抱小婴儿的女人。把脸凑近对婴儿微笑的女人，定定仰望女人的婴儿。一对陌生母女的模样。

“拜托你也说句话好吗？你干吗非要赖在那种地方呢？难道你打算榨取更多钱？那间房子根本没留下任何好回忆，你还是赶紧让人家变更用地吧。喂，你有没有在听？你倒是说句话呀。”

女人说到这里在一瞬间打住。呼呼的粗重鼻息透过话筒传来。

“你是谁？”女人蓦地问，“房屋中介商说，有亲戚在我家，你是谁？我妈在旁边吗？喂，你跑进别人家做什么？小心我报警哦。”

报警这个字眼令我差点停止呼吸。话筒传来连珠炮似的刺耳吠声。我想把话筒放回去，却一不小心掉到地上，黑色电话线晃来晃去。我慌忙捡起，用双手把话筒放回电话机上。

把话筒挂回去顿时恢复安静。响彻走廊的演歌忽大忽小。我反弹似的离开那里，走回房间，把散落地上的行李随手塞进旅行袋。我抱起薰，薰频频出声。她的声音，也同样忽远忽近。我抱着行李，前往女人的房间。

一拉开纸门，女人表情愕然仰望我。女人的房间塞满东西。褪色的日式衣柜环绕房间，把窗子也挡住了。用绳子捆绑的杂志与报纸层层堆叠，日式衣柜前放着三格柜，上面堆了几个纸箱。少了一只眼的绒毛玩偶，针线盒，缀有蕾丝边的抱枕，泛黄的毛巾散落各处。银色的手提式收录音机正播放女人唱的演歌。没插电的旧电视上，放着装在盒子里的人偶和木雕的熊。东西实在堆得太杂乱无章，使得这个房间同样毫无生活气息。正中央放着暖桌。唯有那里看起来突兀地空洞。暖桌边上堆放着橘子皮，橙色看起来分外鲜艳。一切都在日光灯惨白的灯光照耀下。女人窝在暖桌边依旧愕然仰望我。

“你可以抱她。”我不由分说地把薰交给女人。女人瞪着眼把视线从我身上移到薰，迟迟不肯抱。我硬往她手里塞，她才战战兢兢张开双手抱住薰。女人像抱住脆弱的玻璃珠，提心吊胆地抱着，然后像被吸引似的将脸贴上薰的小脸摩挲。薰猛然哇哇大哭，但女人并未停止。仿佛要把自己的气味染到薰的头和脸上，她用那干瘪的脸颊不停摩挲。女人毫无表情的脸，和刚才我脑海中抱着婴儿的陌生女子，在一瞬间重叠。

“之前我叫你别碰她，对不起。”

我忍不住如此低语，女人尴尬地停下用脸颊摩挲的动作，把薰塞还给我。薰哭个不停。

“吵死了！既然是她妈妈就叫她别哭！”

女人说着背对我，撅起屁股把收录音机的音量开得更大。连隔壁邻居都听得见的巨响在屋内响起。我让薰坐在婴儿背带里披上大衣，手提行李走出房间。

“你要去哪里？”

我正在穿鞋时，女人从纸门探头出来高喊。

“我去买东西。”

我不敢说是要逃走。“有什么要我买回来的吗？”我像平时一样问。女人皱起眉头，来回瞪视我和旅行袋。

“橘子！”她冷冷撂下话便啪地关上纸门。

我往外走，天空凝重阴霾。我关上拉门，一边抚摸哭泣的薰背部，一边横越杂草丛生的院子走出门外。抱歉，大婶，我不能买橘子回来了。抱歉，大婶。我在心中反复低语，一边加快脚步。电话中的那个女子想必很快就会报警吧。也许已经报警了。抱歉，大婶。擅自借用你的厨房，还借用了你的棉被，让我有机会替薰煮饭，让我有机会体验生活的滋味，我却无法帮你买橘子回来。

我在心中一边如此重复，一边小跑过空无一人的巷子。这几天，薰好像变得重多了。我上气不接下气，但我不能缓下步伐。该往哪里走？该往哪里走？哪里有我可去之处？去何处才不会被发现？

虽然迈出步子且决定先去车站再说，但我气喘吁吁，脚和肩膀都很痛，我在之前遇到女人的那个公园长椅坐下。虽有阳光但空气冰冷，我朝冻僵的双手呵气。薰把手伸向我的手。薰的小手也是冰冷的。我从旅行袋取出帽子给薰戴上，也替薰的小手呵气试图温暖她。

该往哪里走？哪里才能逃过追捕？该往哪里走？往哪里走？只有疑问不停在脑海盘旋，身子却动弹不得。公园里的游客多半是携带家眷。推着婴儿车的年轻父亲与母亲。抱着穿很多衣服的小孩步行的父亲。笑声在阳光下弹起。对了，我这才发觉今天是周日。正面的长椅上，戴着棒球帽的男子正在看报。我不由得抱紧薰低下头。那份报纸上该不会提到我吧？我低着头，翻眼偷窥男子。他的脚边，才刚学会走路的小孩子正在玩耍。战战兢兢地靠近飞落的鸽子后，又转头对父亲不知说了什么。年轻的父亲不予理会继续看报。对面跑来一个穿白外套的女子，好像是做母亲的。小孩冲向母亲，但立刻跌倒。母亲跑过来抱起他。哇哇大哭的声音连我这边都听得见。

远处传来音乐。耳熟的旋律，越来越大声。全家出游的假日公园里，唯有那个音乐听来特别亲切。我用大衣裹着薰，提起放在一旁的旅行袋，站起身来。白色小货车沿着人行道缓缓驶来。我跑到路旁，大力挥起一只手。

小货车停下。女人从驾驶座窗口探出脸。虽然头上绑着跟上次送我水的那个人一样的三角巾，但这个女人看起来比较老。

“呃，水，”我说，“上次，你们给过我水。”

“噢，你是客人？先等一下哦，我把车停到前面一点。停在这里会被骂。”女人说着，缓缓把车往前驶。我跑着追上去。

把车在前方数十米处停妥的女人，下了车打开小货车车门。

“你只需要水？哇，好可爱。”

她一边匆匆在小货车里搜寻，一边凑近看着薰。

“不是的。呃，上次拿的水，让这孩子的过敏好了很多。所以，那个，我想去住住看！”

几近尖叫的声音传入我耳中。女人皱眉凑近看着我。

“我是听朋友介绍的。听说住在那里之后孩子的过敏全好了。所以，我想带这孩子过去住。请带我们去。拜托。”

我低头行礼。女人穿的白色帆布鞋映入眼中，一尘不染的鞋子好刺眼。

“可是这不是我能决定的……”

“那，请带我去见有权决定的人。拜托，求求你，求求你。”

我再三重复。小小的薰咿呀出声。女人的目光停留在薰身上。

“女的？”她问。我不懂她在问什么，反问了一声：“啊？”她又问：“那孩子，是女孩？”

“对，六个月大，但这孩子也不会给你们添麻烦的。我什么都肯做。拜托。”

说着说着，我真的觉得只有那里可去了。

“什么都肯做？这又不是卖身为奴……”女人哭笑不得地说着，转头瞄了副驾驶座一眼，“那，上车吧。虽然我不知道你能不能获准加入，不过，带你去倒是无所谓。只是，我还要跑来跑去四处兜售，要到晚上才回去，可以吗？”女人说着，打开副驾驶座的车门。

女人把车停在沿途经过的公园和社区中庭，“来买哦，来买哦。”她低调地拿着麦克风说。有时一个客人也没出现，也有时带着小孩的家庭主妇和中年妇女，会过来买蔬菜和面包。她催我帮忙，我也下了车，用婴儿背带抱着薰收钱递货。我一直提心吊胆生怕有人会说“我在报上看过你”，但来光顾的客人连我的脸都懒得瞧，只会摸摸薰，问她叫什么名字、几个月大了。每次我都随口敷衍过去。

天色开始暗沉时，小货车哪儿也不停，开始沿着国道笔直前进。

“你是被赶出来的？”

女人忽然在昏暗的小货车中问道。与其说是疑问句不如说更像是肯定句。我答声是，正在迟疑是否该像之前告诉康枝的那样捏造身世，她倒先打开话匣子。

“我是因为老公外遇，最后他们已经公然出双入对。我下班回家一看，我老公和女人正在餐桌上吃饭呢。那简直是人间炼狱。”

“所以呃……”我正想问她是否因此才会逃出来，握着方向盘的女人打亮方向灯。

“幸好遇到Angel大人救了我。要是不能住在那里，我说不定已经杀了老公和那女人。”

她喃喃自语。怎么看都像五十几岁的女人，冒出Angel这种字眼实在很怪异。我蓦地想起康枝说过的可疑团体这个形容词。

“不过，那些都是往事了。是我还在现世受苦时的事。”她又一个人想开似的说着，把车停在路肩。

“我要打个电话，你等我一下。”

她说完就下车，走向自动贩卖机旁的公用电话。

一周，不，三天也好。总之一定得先找个过夜的地方。接着该去哪里，趁着这段时间再决定就好。如果真如康枝所言是什么可疑的宗教团体，到时再逃走也不迟。我一边看着她被青白路灯照亮的背影一边暗想。薰双眼微合地睡着。

“还要去载一个人。”女人回来后说，“说到这里，我叫文代。古村文代。Angel大人赐名给我，但我总觉得不太好意思。”她羞涩地笑着发动引擎。

“今后还请多多指教。”我只说出这句话，低头致意。

小货车在既无商店也无速食店的昏暗国道上一路奔驰。在平交道左转，沿着铁轨边行驶。铁轨对面终于出现灯光，有个小小的车站。招牌写着大久保车站。我完全猜不出来是哪个县市。文代下车走向车站，过了一会儿，偕同另一名女子回来。是个头发染成茶色、应该称为女孩比较适合的女子。身穿牛仔裤的她，背着背包，一手拎着便利商店的塑胶袋。

“挤一挤应该坐得下三个人吧。”

文代打开副驾驶座的车门说，女孩钻进来。

“你好。”

她朝着挪出空位的我微笑。语气开朗，就像新来的转学生对邻桌同学打招呼。我也不由得跟着点头道好。

“这不是小宝宝吗？六个月大？哎，让我抱一下。”

女孩亲热地说着，朝薰伸出手。我解开背带把薰交给她，她凑近酣眠的薰，对薰说话。文代再次钻进驾驶座，小货车驶出。

“你也是离家出走吗？”文代一边操控方向盘一边问女孩。

“拜托，我看起来有那么年轻吗？我早已经不是离家出走的年纪了。我是经过慎重思考，自己做出决定，才想去Angel Home的。大婶，听说进去之前有什么考试或研习之类的名堂是吧？当然也可能无法获准加入吧？这种筛选是怎么判定的，有什么事是绝对不能说的吗？”

女孩抱着薰噼里啪啦滔滔不绝。文代一脸为难地瞄一眼女孩：“别叫我什么大婶好吗？我有名有姓叫古村文代。”和之前跟我说话时态度截然不同，她板着脸说。

女孩丝毫不觉尴尬：“文代姐，今后请多指教。我叫泽田久美。泽田珠宝的泽田，永久美丽的久美。你叫什么名字？”她含笑凑近薰熟睡的脸。薰被摇晃，微微发出呻吟。如果被吵醒了肯定又要哭。“请多指教。”我慌忙从她手里接回薰。

接下来，久美向文代东问西问打听了半天。怎样才能取得加入Angel Home的资格，听说财产会被通通没收是真的吗，要做些什么工作，文代加入多久了，听说那里的人只吃素是真的吗……文代板着脸不吭气，对这些问题一概不回答。

久美似乎终于发现文代不高兴，看着我对我耸耸肩，从便利商店的袋子取出报纸打开。

“那种东西，不能带进去哦。”

文代对刚打开车顶灯看报的久美说。

“那，我看完在路上扔掉。这样总行了吧？”

文代叹口气脸朝正前方。

“嗯……禁止带报纸进去啊。那杂志当然也不行喽。”久美一边嘀咕，一边阅读折起的报纸。我漫不经心看着她的指尖，赫然发现有眼熟的文字掠过视野，目光顿时移向她拿的报纸。然后几乎失声惊叫。我慌忙用一只手捂住嘴。

指名通缉二十九岁女性——秋山先生的女性友人，以前和秋山夫妻发生纠纷，原居住地千叶县市川市野野宫希和子，嫌犯身高一百六十厘米，这些字一齐来势汹汹地钻入眼帘。我怀疑现在要是张开嘴巴，心脏大概会扑腾一声跳出来，于是怎么也无法把手移开嘴巴。我的身体不停哆嗦，膝盖不听使唤地互撞。久美在狭小的空间里灵巧地翻阅报纸，我的名字被掩盖过去。

让我看那份报纸，让我看刚才的报道。我把已涌到喉头的话硬生生吞回去。

终于来了，追来了，来得这么快。几乎放声尖叫的我用力咬自己的手指。我一手紧抱住薰。

“文代姐，还要开多久？”久美一边翻报纸一边慢条斯理地说。

“你会冷吗？”文代没回答她的问题，对我投以一瞥后问道。

我们坐的小货车在既无商店灯光也无路灯的山路上不停奔驰。途中，文代命久美扔掉报纸。

“杂志也要？”久美问，文代无言点头，“可是，要扔在哪里？”

“从窗口丢出去。”文代用不容分辩的语气回答。

久美瞥我一眼，但还是打开车窗，扔掉报纸，再从背包掏出杂志，也抛到窗外。出人意料的是杂志竟是婴儿杂志。登有我姓名的报纸，和以微笑宝宝当封面的杂志，眼看着抛到背后，被漆黑如墨的夜色抹消。我的心跳快得几乎反胃。我什么都没看见，报上根本没有我的名字。我拼命这么告诉自己。

终于前方模糊出现白墙。小货车左转，咔嗒咔嗒晃动着沿墙行驶。久美伸长脖子看着墙。这片墙内就是Angel Home吗？

墙到了尽头，出现看似异常坚固的铁门。门上有拱顶。毫无灯光照明，因此看不清全貌。文代下车，按对讲机说了几句话。门缓缓开启。小货车驶进黑暗的门内。车头灯扫过黑暗，蓦地照亮一排排并立的孩童脑袋，我吞下微弱的惊叫凝视窗外。

铺满草地的院子一角，密密麻麻排列的并不是孩童，而是人偶。像白陶一样光滑、体型小巧的人偶，排成好几列。令人想起寺庙内有时会看到的婴灵地藏菩萨；但与其说是地藏，还是用人偶来形容更恰当。被车头灯照亮的它们，待小货车驶过后便再次沉入黑暗。我还在转头凝望黑暗中倏忽浮现的人偶队伍，此时小货车停了。

“下车。”文代的声音响起。我与久美面面相觑，默默走下小货车。

眼前是钢筋水泥的建筑物。毫无装饰的白色长方形建筑，让人联想到校舍和医院。入口和窗户都亮着灯令我松了一口气。我跟在文代身后走向入口。

“感觉上好像鬼屋。”走在我后面的久美嘀咕，被转过头的文代瞪了一眼。

玻璃门后，站着两个女人。一看清我们，便打开玻璃门邀我们进去。

“出外布施辛苦了。”两人对文代深深欠身行礼，然后视线移到我身上。

“你带着婴儿啊，可以让我抱一下吗？”其中一人伸出双手，抱起沉睡的薰。两人轮流把头凑近薰，“睡着了。”“应该有六个月或七个月大吧。”“挺可爱的呢。”“是个女娃。”她们如此交谈着。两人看起来都像是三十五岁至四十几岁之间。同样穿着长袖T恤和运动裤。我和久美呆立原地眺望建筑物内部，文代替我们拿来拖鞋。

内部也很像学校。入口有鞋柜，白墙上装饰着淡彩图画。画的是很普通的花。我和久美使个眼色，脱鞋走进室内。拖鞋冰凉的触感从脚底涌上。

文代正与出面迎接的两人小声交谈。抱着薰的长发女人对我们说："今天已经很晚了，明天再办手续吧。我先带你们去房间让你们休息。"

她依旧抱着薰，穿过走廊，走上楼梯。我和久美尾随在后。我本来还担心薰醒了会哭，但她在陌生人的怀中倒是睡得很安静。建筑物内悄然无声，我和久美发出的拖鞋声吧嗒吧嗒回响。虽然安静，却有人的气息，生活的气息。若有似无散发着香甜糕点的气味。走廊和楼梯上不见任何纸屑。虽像学校，但安静与清洁感倒令我想起修道院这个名词。

女人带我们去的，是两坪左右的小房间。窗上挂着米色粗布窗帘，墙边放着双层床，还有一张不锈钢桌子。家具就只有这些，是非常冷清的房间。

"盥洗室和厕所在走廊尽头。浴室在一楼。洗澡时间是规定好的，不过现在去洗还来得及。"

长发女人对愣在原地环视房间的我与久美说。

"还有，待会儿我会拿文件过来，请你们在明天之前填妥必要事项。"

女人温柔地微笑，抱着薰就想离开房间。

“那个，请把薰还我。”我惊愕地挡在女人面前。

“噢，她叫小薰啊。你放心，我们会好好照顾她的。”

“啊？什么，那怎么行。不用麻烦你们，我自己会照顾。”

女人蓦地用怜悯的表情看着我。

“那今天你也睡在这里好了。”她小声对睡着的薰说，轻轻地交还给我。

女人拿来的文件，上面尽是奇妙的问题。虽有姓名和出生年月栏，却没有住址和联络电话栏。可是话说回来，却又从小学到最高学历都问得追根究底。就业记录也必须尽量详细地填写。我抱着写履历表的心情填写，却又出现“喜欢的颜色”“不吃的东西”这类有点幼稚的问题。我一边苦恼到底该认真交代到什么程度，一边还是一一填上答案，最后写到目前持有的银行账户及存款金额这一栏。

可疑团体，劝诱加入。我想起康枝说过的话。如果要在这儿生活，就非得把所有的存款双手奉上不可吗？

门骤然打开，我吓了一跳，连忙转身。顶着一头湿发的久美走进来，她穿着跟刚才的女性一样的长袖T恤与运动裤。

“澡堂像温泉一样很舒服哦，而且都没人。毛巾和肥皂都有，只可惜没有吹风机。脱衣间里，已经放好内衣和T恤了。T恤我还敢借来穿，内衣就有点那个了。你也去泡个澡吧？如果带宝宝一起洗不方便的话要我帮忙吗？”她气也不喘地一口气说完，一边探头凑近我的手边。大概是瞄到银行账户这几个字，她瞥我一眼，说：“这里，据说会把钱全部拐走。”

“我该诚实填写吗？久美，你说呢？”我问。

“我会照实写。反正我也只有三十万元左右。如果能换得留在这里有吃有住的话，我觉得很便宜。”

久美说完，凑近探视睡在下铺的薰，轻拍她的小肚子。我仍在迟疑地凝视笔尖之际，背后传来久美低沉的声音。

“我是无处可去才来这里的。根据传言，我们俩，大概从明天开始就会接受研习。如果合格就能留在这里，不合格就会被赶出去。只要能留下来我什么都愿意做，就连我不相信的，我也会假装相信。至于你嘛……喂，你叫什么名字来着？”

“希和子。”我说。本想捏造假名，但是如果看到存折上的姓名，立刻会被拆穿。我一边祈祷久美不记得之前的那篇报道，一边细声低语：“野野宫希和子。”

“希和子，你怎会来这里？是被谁拉来的吗？这里的宗旨吸引你？”

“我也是走投无路才来的。”

看到久美听见我的名字也毫不惊讶，我深感安心，如此说道。本来，就连Angel Home是什么样的地方，是不是宗教机构我都不知道。我以为久美还会追问，但她什么也没问，反而说：

“那么，你还是照实填写比较好吧。我虽然听过有关这里的传言，比方说，会骗钱啦，会彻底压榨劳力，等你没有利用价值就把你身无分文地赶出去等，但在我看来，又不是会被谋杀，就算传言是真的，那也没什么大不了的。”

这时，被抛到夜色中的报纸浮现我的眼前。然后我灵光一闪。文代说过，报纸杂志都不准带进这里面。也就是说，只要待在这里一天，我的身份就绝对不可能泄露。虽然我没详细看过报道内容，但我被当作嫌犯公布姓名已是不争的事实。那么，我比久美更加走投无路。待在这里，只要不被这里的人发现我的底细，说不定我可以和薰相依为命，可以提供吃饭和睡觉的地方给薰。

薰细声呻吟，我走近床边。她皱起小脸，像要抗拒似的不停摇头，发出细细的喘息。不哭，不哭，我喃喃念道。久美将手指划过薰的额头，开始低声唱起摇篮曲。乖乖睡，宝宝睡。薰半睡半醒地将大拇指伸到嘴边，开始吸吮。安静的房间里，只听见久美的摇篮曲。

“久美，你有小孩吗？”我鼓起勇气问。

“今年四月就满三岁了。可惜被抢走了。”久美轻抚薰的额头回答。

“被抢走……”

我不解其意，心头猛地一跳。久美没抬头，嗫语道：

“被我前夫。更正确的说法，是被我前夫的父母。当初我生的如果也是女儿就好了。那样的话或许不会被抢走。”

我凝视久美的侧脸。仿佛在一瞬间，从那干燥褐发下的侧脸窥见，看起来犹带稚气的久美，曾经历过的那些我无从得知的日子。

// 三月二日 //

到今天为止，这两周我一直在接受所谓的研习课程。其间，除了最低限度的必需品之外，一概被迫交由她们保管。在接受这项她们称为Study的研习期间，薰被强制带离我身边，只有晚上睡觉前才会还给我。起初我很抗拒与薰分开，但她们说如果不服从规定就无法获准在此生活，我只好同意。白天，想到不知是谁以什么方式照顾薰，我就忐忑不安，不过夜里交还到我手上的薰，身上的小红点已消失，尿片和衣物也被仔细换过。

这里虽有人的气息，却很少遇见别人。偶尔在盥洗室或浴室会遇上陌生面孔，但大家都只是默默点头行礼。

参加研习的，有我和久美，还有德田女士这位四十几岁的家庭主妇，二十岁的沙绘，以及差不多跟我同年的三枝。这三人，是在我们抵达后的隔天下午来到此地。

指导员被称为Mother，是田边艾雷米亚和诸桥莎莱伊这两名女子，在这两周天天指导我们五人。她俩年纪都在四十五至五十岁之间。奇妙的名字似乎是这里的人命名的。两人脂粉未施，莎莱伊笑脸迎人态度亲切，艾雷米亚看起来却很难相处。

两周前的研习第一天，负责指导的女人说的头一件事，就是Angel Home并非宗教团体，而是所谓的义工团体。据说，此地是在现世具现代化的天堂乐园，她们是在义务地将乐园的存在方式向世间宣扬。

然后诸桥莎莱伊扫视我们，问道："你是男的还是女的？"因为不懂她想问什么，我们五人的视线刺探般交错着。

"那还用说，当然是女的。"年轻的沙绘笑言，气氛顿时有点放松。于是莎莱伊慢条斯理地又问："为什么觉得是女的？这种想法从何而来？"

"有乳房，没有小鸡鸡。"沙绘回答。

"就这样？其他的人觉得呢？"她继续问。

"有月经。""会生小孩。"久美与德田女士细声回答。

诸桥莎莱伊未予反驳。

"我再问一次。有乳房，有月经，所以你就是女的？不是男的？"她又问一遍。

"应该是女的吧。"沙绘这次没什么把握地说。

"告诉我这个想法从何而来。"莎莱伊又问。

这样的问答可以持续两三小时。

到了中午十二点，装在托盘上的午餐送来，两名指导员走出房间，我们五人就吃那个。久美之前说听说这里只吃素，但塑胶容器里装着煮什蔬和蒸鸡肉。

“好怪的问题。”“这种把戏，该不会一直玩下去吧？”“下次，干脆改说是男的试试看好了。”“可是，万一她又问这种想法的根据呢？”彼此只知姓名的五人，由于指导员不在，不知不觉打成一片聊了起来。

指导员中午一点回来，又开始你是男是女这个同样的问答过程。

“那我问你们，”中午两点过后，莎莱伊终于换上另一个问题，“没有乳房隆起、没有月经的十岁小孩，就等于是男的吗？”

“可是如果没有小鸡鸡，就算是小孩也是女的吧。”沙绘当下说。

“身体特征就是判定是男是女的根据？”艾雷米亚当下问道。

我几乎完全没发言，一直默默旁听问答，但指导员到底想指导什么，想让我们明白什么，我完全无法理解。同时也觉得这只是在浪费时间。结果，这天艾雷米亚和莎莱伊都只有抛出问题让我们发言，并未说出真正的答案是什么，就这样结束研习。时间已过了晚间七点。

之后，天天都是在重复类似内容。你是年轻还是年老？你是美还是丑？你是胖还是瘦？两人抛出这样的问题，让我们发言，然后没说出正确解答就结束那天的研习。甚至也问过你是鸟还是鱼这种可笑的问题。

这样的日子持续数日后，我渐渐觉得接受研习很荒谬。不管是男是女，是鸟是鱼，总之怎样都好，只要赶快结束让我见薰就行了，我脑中只有这个念头支撑我熬过时间。

昨天，发生奇妙的事。这天问的不是你是男是女这种二选一的问题，莎莱伊问的是“你最想得到的是什么”。早已习惯这种气氛，甚至刻意搞笑逗大家开心的沙绘，果然率先回答“美貌吧”，带起哧哧笑声。

“即使只拥有美貌这种丝毫不能派上用场的东西，你也想要美貌吗？”莎莱伊慢条斯理地反问。

“怎么可能丝毫派不上用场？要是长得漂亮，不仅能吸引大家回头注目，也会很受男生欢迎。还可以当模特或明星，跟条件好的人结婚。我觉得美丽就是力量。”

听了沙绘的回答，这次轮到艾雷米亚间不容发地说：

“那么，照你说的，美貌并非目的而是手段喽。你想利用美貌这个东西得到的是什么？权力？工作？嫁入豪门？你必须回答这点。”

艾雷米亚和莎莱伊不同，她很少笑，声音又低沉，因此一旦说到激动处，给人的感觉就像在骂人。沙绘略做思考后，咕哝：“分手情人的心。”

“这话怎么说？”莎莱伊用安抚小孩的语气问，沙绘就像高烧呓语似的噼里啪啦说出自己的失恋经过。本是大学同学的男友，开始跟别的女生交往，为何自己惨遭抛弃，为何男友选择的是别人不是自己，她怎么想都不明白，想来想去唯一的理由就是，虽不愿承认，但第三者在容貌姿色上的确略胜一筹，如果自己比对方漂亮，男友选择的一定是自己，这就是沙绘的故事。这是二十岁这个年纪常见的烦恼，所以我半带微笑地倾听，但沙绘说到一半忽然哭了，她这么一哭，会议室弥漫的氛围顿时和昨日有了微妙的变化。本来被不明所以的问题弄得困惑不悦的气氛当下一扫而空，大家都热心聆听沙绘的叙述，并且积极等待两名指导员会对此做出什么反应，至少我是这么感觉。

“如此说来前男友的心也是手段喽。”莎莱伊柔声地说，“美貌也是手段。前男友的心也是手段。你真正想要的，并非那种东西，应该在更深处才对。”她如是言。

于是突然，这次轮到久美主动开口说她想要的是钱。内容几乎都是她的身世。

“二十四岁那年结婚，本来婚前说好和公婆分居却因怀孕开始同住，二十五岁生下儿子，婆婆却霸占宝宝独自照顾不肯让我抱，渐渐地孩子一被我抱就会哭，丈夫每次都站在公婆那边不听我解释，还渐渐开始不回家，我发现他在外面有了女人，为此责问他，他却说每次回家听我抱怨已经听烦了，公婆得知自己的儿子外遇也坚持认为都是我的错，我带着孩子离家出走，丈夫和他父母却追来把小孩带走，甚至打官司剥夺了我的监护权。”——久美一口气说完。

一边听着，我暗忖久美该不会是故意的吧。她说过就算什么都不信也会假装相信以便留在这里，所以该不会是为了讨好指导员，故意主动说出那种故事吧？但是，久美接着几乎像在尖叫般嚷着：“只因为没钱便无法继续打官司，只因为没钱便不被承认做母亲的资格，只因为没钱才无法带着儿子逃得远远的。”最后她把头埋进双膝之间呻吟着说“我不甘心，不甘心，不甘心”，然后像沙绘一样哭了出来。德田太太和三枝也跟着哭起来，室内一片安静。

然后就成了告白大会。

德田太太说她的独生女性情乖戾，最后甚至开始在家里动粗。她说想要的是过去。她想回到过去重新和女儿建立关系。三枝则说，她无法原谅和客户偷情的自己。她希望有终止偷情的勇气。大家都像被传染似的边说边哭，也边听别人倾诉边哭。

轮到我时，我该说什么好呢？我一直在思考这个问题。我无法对任何人的叙述投入感情，大家为何突然像集体歇斯底里那样哭哭啼啼，我感到很不可思议。

四人结束告白后，两名指导员瞄我一眼。

“不用勉强发言。”虽然莎莱伊这么说，但现在如果不吭声，我怕她们一定会怀疑我有不可告人的隐情，于是我也开口了。

“我也跟三枝一样，和公司的上司谈恋爱。我以为我们将来会结婚，他也这么说过。”安静的室内，只有我的声音响起。

我把跟康枝说过的故事重新组合，说到这里就闭口不语。六个女人定定地看着我，其中也有哭肿的赤红眼睛。她们在等我开口。室内悄然无声。这时，不知为何我忽然好想把一切、真正的一切当场说出来。这些人没有一个会责备我，也不会把我从这里赶出去。没有人会断定我是罪犯，没有人能拆散我和薰。我确信地想。所以，所以就在这里，毫不保留地和盘托出吧——

要抑制这股冲动出乎意料地艰难。我凭着脑中仅存的百分之几理性，勉强把冲动按捺下来。我做个深呼吸，一边慎选用词一边叙述。

“男友还没办妥离婚我就已怀孕。这事被他太太发现了。他太太打电话来骚扰我，打了很多次。她说绝不离婚，他也求我把孩子拿掉。但我还是生了。我独自生下薰。”

不知不觉中，本该是警醒慎选的字句，竟仿佛未经大脑便脱口而出。我边说边想，这是骗人的，这不是真的。不对，这全都是我的愿望。生下那时怀的孩子。不管别人怎么说都坚持生下来，就算凭我一个人的力量也要抚养孩子。我说的是我无法实现的心愿。

我说，所以我想要的是未来。我和生下的孩子能够共度的未来。没有任何人可以夺走的未来，我想要的只有那个。

回过神才发现我也哭了。我既未对在场的女人敞开心房，也没说出什么真相，明明用理性成功地敷衍过去了，但我却难忍抽泣，不停地吸鼻、哽咽，最后甚至哭得说不出话。室内，再次响起一群女人的啜泣。

“美貌、金钱、平稳生活、结婚的保证，还有未来，你们不觉得那都只是手段？大家不妨想想看在手段前方，你真正想要的东西是什么。”

莎莱伊谆谆告诫，结束这天的研习。两名指导员离开后，大家精神恍惚地坐在原地。那晚，和薰睡觉时，我暗忖那究竟是怎么回事。不过，无论是真是假，有人肯听自己说话，可以放声哭泣，的确有种奇妙的舒服。大家或许都沉醉在那种滋味中。

而今天，仿佛根本没发生过什么告白大会，又重复起内容与第一天类似的问答。再次回到你是男是女这个问题。

“我本来以为应该是女的，但是或许，我其实不是男人也不是女人。”久美如此发言，旋即被质问这个想法的根据。久美对这个问题答不上来。

我在几乎无人发言的时间中，茫然思考。如果我不是女人，秋山先生不是男人，那么，过去我一直饱受折磨，而且至今仍摆脱不了的痛苦，不就都没了吗?

“野野宫小姐，你觉得呢？”莎莱伊问道。

“我的想法或许很幼稚……”我先声明，然后将脑中的想法脱口而出，“如果没有分什么男人女人，我想或许会更轻松……”

“这并不幼稚。”莎莱伊说，“也就是说，如果我们能以灵魂与人相遇，我们的痛苦或许就都不必要了。自己是女的，自己不年轻，自己长得丑，你不觉得这些一心认定的想法，其实都是多余的包袱吗？只要肯放手，你不觉得会轻松许多吗？”

大家顿时一脸恍然大悟地看着她。听到这里我好像终于明白此地的理念与研习的用意了。想必是把重点放在灵魂而非肉体吧。她们想透过这两周可以说毫无意义的问答，让我们切身理解灵魂这种东西的存在吧。在我心中，既感到的确如莎莱伊所言，同时又觉得她们的理念并无什么新意。今天研习比平常提早结束，指导员宣布“Study到此结束”。

根据久美的情报，研习结束后会有单独面谈，到时将会决定能否留在这里。这纯属传言，我们五人，并没有接获任何关于明日行程的通知。

一回到房间，陌生女子就把薰带来交给我。我感觉得出薰看到我时表情松了一口气。这两周的前半段时间，她不知哭得有多惨，想到薰的小脸上挂着泪痕我就心疼。研习一结束，我是否终于可以获准与薰终日厮守呢?

// 三月三日 //

上午九点左右，艾雷米亚来喊我们，叫我们坐上小货车。今天我不用和薰分开，令我松了一口气。我在Home发的T恤外面罩上大衣，和一起接受研习的四人坐上停在入口前的白色小货车。和卖水卖菜的小货车不同，这是辆老旧的丰田HIACE（海狮）。

莎莱伊坐上驾驶座，艾雷米亚坐上副驾驶座，小货车驶出。外面是阴天。我从车窗眺望当初来时暗得看不清楚的院子。相当辽阔的院子里铺满草皮，修剪得很整齐。杳无人迹。角落，依然排列着白色人偶。既没有插上鲜花，也没有摆上供品素果，只有五十具左右的光滑人偶列队伫立。我觉得毛骨悚然，但久美和另外三人似乎都没特别在意。安静的车内，只有薰的咿呀儿语细细响起。

钻过拱门来到外面，我觉得好像已与外面的世界暌违许久。

“我们要去哪里？”沙绘问，但前座的两人不发一语。小货车把白墙抛在背后往前驶，我将额头抵在窗上向外望。车子走的是下山的山路，右方徐缓的坡面和左方的杂树林，都有醒目的垃圾。之前待在Home里面一尘不染，因此遍布垃圾的山路看起来格外异样。有塑胶袋和黑色带子露出的录影带，卷成一团的床单和衣物，分解的手提式音响和生锈的脚踏车，被雨淋湿的报纸及书籍。我想起当初来这里时，文代曾命令久美将杂志从车窗扔掉。

下山后沿着国道走了二十分钟，在一栋像Home一样冷清的建筑物前停车。我们奉命下车，鱼贯走出小货车。带狗散步的中年女人停下脚步，远观走下车子的我们。我觉得似乎已从那个中年女人的世界，来到一个相隔非常遥远的场所。

建筑物入口写着“谷原诊所”，我们跟在两人后面进入建筑物。候诊室和走道都没有门诊病人，一派清闲。挂号的柜台窗口，垂着格子布帘。

两人叫我们在候诊室的长椅坐着等，便走到里面去了。薰一边出声一边把手伸向墙壁。我视线一转，墙上贴着雏人偶照片的月历。我这才发现已经三月了。

“这是雏人偶哦，薰。这是天皇和皇后，这叫作雏人偶。”我从长椅起身，凑近月历好看得更清楚。一算日期，今天正好是雏偶节[①]。这是薰第一次过雏偶节，我却只能给她看照片上的雏人偶，因而觉得沮丧。什么时候，我才能替这孩子准备专属于她的雏人偶呢?

---

① 雏偶节又名女儿节，每逢三月三日，有女儿的家庭会摆设雏人偶，献上白酒、桃花等供品。

我发现今天是周日。难怪空无一人，原来诊所今天休息。

“不知她们想对我们做什么。”沙绘坐立不安地低语，“希和子你倒是不紧张。”她对着正在翻月历给薰看樱花及鲤鱼旗照片的我说。

“刚才，不是经过了商店吗？就算要求她们回程让我去一下店里，她们恐怕也不会答应吧。”久美仰望着天花板说。

“久美，你想买什么？”三枝问。

“我想买零食。好想吃点又甜又油的东西。那里的食物，实在太清淡了。”沙绘回答。

“我倒是想看杂志。”久美慢吞吞拖长音调说。

杂志。我把掀开的月历恢复原状，视线扫过候诊室。这里如果是为一般人开设的诊所，应该有报纸和杂志吧。我有种错觉，仿佛每份报纸和杂志上都大大印有我的姓名。不过设在角落的书架上只有被翻烂的儿童故事书，令我安心吐出一口大气。

艾雷米亚一手拿着纸杯回来。她发给我们每个人，说要验尿。看来是要让我们做体检。目送大家走向厕所，我问：“这孩子也可以做体检吗？”她默默点头。

神哪，我在心中呐喊。自从在那个老妇家中看到母子手册后我就一直耿耿于怀。薰从二月起就没再做过任何健诊，也没接受预防注射。只要待在这里应该能得到最低限度的医疗照顾。啊，神哪，谢谢您。我一边在心里呐喊有生以来从未说过的台词，一边也匆忙走向厕所。

我们接受了和我以前在公司做的定期体检几乎完全相同的检查。

验尿，验血，照X光，做心电图，然后是妇科检查。只有一名女医师和几个护士在场。女医师似乎和莎莱伊她们认识，检查期间还随口谈笑。做完一连串公式化健诊后，喊到薰的名字。医师命我脱去薰的衣服，把裸身的薰抱在膝上。

“你带母子手册来了吗？”女医师在诊疗室问我，我心头一跳。我勉强掩饰着答称，我没带来Home。“几个月大了？”女医师问，我回答她是七月三十日生的。医师把听诊器放在我膝头的薰身上，检查她的眼睛和嘴巴，测量胸围做听诊。薰瞪大眼睛浑身僵硬不敢动。医师问完是否会夜啼、是否容易发烧等问题后，一边在病历表上奋笔疾书，一边又快又急地说：“那已经打过BCG①了吧？DPT②打过几次？小儿麻痹呢？会过敏吗？”我的脑袋一片空白。“神哪，谢谢您。”这句自己说过的话，在那片空白中虚无地浮现。女医师定睛凝视什么也答不出来的我。

“你只怀过一胎？”

她嗫声低问，我顿时移开目光。诊所洁白光滑的地板映入眼帘。地上掉了一根很细的头发。我的心跳加速。

“她不会过敏。”

我没回答女医师的问题，只说了这么一句。声音哑得连我自己都听得出来。女医师盯着我看了半晌，最后抱起薰让她躺在诊疗台

---

① Bacillus Calmette-Guerin 的缩写，结核疫苗。

② Diphtheria,Pertussis and Tetanus vaccine 的缩写，白喉、百日咳、破伤风的三合一疫苗。

上。薰舞动小脚，皱起脸左右扭动身体。

“啊，她马上就会翻身了。”

女医师凑近薰，轻轻将手放在她背上。薰打个滚变成趴卧，她已经会趴这件事令我惊愕得猛眨眼。虽然脑中仍然一片空白，心跳快得几乎想吐，但薰的样子实在太可爱，我不禁扑哧笑了。笑声也在颤抖。女医师触摸躺卧的薰的手脚，抱起来还给我。薰当下等不及似的哭了。

“一个月一次，会有别人去Home巡查一下，如果有什么问题到时你再跟她说。若是紧急状况告诉莎莱伊就行了。”

女医师对着给薰穿上衣服的我说完，便走出诊疗室。

我抱着薰，战战兢兢走出诊疗室，女医师和艾雷米亚、莎莱伊三人，正在走道角落窃窃私语。一定是在谈论我吧。经过妇科检查，或许已发现我并未生过小孩。今天，也许我就会被赶出去。

“没事，没事哦。”我哄着哭泣的薰。

“啊——哭了。小薰，待会儿阿姨买冰冰给你哦。”久美凑过来哄她，但她把脸一扭，哭得满面通红。“奇怪，我家那小子每次只要这么一说就不哭了。”久美笑着说。

跟来时一样，我们全体钻进小货车离开医院。

“那边有便利商店，我想去一下。”

经过国道边的便利商店时沙绘说，但艾雷米亚和莎莱伊当然都没吭气。沙绘哼地嗤之以鼻，别扭地玩弄指甲。我从车窗目送车子驶过便利商店。店面颜色看起来格外鲜艳。我忽然跟沙绘一样，涌起想在那五彩缤纷的店内物色零食和饮料的渴望。想给薰买冰激凌与巧克力，夸她一声“诊疗时都没有哭，好乖哦”。

但下一瞬间，我倾身把脸贴近窗口，用力过猛害我的额头撞到玻璃。

“希和子你也想去便利商店买零食吧。小薰也想吃冰冰吧。”

对于沙绘优哉的声音，我想报以微笑，却只能发出颤抖的吐息。驶过便利商店时，我看到路旁竖立的社区布告栏上，贴着放大的女人大头照。如果没看错，那是我的照片。是留着长发、脸颊丰润时的那个我。

“如果想吃零食，那好，这个给你吃。”

莎莱伊转头递给沙绘一样东西。

“天哪，醋昆布。这种东西我才不想吃咧。”

小货车内响起低笑声。抱紧薰的我也试图挤出笑容，我不知道是否成功。便利商店和布告栏，即使转头回顾都已远得看不见了。

我看错了，一定是看错了。我害怕万一明天身份揭穿薰会被抢走，所以一看到指名通缉的照片，就以为是自己。

“没事，没事的。”

我抱紧已经不哭的薰，如此不断重复。好想赶快回去，回到那道白墙内。

我紧紧搂着薰，在心中祈祷般如此重复。

// 三月四日 //

正如久美所言，上午，我们被一一叫去之前接受研习的房间。久美是第一个去面谈的，即使向她打听那些人问了什么或说了什么，她也不肯透露半个字。快中午时，艾雷米亚来喊我。她叫我只要带着贵重物品就好。我抱着薰，拎起目前算是我所有身家财产的旅行袋，前往前天尚在研习的房间。长桌对面，坐着莎莱伊与艾雷米亚，以及我不认识的两名女子。桌上放着我填的资料。她们对面放着一把椅子，莎莱伊含笑叫我坐下。

“你有何打算？要留下？或者，要回家？”把一头花白长发绑在后面的女人问。

“如果能让我留下，我想留下。”

“为什么？有什么不能回家的理由吗？”

艾雷米亚不留情面立刻问道。

“我想再多学习一点。”我说，只能发出令人担心对方听不听得见的微弱声音。四名女子定定地注视我。我垂眼往桌下看，只见四双白色帆布鞋。说到这里，我忽然想起一件无关紧要的事：文代也是穿雪白的帆布鞋。之后就没再见过她了，文代现在在哪里呢？

四人盯着我谁也不吭气，我只好先开口。我已经豁出去了。就照久美说的，能巴得住就尽量巴住她们吧。如果这样还是会被赶走，那我也只好死心，只能努力继续寻找与薰相依为命的场所。

“研习的——”

“是Study。”我才开口就被艾雷米亚纠正。

“Study的最后一天，你们说一心认定的价值观或许全都是不必要的包袱。我觉得也许真是如此。但我还没有到完全认同的地步。如果现在问我是男是女我大概还是会回答我是女的。我想再多了解一点。我想学着如何把苦恼和不必要的包袱一起扔掉。可以的话，我也不想让这个没父亲的孩子背负不必要的包袱。我希望她的人生能够摆脱痛苦与烦恼。”

我一口气说完。是真心这么想，或是为了讨好她们才这么说，连我自己也不再确定。四人纹丝不动地看着我。我闭上嘴后，经过片刻沉默，绑头发的女人依旧盯着我，说道：

“你以前堕过胎吧？”

我定睛凝视她，这个脂粉未施头发绑得很紧的女人。是的，她们全都知道了。这些女人，知道薰不是我的小孩。说话呀，怎样都行，只要能留在这里要我怎样都没关系，所以你们开口吧。

心跳快得几乎从嘴巴蹦出来，手和膝盖不停哆嗦，嘴里干得要命，但在一瞬间，脑中的某一点却似乎倏然清醒，变得格外安静。我维持抱着薰的姿势，滑下椅子跪在地上，像要磕头求饶般深深垂头。

“我在Study时说的，是骗人的。那是我的心愿，我很想生小孩。这孩子是我前男友托我照顾的孩子。我想替他生小孩，可是不能生。我心想这孩子要是我的小孩不知该有多好。有时我会变得不太确定。有时也会以为这孩子本来就是我生的。”我脑中冷静的那一点，听着自己尖声狂吠。泪水夺眶而出。是伤心，或是刻意哭给她们看，连我自己都不明白。流出来的泪水滴落地板。

“托你照顾？我看是你偷偷带来的吧？”声音落在我低垂的头上。

“不是的。他跟我的恋情被发现，他太太丢下孩子离家出走了。之后一直是我在照顾这个孩子。他完全不肯带小孩。他太太向我跟他要求精神补偿费。他说，他的生活已变得乱七八糟，所以开始把气出在我身上。他说压根不打算跟我结婚，要把这孩子交给社福单位。所以我就说，与其交给社福单位还不如让我来抚养。可是，他放狠话说他不打算和我跟薰一起生活。”自己滔滔不绝的声音，仿佛是另一个人在说话。薰扭来扭去试图逃离我紧抱不放的双臂。“我想跟这孩子相依为命。但我什么也无法相信了。如果继续照常过日子，迟早有一天，这孩子会发现她父亲抛弃了她。她会跟我一样痛苦。如果真有毫无痛苦的世界，我想带着这孩子一起去。请帮帮我们，救救我们。让我们在这里舍下不必要的痛苦。”

我闭嘴后，室内顿时一片死寂。怀里的薰，在我耳边喷着湿热的吐息。对于我的叙述，她们是信，或是不信？我们能留下，或被赶走？心中渐渐恢复原状，手脚的颤抖也渐渐平息。一切看着办吧，我心念一转豁出去了。随她们要怎样都行，要赶我出去就赶吧，反正不管去哪儿我都要和这孩子好好活下去。

“你先回椅子坐好。”

艾雷米亚的声音响起，我缓缓起身，坐回椅子。我无法抬头。我吸着鼻子，用袖口拭泪。

“你好像有不少存款，这笔钱你也可以放弃？”

存款。我感到突然射来一线光明。久美之前说财产会被通通吞没，或许是真的。若真是如此，那我应该有留下来的机会。父亲的保险金和存款，再加上我的积蓄，的确是一笔巨款。那笔钱，应该足以构成我留在此地的理由吧。若能与薰一起生活，就算要放弃用父亲的死换来的钱，我也毫不可惜。不，真是如此吗？万一一年后我就被赶出这里，到时身无分文该怎么办？我头晕目眩地思索。

“两年前家父过世了。”我还未整理好思绪，就这么出声说，“这是当时收到的保险金，以及家父遗留的财产。薰没有父亲，所以我本来打算在我能出外工作前先靠那笔钱和薰过日子。因此，若能和薰住在这里，那也是不必要的包袱。因为薰和我需要的不是钱而是没有痛苦的世界。”

随你们看着办吧，随你们看着办。一年后的事一年后再想就好了。脑袋深处嗡然作响，几乎麻痹。

“那么，请你在这份文件上盖章，然后把存折和银行印鉴交给我们保管。”莎莱伊笑吟吟地说。

我从皮包取出那些东西放在桌上。一看递来的文件，原来是切结书。

切结书

本人赞同Angel Home的宗旨，希望加入共同生活。因之，循其基本理念，在此立誓将以下所有物无条件全权委由Angel Home运用。

下方是空白栏。

“在这里，填入你名下的所有财产。包括有账户的银行名称和存款金额，另外如果有不动产或股票也要写上去。”莎莱伊用宛如在指点我如何写考卷的语气说。

“现在，虽然有人说我们骗财，其实根本没那回事。”一直保持沉默的短发女人开口说。

“那种事，这个人不知道啦。”艾雷米亚小声制止她。

“不。艾雷，先说清楚比较好。有些笨蛋明明是自己要离开这里，却要求我们归还财产，我们不予理会就大吵大闹，其实我们可不是为了中饱私囊才这么做。我们啊，只是想强调，真正的幸福唯有当你放手才能得到。成员放弃的东西我们也放弃，所以才能有这里的生活。在我们这里随心所欲吃饭、洗澡、睡觉，怎么可能事后再要求把钱原封不动地拿回去呢。”

“好了啦，莎库。”

绑头发的女人戳戳短头发的，但她犹不罢休。也许是收不住口吧，她涨红脸颊越说越激动。

“任谁应该都知道，这又不是住在天堂乐园。当然有人身无分文，也有人像这人一样带了几千万来。Angel大人是一视同仁的。动不动就嚷嚷什么还钱不还钱又什么强盗骗子的，真是气死人。我真想问问那些人到底在这里学了什么。”

“你现在跟她说这种事也没用。”

“可是她说不定将来也会吵着还钱。这种大富翁，搞不好在这里住上一两年，就吵着叫我们全额退款。我只是想提醒她，现在签切结书是否已弄明白这点。”

“唉，莎库你真是的。她都已经说结束Study后还想继续学习了。”

“可是莫奇玛露不也是——”

“现在这事跟莫奇玛露无关吧。”

“况且现在也不是谈这种事的场合。如果真想谈这个，晚上Meeting时再谈也不迟。”

四个女人小声争执了半天，我目瞪口呆地旁观。比起我带了一个不是亲生小孩的婴儿来，还不还财产难道更重要吗？她们真的相信我捏造的故事吗？或者，那种事对她们来说根本无所谓？不过话说回来，看她们争执的样子，就像一群抱怨青菜或鱼肉涨价的三姑六婆，害我本来那种站在悬崖边生死未卜的感觉，顿时被冲淡了。

这里，该不会根本不是什么宗教机构，只是一个聚会场所吧？

我从头一天就发现这里似乎只有女性。那晚迎接我们的人、指导员、接受研习的五人通通都是女的。有时在建筑物内擦肩而过的，也是年龄各不同的女人。当初来这里时，文代曾问起婴儿性别，如果当时我回答是男婴，说不定她根本不会答应让我上车。

况且，看来大部分女人都各有坎坷身世。文代曾提过她丈夫外遇，久美也说被剥夺监护权。

我想这里，一定也有“人受到世俗观念束缚”或“灵魂重于肉体”之类好像在哪儿听过的教义吧。想必也有种种规定，在那每一项规定背后都有听起来很合理的理由。但是实际上，也许只是一群无法再继续原有生活的女人，完全没考虑到什么灵魂或乐园云云，纯粹只是想逃避才来到这个地方，于是就有了所谓的Angel Home。冠上艾雷米亚和莎莱伊这些古怪的名字，说不定，只是她们想得到没有痛苦的新生活，这个至极单纯心愿的表征。

我拿起放在文件上的原子笔。小声争论的女人们蓦地噤口，定睛看着我的手。我在她们的注视下，填上银行名称和存款金额。

我同样打从心底祈愿。就算再怎么可笑的名字都好，只要不是野野宫希和子叫什么都无所谓，请给我一个未被污染的新名字，让我今后得以过上毫无苦难的人生。让我得以确保不受任何人追捕、不必遭到审判论罪的安居场所。

薰把小手伸向原子笔，害我的字写歪了，只好重写。写完数字的最后一个零时，我感到一种难以言喻的安心。不，那是安心吗？

或是自暴自弃下的解放感？我无从判定，不过，倒是有种卸下背上沉重巨石的快感。

然后，我把存折和银行印鉴都交给她们。以父亲生命换来的三千七百五十万元，和我自己剩下的存款八十万零几百元，就在这天，拱手让出。

// 三月二十日 //

我被正式认可为成员。研习者中，获准留下来的只有我、久美以及沙绘。三枝与德田太太无法留下居住，只能从自家每天往返，从事被称为Work的作业。沙绘不知从哪儿听来的，说德田太太是因为自我主张太强而和艾雷米亚大吵一架，三枝则是因为拒绝交出财产。但实际上筛选基准到底是什么，我们根本无从得知。

离开名古屋已有一个月。我疯狂渴望了解警方目前搜查到什么程度，对于我的行踪已查出多少。有时甚至不安得几乎失声尖叫。但我不能问任何人，在这里也没机会打听。我只能告诉自己，警方不可能找到我。

我们这三个留下的人，到昨天为止天天都在从事所谓的Pre-Work。白天劳动，晚餐后和几名成员一起开会。劳动内容视当天情况而定。打扫环境，替成员煮饭，采集蔬菜及装箱……每天各有分配，我们只要照原有工作成员的做法跟着做就对了。必须工作的白天，我只好把薰交给School照顾。

我们研习期间几乎没见过其他人，但那似乎是因为时段经过微妙的调整。也有人是通勤来此，所以正确人数我不确定，但这里大约住了四十个女人，也有小孩。用餐时间和洗澡时间都被严密限定，一定得在那个时间内进行。所谓的School，是和机构以露天走廊相连、很像体育馆的建筑，大约有十名孩童待在那里。除了和母亲住在这里的小孩，好像也有住在外面每天往返的小孩。薰年纪最小，其余从刚会走路的幼儿到高中生的年纪都有，大家在广阔的空间内各自念书或玩耍。照顾她们和教她们念书，好像也是成员的劳务工作之一。

今天下午，我和薰、久美、沙绘被艾雷米亚喊去，在当初研习的房间集合。我心想八成又要开会，结果门一开，出现一个首次见到的女人。是个身穿苔绿色毛衣配焦茶色长裤、个子矮小的中年女人。她以轻松的语气一边说着“啊，大家好”，一边在我们的正对面坐下，把脸凑过来逐一审视每个人。

“哇，好可爱的宝宝。小朋友就是宝。这孩子就叫莉贝卡吧。至于你就叫路得。你很年轻耶，家里的人没意见吗？你叫莎露好了。你的头发，受损很严重哦。头发一定要好好保养。你叫艾丝黛儿。好好加油哦。”

说完这些，她就倏地起身走出房间。艾雷米亚和莎莱伊朝她深深鞠躬行礼，还慌忙替她开门。看来，这个不管怎么看都很普通的大婶，也许是这个团体的负责人。

“呃，你叫路得……然后是莎露……”大婶离开后，莎莱伊便一边絮絮嘀咕一边把名字记下来。

“获得Angel大人赐名的今天，就是你们的生日。今后你们要展开新生活，所以在俗世用的旧名字和旧生日，全都成了不必要的包袱。祝你们生日快乐。”

艾雷米亚高傲地说，我们一边偷偷使眼色一边自然而然地行礼。

“从今天起你们不用再住在临时Accommo，要搬去新房间。路得是二十五号，莎露十四号，艾丝黛儿三十一号。想换房间必须等三个月后才会核准。今天不用工作了，你们回去把用过的房间打扫一下收拾干净。”

在莎莱伊的命令下，我们离开研习室。Accommo，似乎是指我们睡觉的房间。

我拍打和久美合住的房间床单，拍打枕套，用扫把扫地，再拿抹布擦拭。

“久美，你是东京人？”我边用抹布擦地板边问久美。

“我是在濑户内海的小岛出生的。十八岁时离家，后来就一直待在东京。”

“濑户内海……”

“小豆岛你听过吗？”

“噢，二十四只眼睛[①]。”

① 指壶井荣的小说《二十四只眼睛》，以一九二八至一九四六年的小豆岛为故事舞台，描写一名年轻的女老师和该年入学的十二名儿童的故事，之后曾一度改编成电影。

“对对对，你很内行哦。”

“你家里的人，知道你来这里吗？”

“怎么可能知道。我已经很久没回去了。”

久美说，然后开始默默擦拭玻璃窗。薰坐在床上，拉扯揉成一团的床单，罩在头上哇哇叫。我慌忙扯开床单，她张大嘴巴猛笑。我一回去打扫，她又把床单罩在头上乱叫。

“她以为这是游戏。”久美走近薰用夸张的动作拍打床单。“看不见看不见，哇——！”薰扭身咯咯笑。

“喏，现在不可能，你应该知道吧？”许久以前听过的那人声音，仿佛又在耳畔响起。“我想给你一个正式名分。我希望可以跟你家常地吃饭，家常地看电视，过那样的生活。所以我们现在才要努力。我当然想要小孩，可是如果现在有了孩子，一切都会搞砸，这你也明白吧？”

为何会在这种时候想起那个人呢？所有的身家财产都已放弃了，为何却无法放下对那个人的回忆呢？只要待在这里生活，我就能忘记一切吗？伴随着新的名字，就能得到他和他太太都不存在的新生活吗？

“啊，你看，希和子，这孩子在爬耶！”

久美的声音令我赫然回神，从刚刚瞪视的抹布抬起头。坐在床上的薰，把两手撑在双腿之间，重心前倾。

“快点，你试着喊她过来。”

在久美的催促下，我起身弓腰说：“薰，你看，妈妈在这里哦。

快过来。”

我对她拍手。

把重心往前移的薰，缓缓地，像匍匐前进般在床上移动。不知是否很惊讶自己居然能移动，她愣了一下，然后露出满面笑容。

“哇！好厉害！她会爬了！”

久美尖叫，抱起薰放到地上。

“快点，过来过来，小薰，这边！”

我走到房间角落喊薰，薰笑嘻嘻地快速向我爬近。有时她会停下动作，转头看后面像要确认自己的确在移动，然后看着我。

“快呀，小薰，过来过来。”

我再次重复。薰又开始笨拙地运用双手爬行。

“好棒，好棒，好棒。”

我和久美手抓着手欢呼。

“久美，这孩子就要会站了吗？她会喊我妈妈吗？”

“马上就会了，很快很快。小薰，你马上就会站喽，还会跟妈妈说话，会做很多事哦。”

久美抓着薰的手让她站起来。薰皱起脸，一下哭了。我和久美面面相觑开心大笑。

我要和薰在这里活下去。那个人，以及他那个狠狠践踏我的妻子，我全部在这里放下了。姓名、过去和履历，曾在心底感到幸福的记忆以及强烈憎恨某人的记忆，只要在这里，迟早，一定都能像放弃财产一样爽快地放下。当我放下那一切时，或许我也会从自己造的罪孽中解脱吧。明知天下没有这么便宜的好事，但我却真心这么想。

薰淌着口水拼命在地上爬行追着我。我张开双手，抱起这个用我拥有的一切换来的小生命。

// 一九八七年七月三十日 //

早上六点起床。叫醒薰，替她刷牙，六点半跟薰一起去Manna[①]室。去柜台领托盘，找位子坐下。纳豆，海苔，酱菜，味噌汤，白饭。薰把煮饭大婶给的海苔香松递给我，“帮我打开。”然后一脸认真地，盯着我把香松撒到饭上的手。“生鸡蛋撒香松啊，真好耶。”说着我让她自己拿筷子。“生鸡蛋真好耶。”薰也学我说话，然后笑了。

餐后，去刷洗院子的天使。几个女人早已拿着棕刷在刷洗。起初看到时，觉得那成排并列的人偶很诡异，但是这样天天刷洗后，无眼无鼻、光滑的陶制天使，渐渐像是有表情的人偶。有时表情看起来很哀伤，也有时仿佛在笑。我拼命在白天使身上浇水，用棕刷刷洗。请保佑我今天也能平安度过一日。请保佑我明天也能和薰相

① 吗哪，《圣经》中说古时以色列人在荒野中获得神赐的食物。

依为命。这两年半来，我没有一天不在祈求同样的心愿。我不知道天使有什么样的法力，至少到目前为止，我的心愿实现了。今天我也将祈祷。我不奢求一年后、五年后的事，只求今日一天，还有明日一天，如此而已，所以拜托请一定要成全我的心愿。薰在离我稍远处蹲着，和玛蓉拔草玩家家酒。

“莉卡，早安。”“今天喝牛奶了吗？”“玛蓉扮演妈妈啊。”几个女人一边刷洗天使，一边对薰和玛蓉说话。

将满十一岁的玛蓉，从五岁就在这里生活，一年前开始成为我们的室友。寝室有玛蓉和她妈妈丹，我和薰，以及面谈时遇到的莎库五人共住。

今天薰就满三岁了。Home不会为她庆生。获准加入成员，正式赐名的三月二十日，按照规定才是我和薰的生日。其实我根本不该喊薰原来的名字，薰也不可以喊我妈妈。连母女关系都必须放弃，就是这里的理念。但我和薰私下独处时还是叫她薰，也让薰照常喊我妈妈。当然薰还不懂这些，不管人家喊她薰或莉卡她都会回答，有时即使有别人在场她还是喊我“妈妈”。

“今天好像没来耶。”雷碧竖耳探听门外的动静，说道。

“那当然。八成终于发现是自己有毛病了吧。在那种地方大呼小叫，真是丢人现眼。那不是等于敲锣打鼓宣告自己被女儿抛弃吗？”莎库用力拧干抹布，一边擦拭刷洗过的天使一边说。

一小群人上门要求讨回女儿，是几天前发生的事。大约三个月前加入会员的亚米，她父母带着不知是亲戚还是朋友的几个帮手，在门前大声嚷嚷。亚米才十七岁，当初她说已取得父母同意希望留在这里，不过实际上好像是偷偷离家出走。上面的人曾问亚米要不要回家，听说她坚决不肯，连父母都不愿见。

谁能加入成员谁不能，这个筛选基准，即便已在此生活两年半的我依然不懂。德田太太和三枝，起先还从家里往返来这边工作，最近已不见踪影。被取名为莎露的沙绘，也只待了半年就走了。当时的五人之中，只剩下被命名为艾丝黛儿的久美，和我们母女俩还留着。不管对谁都敞开大门欢迎是此地表面上的方针，但是实际上，也有人像德田太太那样无法获准加入。为何肯收留未成年的亚米，却把至少应该比亚米有点积蓄的成年妇女赶走，我实在想不通。

想不通的还不只这件事。住在这里快两年半了，却不准把这些疑问说出口。不，也不是不准，是没有人可以解答。我们每天早上，会被分派各种工作，包括采收蔬菜装箱，担任被称为吗哪员的供餐工作，教育孩子们，扫地洗衣，出外布施蔬菜和水，在俗世打工的Out-Work，邮购货品的寄送和传单印刷……然而是谁根据什么方式做出的决定，我到现在还搞不清楚。Angel大人的模样，我只在赐名那天见过。那位土气大婶，若是在超市撞见，八成不会发现她是Angel大人。我实在难以相信一切都是由她决定，但若问我不然谁才有决定权我也答不上来。是有Angel Home这个建筑物，但内部却常年云雾缭绕——这就是我的印象。

那天我被分派到的工作是去发印刷品，令我如释重负。到昨天为止是将高丽菜装箱，更之前是打扫院子后方的鸡舍。肉体劳动果然连做两周就很吃力。万一不小心吐露这种真心话立刻会被当成开会批斗的题材。所以我装作若无其事地带着薰和玛蓉去School。

玛蓉拉起薰的手，朝着从四处开始聚集到一块的小朋友跑去。薰跟不上跌倒了。她倒在地上不动。我在旁看着心想她会不会哭，结果她爬起来，一脸用力忍住的表情。她悄悄回头像要确定我看到她没哭，然后抿着小嘴对我微微挥手。

起初那几个月还不适应，过得很痛苦。我不经意脱口说出我不放心把薰交给别人照顾，结果好像被谁听见了，当天晚上开会就遭到“围剿”。几人在研习室团团包围我，逼问我“为何不能安心放下莉卡”。跟研习时一样，她们的问题没有正确解答。不管说什么都被她们绕回同样的问题，而且持续到深夜一两点为止。有时配合工作内容翌晨五点就得起床，所以连续这么几天下来我已困得头脑不清。

在这里的生活并没有想象中那么清苦。视工作而定，每个月会领到三千至五千元不等。杂志、报纸、电视和收音机这些东西一概严禁带入，不过在零食、香烟乃至衣服方面，如果想要什么，可以提出申请，用手边的钱购买。此外，对于内部规定若有疑问，也可以提出申诉建议修改。每天和不同的成员重复开会，只要超过五天得到过半数的同意，申请就会被受理。我刚到时，这里本来不允许小孩与母亲同房。小孩必须以两周为单位轮流和不同的成员一起睡。我提出这样绝对会对小孩的情绪造成负面影响，在漫长得令人头晕的会议后，这项申请终于得到受理。现在，住在这里的十二岁以下孩童已可跟母亲在同一个房间生活。随着时间过去，有时我几乎忘记自己闯下什么大祸。

邮寄作业由四人处理，分别负责在信封上贴标签、折传单，把传单装入信封抹糨糊，我们从堆在房间角落的纸箱取出信封和传单开始动手。

“今天我带了零食来。”才刚开始卡娜就说，从围裙口袋取出巧克力零食。

“工作时吃东西，万一被发现会挨骂。”芭妮警告她，但卡娜打开袋子放在桌子中央。

“唉——万一被警告都是卡娜害的哦。”阿斯娜边说边伸手去拿零食。

“热得要命。至少作业房该装冷气吧。快点，阿路你也吃呀。”

在催促下，我也伸手拿零食。“卡娜给大家吃是想让大家一起分担责任。”我这么一说大家都笑了。

住在这里的四五十名女人有个共同点。我想，与其说那是她们与生俱来的特质，不如说是住在这里后才被塑造出来的后天特质。那就是不深入思考，不抱持疑问，没有个人主张。因为没有自我，所以自然也不太有恶意和憎恨这种负面情绪。

根据指导方针，成员一切都须听从上面的指示行动。上面今天叫我们做这项工作就做这个，上面说按照顺序该吃饭了就去吃。至于“上面”是谁则不用去想。渐渐地，这么做变得很轻松。如果太有个性，老是公然提出疑问，就会失去成员的资格。她们会说“你比较适合俗世的工作”，不伤颜面地把人赶出去。所以，虽是纯女性团体却不觉阴沉。若是在被称为Accommo的寝室同住，或工作时几次遇上相同成员，照理说很容易形成小团体或派系，实际上却没发生过这种事。没人打听我的过去固然是好事，但多少还是会有种大家都戴着面具过日子的诡异感。

听到有人叫喊的声音，我们停手把脸转向窗外。

“八成是昨天那些人又来了。”

卡娜才刚说完，“把我女儿还来！”透过扩音器，嘶哑的吼声传来。

“哇，真的耶。”

“又来了。”

“这些家伙真烦。”

女人们扔下工作，全都挤到敞着的窗边。我也跟她们一起贴在窗口。被高墙挡住，其实根本看不见到底有多少人以什么模样来抗议，但我们还是从窗口探出身子竖起耳朵。

“小惠，我是妈妈。要商量的话，应该先跟妈妈商量才对吧？”

“真树子！真树子你听见没有？这个团体是专门给人洗脑骗钱的恐怖团体！你被骗了！”

“骗我女儿把她软禁在这里是标准的犯罪行为！”

“负责人出来！”

墙外，扩音器不断传来吼声。

“今天人特别多耶。”

“啊，莎库跑过去了。”

莎库带着几个人，横越院子朝大门跑去。门一开，只见几人顺势冲进院子。莎库慌忙把他们推回去。

“是欧吉桑耶。”芭妮充满惊叹的咕哝，令我不禁笑了出来。

“你笑什么？那本来就是欧吉桑所以我才说是欧吉桑。”

“不，我只是觉得那的确是欧吉桑。”仔细想想，虽也常看到业者进出，却很少见到陌生男人。好像很久没见过这种秃头的中年男人了。我定睛追逐男人的身影，然后就像被人把香烟的烟狠狠喷到脸上，有种轻微的不快。或许我已被此地认为“俗世污秽不洁”的氛围给感染了。

“啊，欧吉桑闯进来了！”

中年男人进入院子，朝着建筑物大喊女儿名字。好像是在喊信惠。亚米的俗世名字是真树子，所以应该是别的女孩。我忽然浮现疑问：该不会是这里窝藏了许多未成年少女，导致她们的父母带头成立抗议团体吧？

“出去！别污染我们的家！”

芭妮从窗口探出身子大喊。

“没错，没错，滚出去！”阿斯娜也高叫。其他女人好像也一直盯着窗外，这时从各个窗口，纷纷传来女人的声音。某扇窗子还朝男人扔出水桶和抹布。莎库和其他成员，拼命把闯入院子的他们推出去，自己也跟着走到外面。扩音器传来的刺耳叫声，顿时消失。

晚餐后的会议我跟久美一组。散会后久美一路跟我回到房间，说她想抱抱薰。洗澡时间还没结束，我邀久美跟我们母女俩一起去泡澡。

“啊，好怀念这个重量。”久美抱着薰眯起眼。说到这里才想起，久美失去的正是三岁大的儿子。

“小艾也要泡澡吗？”薰问。被取名为艾丝黛儿的久美，在这里大家都喊她小艾。

“我帮莉卡洗头吧。”

“不用了，妈妈会帮我洗。”

“哟，这么大牌。”久美把手伸到薰的腋下将她高高举起，但立刻放下薰说，“哇，我已经抱不动你玩飞高高了。”

澡堂没有别的人。我们并肩泡在浴池里。久美两手交握搞得水花四溅，乐得薰哈哈大笑。

“你没有跟小孩联络？”我问，久美默默摇头。

“久美，你打算一直待在这里？”确认没有人会进来后，我悄声问道。久美不答，双手继续像水枪一样搞得水花四溅。

“久美，这孩子第一次会爬时的情景你还记得吗？久美，这孩子第一次站起来的瞬间，第一次学会说话的时候，我都没办法亲眼看到。全都是听School的工作人员说的。当初是因为走投无路才会来这里，我也没想过要离开，可是想到如果待在这里，连这孩子的成长过程都看不到，我就感到很寂寞。”

我喃喃自语。跟我在同一天搭车来此的久美，总令我感到有些惺惺相惜。在别人面前说不出口的话也敢对久美说。久美虽也同样装作不深入思考、没有自我主张，但我俩私下独处时她经常吐露心声。内部虽有不可互相谈论自己身世这个不成文的规矩，但我俩，就像在旅途中邂逅的同伴，一点一滴说出自己生在哪里长在哪里，以前做了些什么。生于濑户内海的小岛、十八岁到东京的久美，喜欢画画，据说当时一边工作一边念插画学校。她似乎是在打工的印刷公司认识前夫，二十四岁结婚。我虽未提到重点，但除此之外也把真正的身世向久美吐露。我告诉她我生于神奈川县的小田原，和久美一样在十八岁到东京，女子大学毕业后就跟一般人一样就业，和已婚的上司恋爱。娃娃脸的久美跟我只差两岁，谈到迪斯科或咖啡吧立刻冒出许多我们都知道的店名。在这远离东京并且与外界隔绝的Angel Home，说起什么Penguin's Bar①和Peyton Place咖啡屋，仿佛是在聊许久以前出国旅行的往事。

但我没让久美知道我待在这里不走的真正理由，我也不知道久美对将来有什么打算。不是因为这里严禁谈论这种话题，而是因为，我有点害怕说出口。

"莉卡，我帮你洗，过来。"

本来还说要让妈妈洗的薰，乖乖任由久美抱出浴池，站在水龙头前面。久美用共用的海绵搓出肥皂泡沫，仔细替薰清洗。头发虽已变回黑色，但五官犹带稚气的久美，顿时宛如慈母。

"要放手很难，对吧？"

久美在蒸汽中转过头，唐突地对我挤出笑脸，如此大声说。

---

① Penguin's Bar 为三得利在20世纪80年代出品的啤酒。

“对呀，小艾。”

不解其意的薰像应声虫般回应，白雾袅袅的浴室里响起我们的笑声。

// 八月四日 //

事态发展似乎比我以为的更严重。

今天，我分派到的工作是当接线生。这种工作还是头一遭做。我走向至今未曾踏入的顶楼西边房间。那是一个排放着不锈钢桌子和不锈钢柜子、很像资料室的房间。其中一张桌子坐着莎莱伊，她正认真地看文件。带我来房间的莎库把门锁上后催我坐下，交给我一份用订书机订在一起的文件。

“媒体应对手册”——封面上这么印着。

“路，我记得你以前在一流企业的宣传部待过吧？”莎库在我身旁坐下说。

“不是什么一流企业……”在以“学历和资历都是身外物”为宗旨的此地，莎库这句话令我有点意外。

“现在不是谦虚的时候。你知道吗？现在，这里正面临一点小小的考验。那些笨蛋家长闹得那么大，把媒体都引来了。你加入这里时不也把财产全部委托了吗？你放弃了吧。这点大家都一样，结果现在居然有那种笨蛋吵着叫我们还钱。其实从以前就是这样。我们只好一一说明，最后也说服了他们。根本没有任何问题。偏偏这次，趁着要求归还女儿的骚动，那些人又闹起来了。还有人造谣说我们软禁未成年少女，是霸占别人财产不还的万恶集团。多可笑，我们又不是硬把路边的小孩绑来，是对方主动拜托我们收留……”

像是为了打断越说越忘形的莎库，一部电话以轻妙的铃声嘟噜噜响起。莎莱伊瞄莎库一眼，拿起话筒，一边不时瞥向莎库，一边表情凝重地反复说“是”和“不是”，然后垂眼看着指南手册开始说：“正如我再三强调的，我们并非宗教团体……”

“好了，我再去看看情况。我太多嘴了，上面不准我接电话。”

莎库对我吐吐舌头，走出房间。

“唉——伤脑筋。”

挂断电话后莎莱伊伸个大懒腰站起来，把本来只打开一半的窗子全部敞开。但还是没有风吹入。莎莱伊倚在窗边，挥手在脸上扇风。

“现在这里有多少未成年的人？”我问莎莱伊。

“没有母亲同住的小孩有三个。还有二十岁的女孩正在Pre-Work阶段。家长闹得最凶的那个亚米，照我说来根本就是小太妹。打从十五岁就不断跷家，还跟飙车族有交情，跟好几个男人发生过关系。还不到十八岁，就已堕过两次胎。”

莎莱伊难得说起成员的经历。我没和亚米一起工作过，但吃饭时倒是见过几次。她总是笑眯眯地大声回话，看起来是个没心眼的女孩。

“何不把未成年者暂时先交还给家长呢？”

“那可不行。对于来此求助的人，Angel大人不希望我们因为怕惹麻烦就把人家赶走。路你应该最清楚吧？”

莎莱伊说着定定地注视我。我心口一跳。窗口射入的阳光照亮莎莱伊的轮廓，我慌忙将目光避开她。“你应该最清楚吧”，她说这话，是基于什么意思我无法判断。见我沉默不语莎莱伊又继续说：

“再这样下去，说不定会变得有点棘手。也许会有警方介入，或是进来搜查。不过，我们可没有做任何坏事。这点住在这里的你们应该明白。正如莎库所言，人不是被我们绑来的，钱也不是我们抢来的。就算被调查也没什么好怕的，但是住在这里的人恐怕不见得都是如此。”

我抬起头，看着站在阳光中的莎莱伊。她直视着我。

这个人知道一切，我确信。我是什么人，薰是什么人，我为何放弃巨款留在这里，她全都知情。莎莱伊看着我露出浅笑。

“有人是为了躲避动粗的丈夫来到这里。也有人婚没离成就带着孩子跑来。即使不是未成年，也有许多人不想让家里知道自己的下落。我们在这里好不容易才摆脱是男是女这个无聊的束缚，万一警方介入，说不定又得被带回去做女人。所以，我们是希望尽量大事化小小事化无啦。”莎莱伊慢条斯理地说到这里，“不过今天可真热。”她慢吞吞地说着，把身子探出窗外。

电话响了。莎莱伊以眼神催促，我忙将话筒贴到耳边。电话彼端，传来的是我听过的某周刊社名称，对方立刻展开问题攻势，盘问住在此地的人数、男女比例、孩童人数、负责人的姓名与年龄、教义宗旨、是否登记为宗教法人。我垂眼看着手册，读出转移对方问题的文章："我们不是宗教法人，而是为了研究开发自然食品与无农药蔬菜而集结的同好，对于当今的饱食社会、美食风潮抱持疑问，基于想亲手做出真正对人体有益之物的心愿，纯粹是根据当事人的意志自由参加，您不妨将我们视为一户大规模农家……"电话那边的男人见我不管他径自朗读手册，于是再次打断我的话，强硬地质问我们成立已有几年、信徒人数的增减、儿童居住人数、如何向未成年者传教，等等。

我知道这时该怎么办。不能中了对方的激将法，不能恶声恶气，不能企图说服对方，只要客气委婉地投入感情，机械式地重复事先准备好的说辞就行了。以前在公司研习，在客诉处理室接电话的那一个星期让我如此学到。虽已是十年前的事，但我清晰想起对着电话重复同样说辞的那段日子。"是吗？那真是非常抱歉，站在我们的立场……"我像十年前一样冷静地慎选用词。或许我是在拼命，因为我比这里的任何一个人更想阻止警方介入。

到了下午，外面再次热闹起来。从三楼房间可以看到围墙外面，有十名左右的男女，高举写有女儿名字和"监禁集团"等大字的塑胶牌，用扩音器逐句喊"还我女儿""让我看她一眼"。今天也夹杂着"还我钱！"的声音。

“声音被听见就麻烦了。”莎莱伊说着关紧窗子。眼看着室温渐渐上升，我挥汗接电话。打来的内容几乎都一样。我机械性地继续宣读手册文章。这样做，真的能够躲开警方介入吗？

// 八月五日 //

晚餐后我被叫去。找我的不是莎莱伊也不是艾雷米亚，是我没见过的中年女人。或许也住在这里，但用餐和洗澡时我都不曾见过她。跟我同室的丹及莎库，还有约娜和我，都被叫去昨天接电话的那间事务室集合。人选是怎么挑的我依旧不清楚。

“接下来有工作交给你们。路得和丹负责把这纸箱里的东西放进碎纸机绞碎。约娜、莎库去第三小学，懂吗？把这个纸箱，扔进那边的焚化炉。内容绝对不能看。还有今天的工作绝对不能告诉任何人。”她以不容置疑的严厉口吻说完，自己开始整理起不锈钢办公桌的抽屉。约娜和莎库开始默默搬箱子。我和丹对看一眼，拆开她指定的那个箱子。里面放满了户籍誊本和身份证，有新的，也有老旧泛黄的。用订书机订在一起的户籍誊本不能就这么放进碎纸机，所以我们拆开订书针弄散，再一张一张放进影印机旁的碎纸机。早已习惯上面吩咐什么就做什么的我们，默默分工合作，一个负责拆订书针一个负责放进碎纸机，就这么继续作业。长谷川纯子。小田好子。中村惠。记载的姓名缓缓被碎纸机吞噬。在这个互以艾丝黛儿、丹相称的地方，那种名字仿佛是没有现实感的符号。敞开的窗口，传来小货车发动的声音。

“那两个孩子，不知睡着没？”

看准整理桌子抽屉的中年女人走出房间，我偷偷对丹说。同室的我及丹、莎库都被派来工作，房里等于只剩两个小孩在。

“玛蓉会照顾妹妹，你放心。”

丹笑着说。

“玛蓉很能干，常常照顾我家小孩。”

“那孩子是在这里长大的，自然学会那一套。当初我拿不定主意该不该带她来，现在我很庆幸带她来了。倒是莉卡应该已经不用包尿片了吧？”

“有时表现良好，可是玩得兴起时还是不行。就像上次，她尿裤子以为会挨骂，玛蓉就偷偷替她换尿片。等我一进房间，玛蓉还慌忙护着她。”

碎纸机以慢得令人心烦的速度缓缓吞进纸张。我心不在焉地看着被吞噬的纸。生于神奈川县川崎市的桥本良江是谁，我猜不出来。

“万一非离开这里不可该怎么办？我和玛蓉要怎么活下去？”

坐在地上一直拆订书针的丹，不停手地幽幽说道。

“什么话，丹你还年轻，只要找份工作要生活还不容易吗？”

“我可不这么认为。没有爸爸会让玛蓉吃苦受罪，况且我也没有一技之长。”

刚才的女人匆匆回来，又开始把抽屉的东西移到纸箱。我们闭上嘴，继续各自的工作。

碎纸机一张一张，而且以非常迟缓的速度处理，使得一整箱的文件销毁起来超乎预料地费时。等一切结束时已过了深夜两点。纸箱还有，但女人宣布今天的工作到此为止，我和丹回到房间。在对向而放的双层床下铺，玛蓉与薰相拥而眠。我抱起薰，把她放回对面那张床。我的额上闪着汗光。

// 八月六日 //

吃早餐时，上面宣布禁止外出。用小货车载去贩卖的蔬菜和水，今后将只采用邮购方式。从外面通勤来工作的人，这周似乎也不会来。也不得走近面向正面大门的院子。莎莱伊表情僵硬地说，院子里的天使也不用去刷洗了。

“为什么？这和外界嚷嚷我们是监禁集团有关吗？”卡娜问。

“难道不知道理由就不能行动吗？你的问题本质是什么？”

莎莱伊难得用尖锐的声音警告，语气咄咄逼人。虽然不允许发问、上面怎么说就得怎么听本就是此地的基本方针，但空气中弥漫着一股和平日不同的异样氛围。

“今天，晚餐后，Angel大人会来。还有明天一早，有几位来宾会进来参观。基本上本来不接受外界参观，但是我们必须让他们知道，我们没有任何违法可疑之处。参观者或许会问问题，但俗世的用语和我们的用语意义不同，有时难免会造成误会，所以除非必要严禁回答。”

“要来参观的是谁？”

“不是希望加入的人吗？”

别的成员替我抢先问出了我的疑问。莎莱伊置之不理。

“午餐前还是照常工作。我现在宣布工作项目。”她用毫无表情的平板声音，开始宣读工作表。我分配到的是膳食组，负责收拾早餐和准备午餐。窃窃私语的成员们，在莎莱伊“开始工作”的命令下，不甘不愿地走出餐厅。

不能见参观者。我如此确信。莎莱伊虽未明说，但八成是警方介入。再不然，就是现在上门闹事的那些家长请的律师吧。该不会是儿童社福机构出面吧？不管怎样我都不该待在这里。不该跟他们碰面。那我该怎么做呢？

“莉卡，我们继续完成昨天的城堡吧。”玛蓉跑来薰的身边，“跟你说哦，我们做了城堡耶。路姨你要看吗？”她仰头看我，一脸天真地笑说。

“不行。还不能给妈妈看。”薰淘气地笑着，握紧玛蓉的手。我目送两人跑远后，跟几个女人一起走进厨房。

怎么办？该怎么办才好？我洗盘子的手在颤抖。

“听说电话线全都拔掉了，是真的吗？”“参观者会是警察吗？”“想调查就让他们调查吧。反正我们又没做坏事。”“这样那些笨蛋家长从明天起应该不会再来了吧。”

女人们一边低声交谈一边继续工作。那些声音渐渐远去。该怎么办才好？快想想，快想想。声音就在耳边响起。塑胶盘子从手中滑落，发出夸张的巨响在地上乱滚。女人们蓦地沉默，来回看着掉落的盘子和我，然后又开始交谈。

十点过后，送食材的商人来了。蔬菜是自家栽培，面包也是自己做的，至于白米和鱼类肉类，则由业者每周送来数次。送货员是个总是穿着白围裙的女人。断断续续可以听见今天膳食组成员中最年长的雷碧，站在厨房后面的出入口和业者闲聊的声音。

“早让他们进来检查不就没事了吗……反正我们也有切结书……可是你别忘了，那边的孩子们……”声音压低，听不见了。

“那就这样，下周再麻烦你喽。”

“好，谢谢惠顾。”开朗的对话声传来，雷碧回到厨房。

“好了，芭妮你们负责切高丽菜、削马铃薯皮；路你负责洗米；今天的菜单和做法贴在这里。”我冷眼偷瞄，雷碧一边如此说着一边把泛黄的袋子塞进抽屉。

十一点，开始准备配膳。雷碧把沙拉装进小钵，芭妮将各桌的调味料添满。还年轻的赛姆和芙儿，一边谈笑一边搅拌大锅里的东西。现在正是机会，没人注意我。我假装要搬运叠放的托盘，走近冰箱旁的柜子。从下数来第四层。我倏地扫视厨房与餐厅，迅速拉开抽屉，也没细看就握住刚才雷碧塞进来的袋子，赶紧藏到肚子上。我把它插在运动服的松紧带部位，迅速用脚关上抽屉。

“路，你拿那些要去哪里？”听到芭妮这么说，我慌忙回头，“讨厌，我想上厕所（toilet）差点把托盘（tray）带去。”我高举托盘，对她一笑。在阳光中，分据不同位置工作的女人朝我转头，不约而同放声大笑。

晚餐前，上课的孩子们回来了。薰与玛蓉对向而坐，一下子翻白眼一下子吐舌头，两人互做鬼脸哧哧发笑。我几乎没碰饭菜，只顾着环视四周。和平时别无二致的用餐情景。女人们各自坐在位子上，一边低声交谈一边吃饭。

“薰，你过来一下。”我对薰嗫语。

“不要。我还没吃。”薰握着筷子不肯下椅子。

吃完的人，把托盘放回柜台又回到位子上。餐厅的门开了，大家一齐朝那边看去。四下悄然。是Angel大人。身穿罩衫式的白色围裙和白长裤，简直就像负责打菜的大婶。

“大家辛苦了。”听到她说，大家连忙一起停手行礼。“我说呀，在神创造人类之前就已有天使，这你们知道吧？”她戳在柜台前，唐突地打开话匣子。跟我两年前见到她时几乎完全没变，果然还是像个普通大婶，“所以，每当人类做出蠢事，天使一定会出面相助。放弃性别、放弃姓名、放弃俗世的你们，等于是人类以上、天使未满。要想做天使，就得达成天使的使命。对于做出蠢事的人，一定要尽量去帮助他们。”我完全不明白她到底想说什么，但成员们都一脸严肃地竖耳倾听。薰和玛蓉，及几个小孩，也许是被渐渐支配餐厅的奇妙氛围震慑，不吵不闹地乖乖坐在椅上。

“明天一大早就有客人要来，所以今天不开会。到时也会有以为自己是男人的笨蛋进来参观，不过只要你们守住这里，真正的气氛就不会被扰乱，抱着这样的心态就对了。”说到这里，她从旁边拖张椅子过来，吱呀一声坐下。“唉，年纪大了就是这样。坐下起立的动作都特别吃力。你们继续吃呀。”

命我去接电话的女人，站在Angel大人背后，“接下来大家要一起打扫全馆。”她说，“Manna组的人收拾好餐厅后，立刻加入Cleaning组的Work。”她命令道。

大家不发一语，收拾餐盘，走出餐厅。我抱起还在和玛蓉嬉闹的薰，急忙走向自己房间。来这里时带来的行李，几乎都在加入时交给Home保管。我手边有的，只剩下笔记本和铅笔盒、薰用过的奶嘴和鸭子玩偶。我把那些东西都抓过来，胡乱塞进旅行袋。

“妈妈，我可以去找玛蓉吗？”薰一边凑上小脑袋看我的手一边说。

“不行。”我的声音颤抖。

“为什么？人家都已经约好了。”

“不行的，薰。”我打开窗子，确定下面没人后便把旅行袋丢下去。咚地轻轻响起一声。我抱起薰，从房门口往外窥探。这层楼似乎还没打扫到，走廊上空无一人。我抱着薰冲下楼梯，和雷碧擦身而过。

“听说School今天要说故事。你快带莉卡去吧。”

“好，我会的，谢谢。”我含笑回答，走下一楼。女人们已开始打扫，一边聊天一边擦窗子，用抹布擦走廊。

“我把这孩子送去School。”

我没有特定对象地交代，然后避开她们跑过走廊。在通往School的外走廊，我迅速扫视四周，从门和走廊的小缝之间把薰送出去，然后撑着走廊的墙，搭上一只脚，转移重心翻过去。我失去重心，跌落在草地上。

“妈妈，你怎么了？跟你说哦，玛蓉她啊——”

站在黑暗中的薰语略带不安地说。

“薰，拜托你安静点。”

正当我拉着薰的手准备迈步之际，“路。”细微的呼唤令我驻足。我赫然一惊转过身，从门与走廊的缝隙间，久美露出半张脸。

“路，这给你。”

她从缝隙间伸出手，手上握着东西。我战战兢兢接下她递来的东西，是一张折得小小的纸片。

“路，别离开莉卡。”

久美脸贴着缝隙说。

“久美……”久美知道什么内情吗？她连我想逃离此地的事也发现了吗？

“好好陪她长大。从三岁到将来，直到永远。”

久美说完这些便转过身，跑回Home。虽不知道久美给我的是什么，但我还是紧握在手，抱起薰，弓腰以防被人从窗口看见，捡起之前从窗口扔下的旅行袋，用一只手捂住薰开口喊妈妈的嘴巴。

和正门反方向，在建筑物背面，有一扇供业者出入的后门。我把旅行袋挂在肩上，朝后院跑去。正好位于厨房背后的门，漏出厨房的灯光。草皮上染白一块窗户的形状。厨房的窗子敞着，几个女人低声交谈的声音传来。我捂着薰的嘴屏息以待，祈求女人们赶快离开窗口。

我蹲在原地连大气也不敢出。不知这样憋了多久，女人们的声音蓦地静止，脚步声逐渐远去。我拔腿就跑。妈妈，妈妈。被捂住嘴的薰扭过头喊我。闭嘴。安静点，好吗？薰。我打开后门，冲了出去。Home的灯光渐远。我抱着薰，在暗路上奔跑。

“妈妈，我们要去哪里？跟你说哦，薰哦，跟玛蓉哦，妈妈，黑黑的我好怕。”

“啰唆！我们不会再回那里了！”回过神才发现自己在怒吼。薰一下噤口，然后把脸埋在我颈窝里开始哭。我察觉这是我第一次对薰大吼，但现在没时间道歉安抚她。

“安静点，薰。拜托你不要大声。”我在薰的耳畔说，继续奔跑。路变成下坡。路灯点点照亮柏油路面。散落在杂树林中的垃圾，在黑夜里白得突兀。虫鸣越来越响。唧唧响，呱呱叫，而且如影随形缠绕不去。我气喘吁吁，但现在不能停脚。途中，手臂终于麻了，我把薰放下来改用背的。让薰的手臂在我的颈上牢牢交叉，一手按住薰的屁股，在黑暗的山路上奔跑。跑，跑，跑，回头。Angel Home的灯光仿佛要追来似的俯视我。

“妈妈，好黑哦。”

总算停止哭泣的薰，用撒娇的声音耳语。我蓦地驻足仰望天空，可以看见好多好多星星。我听见自己粗重的喘息。

"薰，你看，有星星。"

"星星。"薰重复我说的话。

啊，对了，这孩子根本没见过星星吧。我闪过这个念头。她好像只见过框在窗子里的夜空吧。她应该连这样的黑暗都不认识吧。

不仅如此。这孩子对这世界的认知，只有那栋白色建筑。城市，海洋，天空，高山，满月，季节，电车，公园，游乐园，动物，超市，玩具店，这孩子通通都只在故事书里见过。她没看过任何实物，是我从这孩子的生命中夺走了那一切。

"妈妈，我怕怕。"

"不怕哦，薰。有妈妈在什么也不用怕。"我对着背上的温热说，深深吸口气，再次提脚奔出。

今后我会把一切献给你。把过去夺走的通通还给你。海洋与高山，春花与冬雪。大得吓人的大象和痴等主人的忠犬。结局伤感的童话和美得令人叹息的音乐。

下坡尽头渐渐出现城市灯火。出现来往穿梭的车灯。不怕哦，薰。有我在什么也不用怕。没什么好怕的。我一边低语，一边迈着开始发疼的双腿继续前进。

// 八月七日 //

昨天，我在不知自己置身何处的情况下跑向车道，拦下出租车，坐到大阪市内的繁华市区。我尽量朝人多的地方走，进入一间深夜仍在营业的速食连锁餐厅。薰紧贴着我环视店内。我窥探店内想确认自己从Angel Home穿出来的T恤和运动裤会不会太显眼，但客人都是些染发的年轻人和衣着夸张华丽的女人，没有任何人注意到我。香烟的烟雾熏得店内天花板一片白蒙蒙，四处响起傻笑的声音。

我和薰合吃一份蛋包饭。薰看起来很不安，但十二点过后，就累得睡着了。我喝着无限续杯的咖啡，在那里耗到清晨六点过后，才抱着睡眼惺忪的薰出门。看道路标识才知道，这个地方叫作十三。这个数字令我感到不祥，急忙移动。

搭电车抵达新大阪时还不到七点，在站内的咖啡店给薰吃过早餐后，我根据卖票口的时刻表查阅怎么去小豆岛。我没搭新干线，搭普通电车前往冈山。薰可能是初次搭乘电车有点畏惧，一直把脸埋在我的衣服里，死都不肯看外面。

我坐上出租车说要去渡轮码头，司机是个刚步入老境的中年男人。

“小姐，你从东京来？”

被他这么一问，我心头一跳。见我不答话，“我也在东京待过。”他说，“我一毕业，就开始在杉并区的工厂工作。你知道吗？杉并。东京的人好多。中野你知道吗？我常在那一带喝酒。”司机愉快地开始自说自话，我松了一口气。

“你去冈山港，是要搭船去小豆岛？”

“对，呃，有亲戚住那边。”

“是哦。冈山也参观过了吗？很大哦，一定要仔细参观。去仓敷走走，逛逛后乐园。还得去尝尝什锦寿司。什锦寿司很好吃哦，一定要介绍给东京人。”

司机说着，快活地笑了。

从餐厅偷来的袋子里，装了七万块出头。为了付款给业者会准备一笔不小的现金，这我老早就知道。另外，就是这两年半来，靠工作存下的五万块。那是目前我的财产总额。

“我说小妹妹，你在冈山吃过好吃的吗？”

被司机这么一问，薰仰望我用力握住我的手臂。打从薰懂事起便只见过女人，所以或许有点害怕男司机。

“不好意思，她怕生。”我挤出笑容说。

“我才不八生。”薰不解其意只是照着我的话模仿，我和司机都笑了。

“不八生！”被我们笑得面红耳赤，薰气呼呼地说。

这是个小港口。买了船票，我去小店买报纸和面包。薰对小店很感兴趣，像看珍禽异兽般躲得远远的，却又执拗地望着。我在候船室打开报纸。

“所得税减税一兆七千亿元/今日干事长与书记长会谈”“流行性感冒预防接种/自秋天起须‘监护人同意’”“国会空转僵局打开/竹下氏表态‘逐一拜访野党’”。

没有。没有写到我。我把视线移到报纸上半截，确认日期。一九八七年八月七日星期五。

“妈妈，这个，帮我开。”

薰把巧克力零食的盒子放到我膝上。“天哪，这是哪儿来的？”

“啊哈哈——她忘记付钱了啦。”小店的大婶对着我笑说。

我慌忙从薰手里拿起那盒零食，走向小店。我发现这孩子，连什么叫买都不懂。

“对不起，多少钱？”我照着大婶说的金额慌忙付款。

“薰，像那样陈列的东西，不可以自己随便拿走哦。那都是在卖的，一定要拿钱才能买。懂吗？”

薰坐在椅子上一边晃荡着脚，一边说“懂”，但她看起来一点也不像懂了的样子。她从盒中抓出巧克力零食，放进嘴里。

“哇，妈妈，这个，好吃得吓死人。”她用老气横秋的语气说着，瞪圆双眼看我。“妈妈也吃一颗。来，给你。”她分给我一颗。一放进嘴里，便有一股怀念的甜味在口中扩散。

要上船时薰吓哭了。上去后她还在哭。船上挤满了看似要去游玩的人。有年轻人结伴成行，也有情侣，合家出游，老夫妇，旅行团。船内喧嚷着活泼的声音。我找个窗边的位子。

“薰，你看，是海哦。”

我让薰坐在我膝上，叫她看船开动后的窗外。薰虽然还在哭，却定睛注视窗外。她眼也不眨地死盯着一望无垠的海水，细声说：“妈妈，我怕怕。”

“没什么好怕的。你不是在故事书上看过吗？你看，闪闪发光，很漂亮吧？”

我一边安抚薰，一边再次打开昨晚从久美手中接过的纸片。昨天久美给的，是她娘家的住址。若有机会路过请转告我的家人我很平安。地址上面，如此潦草注明。

无处可去的我，现在，只能指望这纸上写的地点。我要去见久美的家人，告诉他们久美很平安。我把希望全放在那上面了。

船抵达小港口。我跟在大声喧哗的人们身后下了船。土产店的角落，有个卖乌龙面和荞麦面的吧台。我买了乌龙面和饭团，找个空位子和薰一起吃。薰一边大口嚼着饭团，一边好奇地环视店内。

走出和港口反方向的出口，眼前是个圆环。有出租车招呼站，也有公车站。我把久美娘家的地址告诉坐在长椅上抽烟的公车司机，他指指开往“草壁港”的公车，告诉我该在哪一站下车。

薰搭公车时也很害怕，双脚撑地死都不肯踩上去。我好不容易才安抚她，让她上了车。公车驶出后，她一直紧抓着我，不停偷瞄窗外。那副模样令我心痛。是我令这孩子与世隔绝，对此我深怀罪恶感。

久美的家，是位于公车站牌正前方的面线店。店面相当大，里面好像也让人参观面线的制造过程。玻璃门上贴满了纸张。有面线的海报，消防署的海报，征求兼职员工，暑假的乡土课程……每一张都同样在阳光曝晒下褪色。

我拉开玻璃门走进店内。

“您好，欢迎光临。”头上包着三角巾的中年女人殷勤地说。

“请问，这是泽田久美小姐的家吗？”我这么一问，她顿时瞪圆了眼看着我，“老板娘——”她回过神二话不说就匆匆消失在后方。店面一半排满了桌子，另一半是陈列面线和面线酱汁、味噌及零食的货架。

“咦，咦，说是久美朋友的，就是你吗？”一个富态的女人出现，身穿褪色的格子围裙，包着同样花色的三角头巾。眼睛好像和久美有点相像。薰倏地躲到我身后。

“呃，突然来访不好意思。久美说，那个，她很平安，叫我帮她说一声……”

看似久美母亲的女人瞪大双眼，然后张开嘴巴。开开合合几次后，宛如扭开水龙头般突然滔滔不绝：

“久美在哪里？现在在做什么？你跟她是什么关系？那孩子说她很平安吗？”

久美的母亲靠过来等我回答。我心想提到Angel Home这个名称恐怕不妥，于是情急之下撒谎：

“那个，我们在名古屋某家公司一起工作过。久美很照顾我。”

“你知道怎么联络那孩子吗？”

“这个嘛，”不用思考谎话便流利涌出，“公司破产了，我们本来一起住在公司宿舍，结果都被赶出来了。久美只说要留在名古屋，至于怎么联络倒是……不过，呃，她说一定会尽快跟我联络。”

久美的母亲突然矮身一蹲。我以为她在哭，慌忙一看，原来是凑过来看着躲在我背后的薰。

“哎呀，好可爱。几岁了？叫什么名字？”

薰仰望我，大概是觉得女的不像男的那么可怕，于是缓缓走上前，竖起三根指头，小声说“我叫薰”，然后又补上一句“莉卡”。久美的母亲好像以为莉卡是指那种莉卡洋娃娃。

“你叫小薰啊。你喜欢莉卡是吗？”说着眯起眼，“小姐，你是专程替久美来传话的？”她眼睛依然看着薰，如此问我。

“对，呃，久美常提起这个岛上的事，所以我早就想来看看了。”

“噢，这样啊。那孩子，提到这里了啊。”她一边摸着薰的头发一边自顾点头。

贴在玻璃门上的褪色纸张在眼前闪过。我鼓起勇气开口：

“能不能让我在这儿工作？”

蹲着的久美母亲仰起脸看我。

“那个，公司才刚破产，我还没找到工作。所以，那个，我看门上贴了征人的纸条。”

久美的母亲站起来，两手插在围裙口袋看我。

“那个啊，打从两年前就贴着没撕掉。”

她困窘地笑着，倏地将视线扫过我全身，上下打量我。我想也是，虽感失望但颇能理解。一个片面声称是女儿朋友的陌生女人，而且还带着小孩，她当然不可能轻易雇用。

“说的也是。”我尽量保持自然地笑着，“冒昧提出这种要求真不好意思。因为对于今后的事什么都还没决定。幸好能帮久美带到话。那么，呃，我告辞了。”一边说着，我拼命思考接下来该去何处。要回冈山吗？或者，该前往来此途中见到的，那几个浮在海上的小岛呢？

“很抱歉没帮上忙……”久美的母亲一脸尴尬看着我，“所以那个，久美她，那孩子应该过得很好吧？呃，有没有什么困难？”

“久美过得很好。我想她一定会很快跟您联络。”

我打断久美母亲没说完的话，欠身行个礼就拉着薰的手走出面店。

事情果然不可能那么顺利。我牵着薰一路走到公车站牌。艳阳高照，蝉鸣如注。除此之外别无声响。薰畏畏缩缩像要窥探什么似的仰望我。我虽然觉得应该跟她说句话安抚她，却已无暇多顾。

我也没确认公车往哪儿开就上了车，一路坐到和刚才抵达的港口不同的另一个渡轮码头。也许是观光景点，看似放暑假的全家福和团体游客笑声四起地漫步路上。在码头一查渡轮去向和时刻表，开往高松的船在傍晚五点过后出航。今晚要在此过夜吗？有地方可住吗？我沿着海边步道走去。

夏天，我突兀地想，蝉鸣、大海、天空、阳光，晒得黝黑的年轻人、茂密的树林。那是充满力道的风景。啊，是夏天，夏天，虽然无处可去，也等于毫无前途可言，但映入眼中的光景，却令我本来如惊弓之鸟的沮丧心情，得以缓缓放松，甚至好像得到解脱。眼中所见的一切都灿烂辉煌。在我身旁，一家大小结伴走过。小男生穿着泳裤，肚子上套着救生圈。戴圆点小帽的妈妈慵懒地走着，肩上挂着相机的爸爸遥指大海彼方。薰一脸不可思议地望着小男生。

现在围绕我的状况，似乎突然脱离了现实。既不必隐姓埋名，也不用躲躲藏藏。我正带着幼小的孩子，造访度假旺季的小岛。为了让这孩子见识夏天。我在心中试着这么说，心情顿时不可思议地轻快起来。

“薰，很热吧，很舒服吧。”我对薰说。

“妈妈，玛蓉现在不知道在干吗？”薰的太阳穴淌着汗水低声咕哝。

纽约饭店，位于流向大海的小河上游。四周零星分布着民宿及酱油工厂、咖啡店和小门窄户的寿司店。饭店大概是刚盖好，看起来还很新，却像园游会的布景那么廉价，屋顶上耸立着过胖的自由女神。“征求员工/清扫房间/柜台业务/提供住宿”的征人招贴，贴满环绕建筑的围墙。我和薰牵着手，从头到尾把招贴一一看遍。

我认为住在宾馆对薰来说绝非好事，但我迷上了这个岛。我想跟薰住在这里——不，我想给薰看的东西，包括天空与大海，阳光与树林……那种东西，我觉得在这里应该可以让她充分看到。怕海也怕公车，动不动就用双手蒙住脸的薰，当她从手指缝隙间窥看世界时，至少在这里应该可以安心吧。而我想给她的一切，在这里薰应该都能得到吧。虽然没有安身之处——不，正因为没有，我更想在这里待久一点。在这灿烂光辉的夏日中。

我抱起薰，一鼓作气打开入口的雾面玻璃门。室内冷气笼罩我，外面传来的蝉声倏地远扬。

// 八月十三日 //

饭店后面有栋摇摇欲坠的木造公寓，那里是纽约饭店的员工宿舍。我们得以容身的是一楼最后一间的二坪小房间。虽有厕所，但没浴室。榻榻米一踩就凹下去，不过有一片夏草繁茂的小院子。

隔壁住的是一个名叫真奈美的女孩，据说才二十四岁。本来是跟心上人一起私奔来此，但那个男的因携带大麻遭到逮捕，听说现在关在四国的监狱里。

再过去那间是浴室伯这个五十几岁的男人。叫他浴室伯是因为他负责清扫浴室，此人据说以前任职大阪某公司，在电车上非礼女人当场被逮，因此失去家庭和工作，沦落到这种地方扫浴室。

上工第一天告诉我这些的是住在二楼的佳代。若照Angel Home的说法，佳代等于是我的指导员，负责教我怎么打扫房间、整理房间，趁着其间的空当，也把老板一家和员工的种种八卦一五一十告诉我。她自称今年芳龄三十八，但我怎么看她都像个五十几岁的胖大婶。

佳代的房间右邻，也就是我的楼上，住着喜美这个中年妇人和她的女儿。喜美并非纽约饭店的员工，好像是在酒家上班。是个头发染得火红、魄力十足的女人，在家总是素着脸穿件大花布袋装，上班却摇身一变判若两人。听说她本来在附近岛上某间也介绍卖春的酒廊工作，因为某些缘故才逃到这里，这也是佳代提供的情报，不知究竟有几分真实。

至于那个被称为小花的女儿，我本以为应已双十年华，但据说才十七岁，高中只念了半年就不念了，之后一直待在家里。我工作时，可以把薰交给这个小花照顾，这也是佳代说的。要把薰交给这个一头短短鬈发总是叼着烟、从不正眼看人也难得开口的女孩我实在不放心，但就现实问题考量，我无法送薰上托儿所，况且我们也得设法赚钱糊口。我战战兢兢地上楼请托，小花没吭气，倒是喜美毫不犹豫就表示“可以呀。我们帮你照顾”，然后精明地补上一句“一天一千块就好”。

工作时间是两班制，分别是早上八点到傍晚五点的早班，和傍晚五点到深夜一点的晚班。早班的时薪比较低，真奈美和佳代多半都想值晚班，所以欣然将早班让给我。五点过后我去喜美家接薰时，小花和薰不是在看电视就是在画图。沉默寡言的小花人不可貌相，其实很会照顾小孩，绘画技巧更是好得惊人，可以惟妙惟肖画出电视卡通人物。有时小花也会和薰出去玩。我后来隐隐发现，这种时候通常是因为喜美有男客来访。

对于我那份填上宫田京子这个假名、胡乱捏造的履历也没细看就同意雇用的老板，是个年约五十的臃肿男人，开口闭口就只会说“会唱卡拉OK吗”“要不要上酒家”。被大家称为大妈的老板娘，代替不中用的老板，眼光雪亮地紧盯员工的工作表现。

也许是被崭新的门面装潢吸引，或是因为正值暑假旺季，总之客房几乎天天客满。等到九点多房客离开后去打扫时，年轻客人用过的房间一律凌乱不堪。自行带来的食物的残渣，气味刺鼻的卫生纸，有时连床单都沾了污物，还有湿答答的毛巾。当我匍匐着把那些垃圾扫到一堆时，男女交媾这码事不知怎的变得很滑稽。灵魂不分男女——在Angel Home习得的这句话，蓦然浮上心头。

我默默清扫没有窗子、弥漫着精液气味的房间。佳代在大妈不时的呵斥下仍停不住嘴，我一边敷衍地附和，一边尽量让脑袋放空，以便抵挡精液的气味与性交的余味。如此一来，一瞬间，真的只是短短一瞬间，我竟有种奇妙的清爽感。按照时薪算来一天顶多赚五千元，而且每天还得给喜美一千元，因此只有四千元，几时能存到一笔钱都不确定，我却确信在不久的将来便可有积蓄，确信我一定能搬出这破旧公寓，和薰过着舒适的生活，确信我将有能力买衣服和故事书给她，在比现在更宽敞的厨房为薰烹调各种佳肴，怀着这样的确信，我兴奋莫名地期待着明日开始的岁月。我没有悲观地打消这种念头，反而努力去想，这一定是因为我们的生活已经开始转运了，虽然速度缓慢。那是在漫长的时光中，即便放弃一切也想得到的东西，是生活。是我与孩子共度的小小生活。

// 八月二十一日 //

今天附近有庙会，听说晚上还有夜市。上周也有中元盆舞活动。不知是在哪儿举行，远远传来祭典的锣鼓声。上周我太累所以提不起劲出门，但今天我打算带薰出门逛庙会，所以去楼上的喜美家接她。正对镜化妆的喜美，毫无兴趣地说，那种地方人挤人只会累死人。我向陪薰玩的小花道声谢，便想带薰走，小花却一路跟到玄关门口定定地看着我的脚下。

“小花也想去逛庙会吗？”我问，她不看我的脸，闷闷地用力点个头。

“喜美，那我带小花一起去喽。”我出声说，揉成一团的千元钞票砰地扔到我脚边。

“拿去吃晚餐。”喜美对小花说，小花倏地握紧千元钞票塞进运动服口袋。

在缓缓西沉的斜阳中，人潮络绎不绝。我不知庙会在哪儿举行，索性跟着人潮走。薰的步伐渐渐沉重，也许是被这么多人吓到了。但她并未止步，所以配合薰，我和小花也走得很慢。

薰忽然驻足，用力拉扯我与她交握的那只手。我朝薰定睛注视的方向看去，只见身穿白衣、手持木杖的行脚僧，和赶赴庙会的人潮逆向而行，朝我们这边走来。六七名女性排成一列，默默步行。在众声喧闹中只有那处安静得仿佛破了一个洞。我也像薰一样驻足，凝视渐渐走近的她们。由于我俩停下脚步，小花也跟着停住，取出香烟点燃。

“为什么会有行脚僧呢？”我问小花，但小花无语。

薰仍在定睛目送她们擦身而过的背影，我催她“好了，走吧”，薰却僵着脸凝视我，纹丝不动。“薰，刚才那些人，是在走路拜菩萨哦。”薰的小嘴抿成一线，来回看着我和渐去渐远的一行人。

“我们快去吃棉花糖吧。跟你说哦，那是很甜、很甜的糖哦。”

小花倏地蹲下对薰说。薰战战兢兢向小花伸出手，等小花握住她的手后总算开始迈步。

夜市的灯光终于遥遥在望。和悬挂的灯笼灯光混合，到处泛滥着橙橘色光芒。身穿夏季和服、腰扎红色腰带、与薰年纪相当的小女生，被看似奶奶的老妇人牵着正在路边摊挑选面具。我忍不住看薰。她穿着从Home带出来的T恤和运动裤。她生平第一次逛庙会我却连和服都不能买给她，令我好生愧疚。

“咦，小姐，你是上次的……”正在棉花糖的摊子接过找的零钱之际，背后忽然有人喊我。我转身一看，是久美的母亲。穿着非常鲜艳的日式大外褂。

“怎么样，找到工作了吗？”

“找到了，呃，是提供住宿的工作，现在我在那边上班。”

“还提供住宿？你是在哪儿工作？”

“呃，沿着别当川往上走的某家饭店。”

“该不会是宾馆吧？你去那种地方……”久美母亲的目光搜寻薰的身影。薰站在略远处，正与小花吃棉花糖。“那孩子也一起？”

“我已经无处可去了。”我笑着说，“父母都死了，和丈夫也有很多问题……就算回名古屋也不见得能找到工作，虽在东京住过但也无处可归……所以我想暂时在这岛上待一阵子。说不定还能见到久美。”

“是什么样的地方？我是说，饭店提供的住处。”久美的母亲蹙眉。

“是饭店后面的公寓。虽然老旧，但住户都很亲切。那个女孩，就是我们楼上邻居的女儿，常帮我照顾薰。”

久美的母亲毫不客气地打量顶着一头鬈发蹲在地上吃棉花糖的小花。“嗯，是吗……”她咕哝，然后突然将目光移向庙会的灯光。

“糟糕。我得去帮忙了。这个不送去不行。那么，你自己保重。”久美的母亲匆匆说完，便消失在人潮中。

过了八点，我们回到住处，走一小段路去民宿的公共浴池洗澡。逛庙会时僵硬如石不发一语的薰，这才开心地打开话匣子。“棉花糖甜甜的很好吃哦。明天也可以吃吗？明天我也分给妈妈吃。”直到睡觉时她还在絮絮念着。

// 八月二十四日 //

一早薰就无精打采。浑身无力，早餐几乎都没吃。我打电话给大妈，请了一天假。才来上班不到一个月就请假，你可真大牌啊——虽然被她这么露骨地损了一顿，但我不能把瘫软无力的薰交给小花，自己去打扫别人弄脏的房间。我向值晚班的佳代借来温度计，替薰量体温。三十七度三。虽然温度还不高，但是看薰的样子，温度应该还会继续往上升。

我让薰躺着，拿起团扇替她扇风。敞开的玻璃门，飘入阵阵蝉鸣。不知哪家传来收音机播放的歌谣。

“妈妈。”躺在被窝里的薰喊道，“我要看电视。”

“可是薰，我们家没电视耶。”

“可是我平常都会看。会有小Q[1]哦。我在小花家天天都看。”

---

① 小Q 是卡通《鬼太郎》的主角Q 太郎的昵称。

不知她对自己生病的事理解多少，只见薰软软地躺着，唯有语气活力十足。

“今天不能去小花家了。薰要在这里躺上一整天哦。”

隔壁传来闹钟的声响。接着，是跑向厕所的声音。真奈美的一举一动都很粗鲁。

“薰要等妈妈吗？”

“妈妈今天整天都会待在这里。所以你不用等。”

听我这么一说，薰睁大双眼仔细打量我。

“妈妈，你会一直在这里？不用去上班？”薰反复问了好几遍，听到我的回答后，就用老气横秋的口吻说，“那今天看不到小Q就算了。”我既觉好笑，同时也充满了歉疚。

“薰，你再睡一下觉觉。”

“妈妈会看着薰睡觉觉吗？”

“嗯，妈妈一直看着，你放心。”

薰闭上眼，然后啪地睁开，又再次闭上，半睁半合地确认我是否还在。

“好了，再闹会有毛毛虫来哦。”

薰乱踢双脚，呀地嘶声尖叫。来到岛上第一次看到的毛毛虫令薰异样恐惧。

我确定薰睡熟后，便去狭小的厨房煮粥。头上吱呀作响，传来走动的声音。当我打蛋撒上葱花时，玄关的门被人略带顾忌地敲响。

我以为是小花，没想到开门一看站在眼前的竟是久美的母亲。

她身穿围裙抱着纸箱。

“你果然住在这里。”说着，她不客气地抻长脖子环视屋内，“那孩子怎么了？”

“好像有点不舒服，我让她今天休息一天。”

久美的母亲听了，把纸箱往门口一放，毫不犹豫地进屋坐到薰的身旁，轻轻把手贴在熟睡的薰的额头上。

“哎呀，天哪，真的，好烫。八成是夏季感冒。你呀，带着这么小的孩子住在这种地方再怎么说也……”说到一半她闭上嘴，一脸尴尬地回到玄关。

“这个啊，”久美的母亲蹲身打开纸箱盖子，“我一直塞在壁橱里。知道有了第一个外孙我们都很开心，所以自己跑去买了这些东西，结果那孩子一直不回来，本来还给她寄去，可是后来，就听说太一被婆家的人抢走了……我想丢又舍不得丢。虽然是男生的衣服，不过全都是新的，你就留着给孩子穿吧。”说完也不看我便匆匆穿上鞋子，再次朝屋内熟睡的薰投以一瞥，“这一带都是去找内野医生。如果烧还不退就马上带孩子去找内野医生。沿着河边走马上就会看到。”说完也不听我道谢便走了。

我蹲下身，把纸箱里的东西在地板上摊开。印有卡通人物的T恤和素色衬衫，短裤和牛仔裤，跟T恤印有同样卡通人物的小鞋子。也有袜子，甚至还有帽子。我想起久美钻进开往Home的小货车时那副模样。把头发染成茶色，将婴儿杂志从窗口扔弃的久美。也想起在Home一起生活的久美。一边晃动着小小的乳房一边替薰搓出满头泡沫，说要放手很困难的久美。我把脸埋进久美儿子无缘穿上的衣服里。“从三岁直到永远，都要陪在莉卡身边哦。”久美的声音在耳边嗫语。

下午，薰吃了两碗粥，但是没多久就吐出来了。我的脑中一片空白。我烧开水，扭干毛巾替薰擦身体，给她穿上久美母亲送的衣服，冲出公寓。

我抱着薰沿着河边跑，一边不断自问该如何是好。我搭上开往土庄的公车。满脸通红的薰在我怀里病恹恹地看着窗外。薰的身体好热，我的衬衫被汗水黏在身上。凑近看着她的眼，薰便定定回看我，对我眯眯笑。她的眼睛还有神，让我稍微松了一口气。

尽量找远一点、小一点的医院。我像念咒般一边喃喃自语一边走过土庄街道，找到一间看似半废弃的旧医院，在门前来来回回转了半天，终于下定决心推门进去。

暗如水槽的候诊室里，只坐了一个戴口罩的老人。我把头伸进挂号处的小窗说：

“不好意思，我们趁着暑假期间来这里，可是今早小孩忽然不舒服，我手边没带健保卡也没别的证件，可以让我们看病吗？”

老护士眯起眼看着我：“这样看病费用没有健保补助哦，可以吗？”她说。我回答没关系，她把病历表和温度计交给我。我在候诊室冷清的皮沙发坐下，用颤抖的手胡乱填上假名字和假地址。镇定，这样不会有问题的。人家一定会替薰看病，也能领到药。

白发老医生凑近看着薰，用慈祥的语气问：“会热吗？会冷吗？

眼睛痛痛吗？鼻子呢？”但薰或许还是怕男人，把小脸埋进我胸前不肯回答。我只好代她回答：“虽然没拉肚子但吐过，昨天还好好的没有发烧。”

“应该是感冒吧。”老医师用温暾的语气说，“我可以开退烧药给你，但我不想开，因为会让小朋友胃肠不舒服。她才烧到三十八度，我看就不用退烧药了。你们还会待一阵子吧？如果今明两天还继续发烧的话再带她来。”

领了药，在挂号窗口付钱。总共一万出头，但现在已无暇考虑钱的问题。搭公车前，薰眼尖地发现商店立刻吵着买零食。换作平时我一定会当场拒绝，但今天我让薰挑选她自己喜欢的零食。再带她来，再带她来。医生说的话在我心中不断回响。就算没有健保卡，至少在这几天当中可以去那家医院，想到这里我不禁安心多了。

// 八月三十日 //

薰开始学会装病。大概是不想让我去上班，一早，她就在被窝里磨蹭，说她眼睛痛痛，再不然就是嚷着身体热热。她的表情开朗，所以我一看就知道她在说谎。妈妈如果不去上班，就没钱买零食和饭饭哦，听我这么说她才不情愿地起床。真的把她交给小花后，她倒也乖乖放开我的手，但当我趴在肮脏的房间里打扫，有时忍不住热泪盈眶。想到我令薰寂寞得必须说谎我就心痛难忍。

刚抵达岛上时的热闹，已消失得无影无踪。阳光虽仍艳如盛夏，却已不见观光客的踪影。饭店也很少再有客满的时候。

傍晚，和薰在附近的澡堂洗完澡回家，我发现寺庙竟有编号。比方说“小豆岛灵场[1]第二十一号清见寺”附近，有“二十二号峰之山庵”，也有“十九号木之下庵”的箭头标示。我想起上次曾和一群

① 灵场乃有神社或寺庙的圣灵之地。

行脚僧擦肩而过的情景。说不定这个岛上，也跟四国一样有八十八处灵场。

若真是如此，我忽然也很想走上一遭。虽不知道能在这岛上待多久，但是，在走完八十八处之前，应该可以留在这里吧。

薰不可思议地仰望虔诚膜拜的我。

// 九月十八日 //

下了班回到公寓，不见薰的人影。我到楼上接她，却只见喜美穿着蕾丝睡衣在化妆，小花和薰都不在。

“她们在玉姬神社玩。倒是这个，怎么样？你看。”她拉住正想告辞的我，把艳红的连身洋装比在胸前。那件勾勒出身体曲线的洋装上，缝着金纽扣。“怎样，好看吗？是人家买给我的。不是这边的东西，是特地从大阪买来的。”

我觉得对喜美来说太鲜艳了，但我还是说：“非常好看，很适合你。”喜美像少女一样两手捧着脸颊娇笑：“你想穿也可以借给你。一个小时……我想想哦，算你五百元就好。”她抱紧衣服说。

我一去玉姬神社，只见寺院境内，小花与薰，还有我没见过的两个小孩在。是比薰还小的男生，和年纪应该刚上小学的女生。四人蹲在地上，定睛注视地面。薰穿着久美母亲送的衣服，这么看来简直像个小男生。棒球帽配T恤、绿色长裤。

“你们在做什么？”

我俯视四人凑近盯着的地面，原来是蝉蜕的空壳，一数之下共有七个，排成一直线。干巴巴的茶色空壳，看起来也像是制作精巧的玩具。

“跟你说哦，这是我们搜集的。”

小男生仰头对我说。

“蝉一直待在土里，等它出来马上就会死。”

大概是小男生的姐姐吧，女生以制止他的口吻对我说。

“这个，死掉了吗？”

薰不安地仰望我。

“这个没有死。蝉从土里出来，只是脱了一件衣服。”我一边思索薰是什么时候学会“死”这个字眼，一边回答，“薰，小花，我们回家吧。”

“可是它马上就会死。”

小女生又重复一次。一定是谁刚告诉她的吧。关于蝉在土中七年，出了地面的第七天就死亡的一生。虽不知真假，但我头一次听说时也很震惊。苦苦等了这么久，上苍竟然只赐给它这么短暂的生命吗？就像这个小女生，我记得也是听周遭的大人说蝉七天就会死。

小花站起来，薰悄悄握紧她的手。

“明天也来吗？”小男生问薰和小花。

“明天也要来搜集哦。”小女生也跟着说。

“拜拜！”薰转身挥挥手，被夕阳映得脸泛橙红的孩子们，依旧蹲在地上挥舞双手。“拜拜。”稚嫩的声音从背后传来。

晚餐后，我稍微绕点路，去参拜编号第十六号的极乐寺。薰唱着我没听过的歌。她忽然仰望天空，高举着手指说：“妈妈，星星。”黑夜中，彼岸花[1]红得令人惊心。

坠入梦乡时，紧闭的眼帘蓦地浮现傍晚看到的蝉蜕空壳。干巴巴的，茶色的空壳。

---

① 彼岸花又名石蒜，有毒植物。多半生长于田埂或墓地。夏、秋两季开花，花色艳红。

// 十月六日 //

去二楼接薰时，小花也跟着一起下楼来。等我开始准备晚餐她仍然没走，陪着薰画图玩。回过神时，才发现她站在我背后探头注视我的手。

“晚餐吃咖喱饭，你要一起吃吗？”我问。

“那我做个生菜沙拉吧。”她难得开口说话。

“嗯，好哇。谢谢。”

听我这么一说，小花把头伸进冰箱检视，我正在捞锅中的浮渣，她就站在我身旁，开始把番茄和小黄瓜切块。看她动作熟练，也许平时就自己煮晚餐。薰被冷落在一旁不是滋味，在我和小花的脚边转来转去。

我把锅子转到小火，一边陪薰一边看小花的手上动作，只见她开始煮面尾巴。那是面线尾端呈U字形的部分，通常会装成一袋廉价出售，所以我总是买来备用，但我看不出小花要用面尾巴做什么，于是问她。她没回话。

面尾巴变成沙拉。在切滚刀块的番茄与小黄瓜上，铺满了面尾巴，再淋上酱油调味汁，就是小花做的沙拉。

“真好吃，我都不知道，这也可以做沙拉。”我吃惊地说，小花蓦地背过脸，但嘴角却浮现得意的笑。

“好吃耶，妈妈。”薰也眼珠滴溜乱转地说。

“我还会用面尾巴做茄汁意大利面和奶油培根意大利面。”小花依旧别开脸，却略显得意地说。

“噢？下次我也试试。那本来就是面条，一定很好吃，对吧？”

“对呀。”薰说。

“学人家。”小花戳戳薰的脸颊，薰哈哈笑。

敲门声响起。我放下晚餐打开玄关的门一看，又是久美的母亲。她像上个月来时一样探头窥看屋内。

“咦，你们正在吃晚餐？不好意思。”看到浓妆艳抹的小花，她皱起脸，微微招手。我一走到门外，久美的母亲便把玄关门关上。

“你之前，不是说想在我店里工作吗？这个月正好有一个人不做了。薪水虽少，但我想总比你带着那孩子在那种地方上班好。”

“啊……”

“一本松，你知道吧？就在那附近，有我家的亲戚，她家的偏屋——说是偏屋，其实是给儿子盖的组合屋啦，我亲戚说你可以住那间……否则待在这种地方，我说你呀，那孩子未免太可怜了。”

久美的母亲皱着眉头说。

“可是，刚才的小花，是个好孩子。一直帮我照顾薰。”

我忍不住替小花说话。

“也许吧，可是，住在这里总不是个办法吧，又不知道住的是些什么人，而且就在宾馆背后，难保几时会有什么人混进来。”

“呃……可是……真的可以吗？”我深深地注视久美母亲的双眼问道。她是基于什么心态愿意雇用一个来历不明的女人，我实在摸不透她的真意。

“只要你愿意，随时都可以。但你如果拖拖拉拉，我还得找新人递补，所以决定了就早点告诉我。知道吗？”久美母亲的表情简直像在担心女儿的吃饭问题，“那我走了，打扰你吃饭，不好意思。”她匆匆说完便走了。

回到房间，已经吃完饭的小花，正在给薰看她自己画的拉洋片。薰一边反复看着大约五张图画纸就结束故事的拉洋片，一边继续吃咖喱。

“小花，你画得真棒。将来可以当漫画家，或是画卡通的人。”

“我哪可能变得那么厉害。”小花把图画纸随手一扔。

“当然可能。”

“再给我看一次。”薰把图画纸塞给小花。

“我又没上学，怎么当漫画家。”

“没专长的人才会去上什么学校，小花画得这么棒，将来想当什么都没问题。”说着我忽然发现自己的语气竟然激动起来，连忙闭嘴。我差点跟她说：你既没犯罪也不是在逃亡，想当什么都没问题。

“我要回家了。”小花忽然站起，笔直走向玄关。她一边套上拖鞋，一边闷声问：“东京有地方可以学那种东西吗？”

“有呀，各式各样的地方都有。去当漫画家的助手也是一个方法。”我回答后，赫然一惊，“你怎么知道我是从东京来的？”

“没什么。是大嘴巴老太婆说的。”

我追上走出门的小花问：

“她怎么说？佳代是怎么说的？”

小花一脸不可思议地看着我：“她说你讲话没有口音一定是东京人，还说你八成是在躲老公。”她细声回答。

没错，不可能有人知道。不可能被发现。“是吗？说的也是。”我试着对她笑，“什么事都瞒不过佳代。原来佳代早就知道，我是在躲老公啊。”小花低头站在楼梯的中段，“小花，今天谢谢你。你做的沙拉很好吃。”

小花瞄我一眼，就这么面无表情地上楼去了。

“蝉，全都死了吗？”

走向澡堂的路上，薰忽然问。被她这么一说才想起已经听不见蝉鸣了。只有秋虫唧唧唧的恼人嘶鸣。

// 十一月十四日 //

我数一数每参拜一寺就画一道的正字记号，还不满三十。只要看到路边有寺庙我就会进去，但如果位于要翻山越岭的内陆，我很难抽出时间造访。

从上个月起我开始在久美母亲昌江姨的面线店，以宫田京子的化名工作。准备餐馆的饭菜和在店面卖东西是主要工作内容。面线店和工厂、久美的祖父母与母亲居住的泽田家邻接在一块，多少有点凌乱杂沓的氛围。店里闲暇时，我就负责去洗家里的衣物，有时也代为打扫庭院。昌江姨说，我可以把薰一起带来，我虽怀疑这么厚颜接受人家的好意真的可以吗，却也无法把薰一个人留在家里，结果还是跟薰一起来泽田面线店报到。薰也交到了新朋友。是住在附近的小孩，上幼儿园的里美、新之介和小樱，带头的有里是里美的姐姐。有时他们会来喊薰，一起去哪儿玩。我本来担心只有小孩会不会太危险，但这一带本就治安良好，很少锁门，所以好像不用太紧张。

我也顺利租到了昌江姨说的民宅偏屋。住在主屋的坂本一家是昌江姨的亲戚，偏屋本来是仓库，听说是在念高中的儿子请求下才改建的。那个儿子现在据说在九州上大学。

昌江姨碰上公休日，偶尔会开车载我们四处逛逛。例如寒霞溪与海岬分校，也去看过海上落日。现在薰就算坐缆车也不会吓哭了，但还是一样小心翼翼。总之除非她自己想通，否则绝不肯动。昌江姨也只好一边苦笑，一边耐心等待薰慢吞吞的动作。

交到新朋友后，薰学起语言快得惊人。“等我长大要盖一栋大房子给妈妈。”听到她这么说时我吓了一跳。

没客人的午后，我和昌江姨以及打工的伸子一起吃面线。她俩起劲地告诉我上个月举行的农村歌舞伎表演。

“明年，薰也可以参加。”昌江姨说。虽然参加儿童歌舞伎表演的好像多半是小学生以上的年纪，“像薰这么漂亮没问题啦。她明年就五岁了吧？”伸子说。

“不，明年夏天才满四岁。”听我这么回答，昌江姨眯起眼望着店外。我也跟着转身张望是不是久美回来了，但从海报间缝隙看到的玻璃门外，只有在日光下曝晒的面线店招牌。

“我说京子呀，没人说过你长得像谁吗？”伸子忽然说，我心头一跳。

“你说的像谁，是指谁？”

“没有啦，我就是想不出来。”

听着伸子与昌江姨的对话，“南野阳子吗？还是中山美穗？”我故意说出在泽田面线店看电视认识的女明星名字，她俩一听面面相觑地笑了。“搞什么啊？京子这丫头，原来这么自恋。”

“那是因为说到我像谁的话，我只有被人这么说过呀。”我也笑了。

这种安稳的日子能持续到几时呢？每晚我都在想。有时觉得天底下没有这么幸运的事，也有时我确信一定可以天长地久持续下去，因为我和薰受到某种强大的庇佑。

// 十二月三十一日 //

一年将尽。午后，我正在打扫偏屋，昌江姨送来她做的年菜和面线。她坐在玄关门口，喃喃自语：

“我以为久美至少会打通电话回来，结果却是这样。”

“说不定初三之前她就忽然出现了。”说着，我暗想讲这种话也无法安慰她不禁为之心痛。

但昌江姨还是露出笑脸：“是呀。她说不定会回来。”说完自顾着点头就这么走了。

三点过后我打扫完毕，于是带着薰，前往我一直想去的笠之泷瀑布。我听伸子说，那是岛上唯一的灵修场所，陡峭的岩壁上安置着佛像。我们搭公车到黑岩，再从那里步行。不时，会出现手指形状的路标。

“我问你哦，妈妈。”拽着我的手靠我的力量走在山路上的薰说，“小新是女生吗？”她问出这样的问题。

“怎么会。小新当然是男生。”

“那么，薰是男生吗？”

“薰当然是女生。是很可爱很可爱的小女生。”

“可是，你知道吗？”说到这里，薰忽然沉默。我赫然一惊。薰是在说Angel Home的事吗？从小被教育“灵魂不分男女”，实际上也只见过女生的薰，或许无法理解男女之间的差异。更何况现在，薰天天穿着昌江姨送的衣服，光看外表的话跟新之介根本没两样。

“你知道吗？薰，妈妈和薰都是女生哦。小新和泽田爷爷是男生。”

哪里不一样呢？我一时之间想不出妥善的说明。我想起被莎莱伊她们质问是男是女时的情景，不由苦笑。

“妈妈也不知道。”我老实说，“等薰再大一点，觉得很想跟某人结婚时，那个一定就是男人了。”

“那妈妈是男的吗？”

“不是跟你说妈妈是女生吗？”

“可是，薰想跟妈妈结婚嘛。”

我不禁停下脚，俯视薰。薰认真地看我：“这样的话，妈妈就不再是孤儿寡母了。”

我不禁蹲身抱紧薰。常在泽田面线店出现的人、新之介和有里的妈妈谈论我的字眼“孤儿寡母”被薰听见了。虽然不解其意，但她大概也察觉那个字眼带有某种同情的意味吧。

“妈妈，我痛痛。”薰伸出手臂推开我，率先迈步走出。

“薰有一天也会喜欢上温柔的男人，然后嫁出去。”我凝视薰小小的背影说。

“才不呢，我哪里也不去。”薰的背影高喊，大步用力往前走。

参拜过泷湖寺后，我们走上灯笼环绕的漫长石阶。照着指标前进，仰望眼前出现的岩山，岩壁上打着木桩，缠绕锁链。好像是要拉着那链子爬上陡峭的斜坡。

“薰，你在这里等我。”

“嗯，好哇。”薰乖乖在原地蹲下。我用力握紧锁链，开始攀爬陡坡。为了确认薰是否还在那里，我拖拖拉拉地爬上斜坡，不时大喊薰的名字。“妈妈！”薰每次也回我一声。

我抓着生锈的锁链，一边呼唤女儿的名字一边爬上陡坡的模样，被人看到了不知有多滑稽。但这么爬着爬着，我开始产生孤注一掷的心情，觉得若能参拜内院，那么我一定可以不用跟薰分开。

好不容易爬到顶上，参拜完毕后，我大喊“薰！”，过了一会儿，“妈妈快回来——”薰微弱的声音传来。我慌忙抓着锁链又开始沿着斜坡往下爬。

走下缠绕锁链的岩山之处，供奉着观音菩萨。上面写的是育子观音。我拉着薰的手，定睛凝望那双眼微开的观音塑像。我轻轻放开薰的手，双手合十垂头祈求。拜托，请保佑我跟这孩子尽可能长相厮守，我在心中如此再三诵念。

// 一九八八年二月十日 //

正午过后来的客人把周刊留在桌上没带走。我一边收拾桌面一边不经意地看着封面，差点失声惊叫。“初中生打死高中生/理由是‘他瞄我’”这则报道的旁边，是“天使的要塞/绑架监禁、诈欺/女性团体陆续浮现的疑云”这行文字。我当下想到这是在说Angel Home。我悄悄伸手，翻阅周刊。没找到那篇报道令我心烦意乱。

“京子——”被喊到名字，我慌忙合起周刊。昌江姨从柜台探出头。

“你怎么了，表情怪怪的？”

“啊，没有。”我把杯盘放到托盘上，若无其事地擦桌子。

“那边弄好了，就去一下里屋好吗？阿婆说面线桶要刷洗。”

刷完桶子回到店里，昌江姨和伸子正在一边交谈一边打扫店面。我搜寻周刊却没找到。“我来擦玻璃窗吧。”我对昌江姨说，同时告诉自己我什么也没看见。

到了结束看店的时候，薰跟着有里他们回来了。她的裤子和毛衣都沾满了干土和枯草。

“你知道吗，薰，绝对不能说哦。”新之介对薰咬耳朵，但声音却让我听得一清二楚。薰哧哧笑，频频以不明显的动作点头。

出了泽田面线店，我们搭公车到日方。回程顺道造访附近的寺庙已成了例行功课。在公车站牌下车后，我和薰走在渐渐变暗的路上。

“薰有秘密瞒着妈妈？”

穿过玛利亚观音旁，我一边走向安养寺一边对薰说，薰猛然身体一僵，“没有没有，没有秘密。”她一脸认真地再三重复。然后吞吞吐吐了半天，才小声说，“我们在鹿垣①赛跑。”

“鹿垣是什么？”

“嗯……那个，是条小路。薰怕怕，可是还是做到了。不过，我最后一名。”薰拼命说到这里，大概是以为会挨骂吧，定定地仰望我。

“是吗？虽然害怕，但你还是努力跑完了啊。你好棒哦，薰。”虽然还是不懂鹿垣是什么，但我这么一说，薰顿时眉开眼笑。

我在安养寺的正殿双手合十静祷。薰也在我身旁合拢小小的双手。

---

① 鹿垣是用竹枝或树枝架成的屏障，用来阻挡野猪或鹿闯入。

// 三月十五日 //

隔着玻璃，可以看见孩子们聚集在店前停车场上玩耍。打扮成小男生的薰，在别人喊她之前一直动也不动。有里牵起薰的手，拉她加入游戏。最后，一群孩子莽莽撞撞地跑进店内。

“迷路了，迷路了。”“放肆！阁下想对吾等做什么？”“看招！放马过来！”他们七嘴八舌地嚷嚷，在店里跑来跑去。

“好了，你们去外面玩！没看到有客人吗？”昌江姨从柜台探出头怒吼。孩子们尖声大笑在店内绕场一周后，又跑到外面去了。薰脚步踉跄地落后一大截，嘴里还喊着“冲啊”，大概是跟人家学来的台词，也跟在他们屁股后面跑到店外。

“原来是在练习歌舞伎。”一个正在吃面的客人笑言。

“连意思都还搞不懂，就背起来了。”昌江姨一边四处端茶给他们，一边说。

“肥土山马上要举行了，该不会是去那里表演吧？”

“是中山啦，那些孩子哪能上台，还这么小。”

听着两人的对话，我的目光瞥向玻璃门外。孩子们在阳光中跑来跑去。

我和薰一起去了释迦堂、明王守，看看天色还亮又按照指标一路走到光明寺。看着释迦堂前的池塘，“这里闹鬼哦。”薰如此告诉我。八成是听其他小孩说的。

“那个鬼指的是什么样的人？”我试问。

“头发长长的，没有脚，听说全身白白的。”薰满脸正经地回答。

回家时天已完全黑了。但归途明亮。因为有栽培电照菊的塑胶温室散发的灯光。连绵不绝的塑胶温室，令四周弥漫着金色光芒。第一次看到时我觉得发亮的塑胶温室看起来很诡异，不过现在，看到那抗拒黑夜的灯光只觉安心。

// 四月八日 //

今天是新之介和小樱的入学典礼。下午，两人跟着有里，背起崭新的书包出现。和小樱手牵手的里美，一脸羡慕地不时仰望他们的书包。

“薰！”新之介拉开店门喊。

“薰在里屋哦。”听我这么说，全部的小孩都跑了。大概是想让薰看书包吧。

我想起至今一直回避去想的问题。让薰念小学这件事，我真的做得到吗？我能让她背着崭新的红书包吗？那孩子既无户籍也没身份证，要怎么送她上学呢？

闹鬼——我想起薰说的话。没有脚全身白白的人。就算装作若无其事，就算自以为已经逃离，我们终究还是像栖身在那池塘的幽魂。

“我家的小鬼来了吗？”

烫起鬈发穿着粉红色套装的新之介妈妈来到店里。

“在里屋。”昌江姨回答，“哎呀，裕子打扮得这么漂亮。”

“我们待会儿要去照相馆。”她含笑走出面店。我目送着玻璃门外新之介妈妈渐去渐远的身影。那崭新的套装好刺眼，不是因为阳光。

// 七月二日 //

今天有送虫节这个活动，所以昌江姨说面店交给阿婆和伸子，大家一起去看热闹。好像是某种庆典。在这岛上，真的有很多庆典活动。傍晚，有里和新之介他们也跟着家人一起出现，搭乘昌江姨驾驶的小货车，前往肥土山。

多闻寺附近已挤满了人。“会有棉花糖吗？”薰说。“今天没有棉花糖。你知道吗？因为这是要祈求白米不要被虫吃掉。”有里用小大人的口吻说，大家都笑了。住持诵经，引火点燃手上的红烛，大家开始鱼贯移动。我让吵着要走的新之介他们先行离去，在人潮散去的多闻寺合掌膜拜。这间编号第四十六号的寺庙我还没来过。早已习以为常的薰，也蹲在我旁边双手合十。

人潮移动到八幡神社后再度诵经，之后，烛火移到竹子火把上分发给众人。孩子们争先恐后想拿点火的竹子，薰却怕得不敢靠近火。里美和新之介在母亲的搀扶下两人一起把竹子拿来。

“你看，火把，你也拿嘛。一点都不烫哦。”

昌江姨想让薰碰触点火的竹棒，但薰躲来躲去，最后甚至蹲下哇哇大哭。拿火把的队伍不停向前走。

“薰，没事的，你看婆婆帮你拿了，薰跟妈妈牵手一起走吧。”我安抚薰，好不容易才让她站起来。

“这孩子真是的，该怎么说呢？算是谨慎派吧。”昌江姨取笑，最后，还是拿着竹棒迈步走出。染上橙色的天空渐渐变成粉红色，继而仿佛小心窥探情况般转为紫色。

我刻意比高举火把步行的队伍晚一些才走。夜色中，灯火飘摇不定。放满水的田里映着火光摇曳。昌江姨转身，指着队伍前头，再三重复“很美吧，薰，你快看”。薰穿着太一的衣服，每次听了总是把小嘴抿紧，嗯嗯有声地点头。正如同我梦想与孩子厮守，昌江姨或许也想这样让外孙见识许多美丽的事物吧，我蓦然暗想。

“薰，不用怕，我帮你一起拿。”

队伍前端，小樱朝薰招手。薰倏地躲到我背后，拽紧我的裙摆。

我停下脚步，望着络绎不绝的火光队伍。直到现在我才慢半拍地发现，有一些相机镜头对准他们。

“怎么了？”

数米外，发现我俩停下不走的昌江姨喊道。

“没有，什么事都没有。”

我挤出笑容小跑步追上昌江姨。

我小心翼翼环视拿相机的人。那些镜头，仿佛与世人的目光重叠。我裹足不前。转身想抱起薰，刚刚还紧抓我裙子不放的薰，现在正缓缓朝小樱迈步走去。大概是想跟小樱一起拿她手上的火把，薰一边战战兢兢伸出手，一边靠过去。看着那认真的童颜，我实在不忍把她拉回来。

一定不会有事的。我如此告诉自己。大家不都一身便装，满脸笑容吗？没有任何人注意到我和薰。他们只是在替家人拍照。根本不可能是世人的批判目光。

点火的竹子，逐一流向河中。四周已变得很暗。燃烧的火光渐渐远去。看着在河面悠悠流去的火光，我觉得自己仿佛来到不属于世间的某处。

“今天，有好多人拿照相机。”我对蹲在薰身旁、一脸陶醉地凝视水上火光的昌江姨说，“那些都是岛上的人吧？”

昌江姨一脸听不懂我在问什么的表情，抬头望着我，“秋祭时更夸张。连电视公司的人都会来哟。”她说。

之前明明死也不肯拿火把，现在薰却对着漂走的火光，一脸惋惜地微微挥手。

// 七月三十日 //

今天，是薰的第四个生日。昌江姨送了粉红色小洋装，伸子送的是蜡笔和图画纸。放暑假的有里他们也来了，送她有香味的橡皮擦和发夹，说是大家一起用零用钱合买的。有里他们撂下一句“我们去誓愿寺”，就带着薰飞奔而出。

暑假期间观光客的人数逐渐增多。店里变得很忙，昌江姨临时雇用了一个附近的高中生。看着短发的小弓，我就会想起小花。距离其实不远，所以我一直想去看她，却迟迟没有成行。

“京子，你平时喝不喝酒？”昌江姨走近正在洗碗盘的我，如此问道。

“酒吗？我几乎完全不喝，不过也不是不能喝。”我不知她想问什么只好这么回答，昌江姨戳在原地一下把手伸进围裙口袋一下又拿出来。

“有人说想跟你好好聊一聊。”她翻着眼小心翼翼地看着我说。

“啊，跟我聊？”我吓了一跳。脑海顿时浮现渡轮时刻表。那是在离开车壁港时茫然张望，几乎已暗记下来的开往高松的渡轮时刻表。

“你去赴约时我可以帮你照顾薰，就当作只是去喝喝酒，去见人家一面，好吗？”

我关上水龙头，定睛看着昌江姨。

“那人在内海的区公所上班，是个好人。他妈妈卧病多年，一直都是他在照顾。所以才会至今未婚。如今他妈妈也在去年过世了。”

“呃……”原来不是警察，我的脑中如此理解了，但还是不懂昌江姨想说什么。

“他来买面线时，对你印象很好，想跟你聊一下。人家阿一也在东京待过一年多，说不定你们会很聊得来。京子你也不可能永远不结婚吧。”

啊，原来如此。我懂了，我懂了。太过安心，令我忍不住笑出来。这个人，这个亲切的久美妈妈，连我这个陌生人的婚事都操心起来。笑得太用力，眼角不禁渗出水滴。

“讨厌，你干吗笑成那样？人家阿一虽然算不上帅哥，却是个好人，算得上是心地善良吧。”

“谢谢。我会考虑。”我行礼致谢。

“真的哦，你真的要考虑哦。”昌江姨再次这么强调后，这才开始擦干我洗好的餐具。

孩子们还没回来，我只好去誓愿寺接人。边听蝉鸣边走在路上，蓦地，我决定跟那个叫什么阿一的见个面。我已经不想再谈什么恋啊爱的。但我们需要隐身衣。既然是区公所的人，而且是心地善良的好人，那我只要说得巧妙一点，他应该会行个方便帮我们解决户籍问题吧。到时就不会再有人盘问我的来历，说不定也能让薰背着红书包上学。“天底下哪有这种好事”的声音，和“因为我们受到某种东西庇佑”的声音，在我心中此起彼落。

孩子们正在誓愿寺的苏铁树后面玩耍。我一喊“回家喽”，他们就打打闹闹地过来集合。

“阿姨，明天我们可以去游泳吗？”里美问。

“只有小孩子去太危险了，不可以，除非有哪个大人陪你们一起去。”

“阿姨那你也一起去嘛。薰说她没在橄榄海滩游过泳。”小樱摇着我的手臂说。

“如果妈妈同意的话我们可以带薰一起去吗？”有里问。

“如果有里的妈妈肯一起去那当然是最好，不过薰向来胆小。”

“薰才不胆小！”

薰噘起嘴大喊。

“那么，就让有里他们带你一起去喽？薰你要游泳吗？”被我这么一问，波浪打来时一定会哭的薰，大声说：“我要游！薰可以！”

“我才不想去海边。去鹿垣比较好玩。”新之介说。

“嘘！”小樱轻戳新之介。

“鹿垣是什么？”就算我追问，孩子们也只是鬼头鬼脑地窃笑不肯回答。

太阳缓缓西斜，碧绿田园渐渐染上金色。蝉声如注，汇成重唱乐章。

// 八月十五日 //

今天我说不要去逛庙会，难得任性的薰竟吵着要去，满脸通红地号啕大哭。纳凉祭和不久前安田小学的盆舞节，我们虽受邀但都没去。也许那两场活动薰都很想去却忍着没说，所以现在才会一口气爆发出来哭成这样。“对不起，薰，你忍一忍。妈妈念故事书给你听。”我抱紧薰哄她，但她甩开我的手，嘶声如吠，哭个不停。

“京子！”主屋的后门口，传来坂本先生的声音，“你的电话，是阿昌打来的。”

我只好暂时抛下哭泣的薰，前往主屋。从后门进去，拿起放在走廊上的黑色电话。

“京子，上次提的那件事，今天你有空赴约吗？”昌江姨在电话里发出热情的声音。

“上次提的事……”

“你忘啦？区公所那个。你一下班人家就打电话来了。我要带小新他们去逛庙会，你可以顺便把小薰也交给我。”

我不禁安心地叹息。这下子总算可以让薰去逛庙会了。我跟她说好带薰回面店后便挂断电话。

“薰，你可以去逛庙会了。昌江婆婆说要带你去。”

我告诉薰，但似乎已错过让她停止哭泣的时机，薰还是呜呜咽咽地哼个不停。不过，眼泪倒是不流了。

我和任职区公所的大木户一先生，前往土庄的餐厅。很久没上馆子了，跟男性共餐更是暌违已久。阿一是个正经的男人，对我随口说的话，也咧开大嘴笑呵呵。如果我生在这个岛上——用餐时，我没专心听阿一说话，只有这个念头——如果生在这个岛上，对外面的世界一无所知地跟这个人谈恋爱，想必一定会很幸福吧。那我也就不会遇见那个人，不用体会到无谓的痛楚，更不必捏造假名。但是——我又回过头想。但是就算过得再幸福，那样却无法遇见薰。

如果，我被迫站在一分为二的路中央，老天爷问我要走哪一边，我想，不管幸或不幸，也不管罪与罚，我一定会毫不犹豫地选择前方有薰的那条路。即使重来多少次想必还是会这么做吧。我如此暗想。

“你知道天使的散步之路吗？退潮时可以走，涨潮时就过不去。下次，如果你愿意我可以带你去。你可以把小孩也带来。”

阿一不停擦汗说。体格高大、全身都是肉的阿一说出“天使的散步之路”这种字眼令我忍不住好笑，看我笑了他也开怀大笑。

吃完饭，他问我要不要去逛逛庙会，但我拒绝了。晚上快九点时，薰跟着昌江姨回来，还郑重其事捧着装在粉红色袋子里的棉花糖，说要给我吃。一打开袋子，棉花糖已萎缩成原来的一半大小。

// 九月一日 //

早上，一去面店，昌江姨就冲出来。“跟你说哦，你可别吓到，久美她，那孩子，打电话回来了！”昌江姨用力拽住我的双臂，放声大喊。

“啊！她现在在哪儿……”我还没说完就被打断。

“在广岛！她说秋祭时会回来！今早我接到电话，简直吓一大跳。”昌江姨依旧拽着我的双臂，连珠炮似的说。“我跟她提到你，起先她好像听不懂，我说到薰她才想起来。知道你留在这里她很高兴，还说很想见你。”

没错，久美即使听到“宫田京子”肯定也一头雾水。有久美的消息我应该开心才对，但我心里七上八下只怕她说出我的本名。昌江姨又冲到来上工的伸子面前把同样的话再说一遍。

“可以看到小艾哦。”我对愣愣的薰说，薰只回我一句“不知道”。她大概已经不记得了。

确定久美回来的日子后，我就去接她吧。这样在她抵达家门前应该来得及先跟她套好话。久美一定也不想让人知道她在Angel Home待过。

要回家时，昌江姨一路追来公车站牌。“谢谢。”她把额头贴在膝上深深行礼。“多亏有你。久美肯回来都是京子的功劳。”

“我什么也没做呀。”虽然我这么说，昌江姨还是迟迟不肯抬头。

// 九月十一日 //

今天有件事值得安心。每年举行的秋祭，据说由于顾及天皇生病今年将要取消。之前昌江姨和伸子，以及有里他们的妈妈，都莫名热衷让薰上台表演，薰甚至还照着他们教的台词练习，所以我心里一直捏把冷汗。不管怎样我都不能把薰带去会有电视记者来采访摄影的那种场合。

即使久美有消息了，我们还是决定先不告诉她秋祭中止。昌江姨说，因为久美也许会说既然不办祭典那她就不回来了。

今天面店公休，我们去海岬分校附近的掘越庵和田之浦庵。“同行两人”[①]这个牌子上的文字，听说指的是有弘法大师为伴，但在我想来，总觉得是指我与薰两人相依为命。就我们两人，走在没有别人的路上。今后亦然。

① 此处的同行指的是信徒，四国的行脚僧通常将这四字写在斗笠上，以示弘法大师的精神常相左右。

在薰的要求下我们绕到海岬分校。暑假已过，木造校舍悄然无声。坐在小桌前的薰，说："妈妈当老师。"大概是有里他们教的游戏吧。我站上讲台，一喊"宫田薰小朋友"，薰探出身子几乎从椅子上滑落大声回答："有！"

我忽然很想带这孩子，一起去阿一说的那条什么"天使散步之路"。

回程，我决定去纽约饭店后面的公寓看看。喜美家的门敲了又敲还是无人回应，佳代的房间也一样。我再去敲真奈美的房门，一个满身香水味的女人出现，虽然态度不怎么客气还是告诉我，真奈美和喜美母女都搬走了，不知迁往何处。

虽然只在这公寓住了两个月，可一旦大家都走了竟有股不可思议的怀念之情。怀念那只有一个炉嘴的瓦斯炉，会有飞蛾和毛毛虫闯入的狭小厕所。

"听说小花不在了。"走在国道上我如此说。

"明天一定会在啦。"薰倒像个大人一般，用安慰我的语气说。

田埂上开着彼岸花。那红得惊心的花朵，令人莫名联想到不祥的恶兆，我不禁有点心慌。去年明明只被那艳红吓一跳而已。

"红红的花，好漂亮哦。"薰的话，令我稍感放松。蝉声唧唧，听来仿佛压低了嗓门嘶鸣。

// 九月十二日 //

中午过后，阿一搭区公所的车来了。他煞有介事地抱着报纸进店，仔细检查桌面没有水渍后，这才吊人胃口地摊开报纸。垂落目光的我霎时哑然。我，竟然在报纸上。

“怎么了，阿一？你干吗把报纸……天哪！”

从里面出来的昌江姨看到报纸当下尖叫，“天哪！不得了！伸子！”她大声呼喊正在洗碗盘的伸子。我愕然凝视那份报纸。

那似乎是全国版大报主办的，以业余人士为对象的摄影比赛。占据角落一小块空间的那张照片，写着“佳作奖”。是送虫节那天，拍的是我把脸凑近不肯拿火把的薰，带着浅笑对她低语的模样。标题是“节日”。我觉得好像有无数只虫子，从脚边往身上爬。我几乎窒息。我想起那天，曾将相机镜头与世人的目光在瞬间重叠。

“我本来没注意，好像是不久前登在四国的报纸上，因为评价很高所以入选全国大赛。”

“可是，是佳作奖耶。我看比这张冠军奖拍得好太多了。”

“啊，是妈妈！”

“没错，是妈妈。薰也在上面哦。”

“京子的表情很棒。”

“背景的队伍火光渲染得很梦幻耶。”

“亏你注意到，阿一。”

“没有啦，这个比赛我每年都会看。因为，之前不是也入选过吗？是拍歌舞伎的。”

“哦，记得那次是得头奖。”

“所以我们区公所会张贴出来。”

大家说话的声音听起来好遥远，越来越远，像地震的轰隆声钻入耳中。

“那我们店里也贴起来吧。好吗？来贴吧。”

拜托别闹了。我想这么说，却发不出声音。我想把报纸撕烂，手臂却重如铅块举不起来。我把阿一吃完的面线餐具收走，不小心打破一个杯子。昌江姨把脸凑过来含笑对我说了些什么，但我完全听不见。放了学的新之介与小樱来喊薰。我像做梦般，目送玻璃门外渐去渐远的薰。

非逃不可，非逃不可。登出那种照片，迟早会暴露我的身份。我没去寺庙就回家，吃完简单的晚餐后，我开始打包行李。薰在我旁边转来转去，不停问“怎么了”“在做什么”。餐具通通扔下吧。衣服也只带几件就够了。化妆品和玩具都不用带。

“薰，明天，我们离开这里吧。我们搬家吧。”我这么一说，薰似乎不解其意一脸茫然，之后却猛地动手把我塞进旅行袋的东西扯出来。她小时候玩的鸭子和小男生的衣物散落在榻榻米上。

“薰哪里也不去。”她咕哝。薰的耳朵泛红。她在生气，我想。虽然这么小，却用全身在生气。

“没事的，薰。你放心。有妈妈陪你。”

“我哪里也不去。”薰用尽全身力气挤出这句话，就趴在散落的衣服上哭了起来。我抓着拢到一堆的衣物，呆呆地注视抖动背部哭泣的幼小女儿。

// 九月十五日 //

今天我做了一个决定。我要在这里待到不能再待为止。如果试着回想这段日子，只能说我果然是受到某人的庇佑。那个某人，这次一定也会庇佑我。自从照片登在报上后，并没有什么改变。所以不会有事的。我告诉自己不要紧。况且，久美马上就要来了。如果要离开这里，至少等见到久美再走吧。不要像之前那样，连声谢谢也没说就默默逃走，这次要向照顾过我的人道谢后再去别处。

我做完工作，去土庄的照相馆。我把薰抱在膝上请人家帮我们拍照。下周可以拿到的照片，将是我今后的护身符。同行两人。按下快门的那一瞬间，我想起这句话。

// 九月十九日 //

一早，主屋那边，喊我去接电话。我看看钟才刚过七点。我从后门进屋，向吃完早餐正在收拾善后的坂本先生道谢，然后走向走廊上的电话。话筒彼端，传来昌江姨的嗫语声。

“你呀，今天，在家休息就好。”她的声音急促。我的内心深处一阵骚动。

“出了什么事吗？”

仿佛要阻止我发问，“你别管。总之今天休息。知道吗？”她匆匆说完就片面挂断电话。贴在墙上的月历，写在今天日期下面的佛灭[1]二字忽然钻入眼帘。

厨房里，沐浴在晨光中清洗餐具的坂本太太的背影映入我眼中。水龙头的声音，餐具轻轻撞击的声音，走廊深处传来的电视声音。

---

① 佛灭为日本历法的六曜之一，乃诸事不吉的大凶之日。

我想留在这里，一直留在这里。我想和薰在这里生活。在风平浪静的大海与点点浮岛，在酱油的气息和橄榄树的银白叶片，在灿烂的阳光与祭典的锣鼓声中。

“电话讲完了？”坂本太太察觉我的动静慢条斯理地问。

“谢谢。”我行个礼，回到偏屋。

我叫醒盖着毛巾被睡觉的薰，让她洗脸刷牙，替她换衣服。抓起几件内衣和换洗衣物、鸭子和奶嘴塞进旅行袋。把向来在月底交房租的纸币搁在梳理台上，牵着换好衣服的薰出门。我想留在这里，想在这里生活。可是，直觉告诉我，那恐怕已无法实现了。

我一手拎着旅行袋，一手握着薰的小手，快步走出坂本家。我在杳无人迹的国道上疾走。沙石车扬起尘土驶过。

“妈妈，今天哦，薰哦，跟小新他们——”薰一边任我拖着手一边说。我抱起薰，干脆用跑的。在朗朗朝阳中奔跑。七点，七点五十分，九点。我将开往高松的渡轮时刻在心中不断重复。来得及吗？来得及搭上七点五十分那班渡轮吗？这段日子遇到的众人的面孔不知为何逐一浮现脑海。不肯看我眼睛的名古屋大婶，钻进小货车的久美，玛蓉和丹，成排并列的无脸天使塑像。昌江姨，有里。啊，久美，只差一点点。只差一点点就能见面了。本来马上就能完成寺庙巡礼。八十八处灵场，如果能早点全部参拜完毕或许就不会变成这样了。还有，照片。那张本该当作护身符的照片我还没去拿。那是我跟薰合拍的唯一一张照片。不，照片改天应该还能在别处重拍。只要能逃走，在哪里拍都行。小手环在我脖子上的薰在笑。怎会这么重呢？怎会长这么大了呢？这个朝我微笑、笑得好像原谅一切的小小暖暖的孩子。拜托，拜托，拜托，拜托保佑我，神哪，请助我逃走。

蝉声追魂似的萦绕不去。

第八日的蝉

第2章

第八天的蝉，可以看见别的蝉无法看到的东西。虽然它也许并不想看。但是，我想，那应该不全是糟得必须紧闭双眼的东西吧。

那时的事我还记得。别的记忆其实已经很模糊了，唯有那天的事，印象深刻。在空无一人的渡轮码头，那个人买罐装果汁给我。买了船票，我们蹲在码头上看海。她紧紧地用力搂着我。我闻到香皂与煎蛋混合的味道。为了逗那个人笑，我想必说了什么。那个人无声地静静笑了。

本来空无一人的码头，忽然出现一群陌生人，包围那个人问话。那个人既没有挣扎，也没对我做什么。只是，当她被拉开我身边时，她大声说了什么。

我什么也没做，或者，别把那孩子带走，一定是类似那样的话吧。

其实，我并非记得那么清楚。我想应该是事后听别人说的，或是在哪儿读到的。我所记得的，只有一直很安静的那个人突然大声高喊的这件事。

然后，我就和那个人分开了。不知道发生了什么事，我僵硬得像个假娃娃。我被带上车，抵达另一个码头。我寻找那个人，但四处都不见她的踪影。我一哭就有人买巧克力给我。我把那个扔到地上继续哭。我跟许多大人一起上了船，下船后又坐车。是白色的车。

我清晰记得从车窗看到的风景。因为，我很惊讶。河比我见过的河要大得多，还有建筑物。摩天高楼耸立眼前，天空顿时变矮，人们匆匆步行。我甚至忘了哭，只是凝目望着那从未见过的风景。下了车，啊，没有任何气味，我暗想。长久以来闻惯的气味，在那一刻，倏地消失了。气味一旦消失，街头色调也像熄灯般蓦然改变。我想我并没有哭。我害怕得连哭都哭不出来。因为不只是人与景色，气味、色彩、我所熟知的一切全都消失了。

那一刻的事，至今我从未跟任何人说过。

……………/ / /……………

出了公寓我跨上脚踏车。经过地藏坂驶过大久保街，下了神乐坂的小巷深处就是我打工的地点。熬煮过头的闷湿热气如膜包覆着我。即使飞快踩着踏板也无法冲破那层膜。虽只是十分钟左右的路程，但抵达打工地点时T恤已湿答答黏在背上。大学已经放暑假了，但看似学生的男女正起劲地边走边聊。

“早安！”我把脚踏车停在巷底，拉开居酒屋的店门。虽已傍晚，这里却是喊早安。在柜台看体育报的店长抬起头，回我一声“早”。几个工读生停下打扫的手，同样含笑对我道早。

在这间位于神乐坂的居酒屋打工，是今年，我上大二后才开始的。从周二到周六,五点做到十二点。暑假期间，则是从周一至周六。时薪一千一百元。晚间九点后每小时一千三。也许是因为附近有很多大学，打工的多半是学生。有时同事好像也会相约去喝酒，我一次也没参加过。大家知道我个性孤僻，后来也不再邀我同行。

店里最忙的时候是晚上七点到十点。十点过后到打烊为止，人虽不多却多出不少醉客，所以就另一种角度而言还是很忙。因为他们不是无意义地乱喊店员，就是弄脏厕所。不过，忙一点才好。这样就没时间胡思乱想，也不用加入工读生们的闲聊。

十二点下班，换好衣服离开时多半是十二点二十分。我喊声大家辛苦了便走出店外。白天的热气无处蒸散，郁积在巷子里。我蹲身打开脚踏车的锁，背后忽然传来声音。转头一看是个陌生女子，看起来年约二十五。一头笔直长发，穿着牛仔裤。

“哎，你是莉卡吧？”女人笑眯眯地说。看来是认错人了。我推着脚踏车，视若无睹地走过，女人却绕到我前面，态度亲昵地说：“你是莉卡吧？你不记得我了？我是玛蓉。你没印象了吗？”我避开女人朝大马路走去。女人阴魂不散地跟上来，“你是秋山惠理菜小姐吧？”这次她说出我的姓名。我转身。路灯惨白的灯光照亮女人。女人也不知在高兴什么，笑容满面地看着我。

“我们不是在Angel Home住过吗？还在同一个房间生活过。哎，你完全不记得了吗？”

Angel Home。这个名字我倒是知道。每次听到这个字眼，总会涌起一股莫名的厌恶。但这时，先于厌恶的，是眼前一闪而过的景象。白色人偶，发亮的草皮，还有小女生。玛蓉。虽不能说还记得，但的确有点印象。

“哎，我们多少年没见了？十五年？现在是二〇〇五年，所以已有十八年了吧？”女人轻触我的手臂，“要不要去喝一杯？前面就有居酒屋。”她也不等我回答，便握着脚踏车龙头，扯着往前迈步。

大马路边的连锁居酒屋挤满学生。我们在吧台并肩坐下。啤酒送来，女人爽朗地举杯跟我的杯子碰了一下。

“我真正的名字叫千草，安藤千草。我倒是对你印象深刻。你的脸，一点也没变耶。”叫了几样下酒菜后，女人流畅地侃侃而谈，“莉卡——或许你不记得了，当时大家都喊你莉卡。如果你不高兴我就不提这个名字。总之，你离开时，我不是十一就是十二岁，大概就那个年纪吧。”

在居酒屋的吧台，和陌生女子坐在一起喝酒这码事，简直毫无现实感。但那对我来说是常事。不管是在上课，或是跟岸田先生吃饭，不时都会像头上罩个袋子般倏地失去现实感。

“哎，你回想一下嘛。我们不是还常玩公主游戏？你年纪虽小却坚持说你不想当公主，每次总想当奶妈或家仆那些不起眼的角色。”

仿佛被女人说的话吸引，脑中再次有画面闪烁。比方说塑胶碗，或是光滑洁净的走廊，但我却说：“不，我不记得。”说完无意义地笑着。

“是吗？你不记得了啊？也难怪啦，那时你还很小嘛。院子里有古怪的人偶，阿姨她们每天早上都要刷洗。”

千草一边忙着吃送来的炖牛杂和生鱼片，话匣子一开就不肯停。她说的那些我几乎都没印象，也不知道她干吗来找我，我只是挂着暧昧的假笑，不停地喝啤酒。

我早已习惯有陌生人来找我，也练出一套这种时候的应对方法。不发问，不回答，只要一直傻笑就对了。如此一来对方多半会不耐烦地离去。简而言之就是看谁比较沉得住气。

当我叫第三杯啤酒时，千草含笑凑近盯着我。然后说：

“哎，你什么都不问耶。为什么？”

“不为什么，我毫无印象所以也不知道该问什么。”

“如果毫无印象，你不会很想要想起来吗？”

“想起什么？那个什么Home的事？”

“不只是那里，还有更多，全部。像我就是。我很想知道我不知道的事。Angel Home是怎么回事？我妈为何会住进那里？当时我每天是怎么生活的？我想知道我所不知道的，也想重新想起我所遗忘的。我一直在想为什么。为什么我没有在普通的家庭里普通地长大？在那种地方长大，具有什么意义？或者毫无意义？为什么是我？我就是想知道那些。”

知道自己不知道的，想起自己遗忘的又怎样。虽然心里这么想，但我还是挤出笑容。

“所以，你该不会把在那里住过的人全都这样找出来，一个一个谈话吧？”

新的啤酒在眼前放下，我拿起来一口气就喝掉三分之一。千草没回答我的问题。

“知道得越多，‘为什么’这个问号，也就越来越多。”

她忽然一本正经地咕哝，然后拿起放在脚边的皮包翻了半天，取出一本书放在台面上。是我没看过的单行本，书名是《天使之家》，书腰上惹眼地写着“只限女性的集体生活/前成员透露的真相”。上面印着我没听过的出版社名称。

“这本书几乎等于是我自费出版。而且，出版商还提出一大堆条件，根本没法写出我真正想写的。但我还是想写这个。就算问号只会越来越多，我还是非知道不可。”千草那似乎已有醉意的失神双眼转向我，用格外热切的语气说。

“噢？了不起。”我说，没打开书就推到一旁，把杯中剩下的啤酒一干而尽，又叫了一杯。

“我也要！”千草像跟我比赛似的说，慌忙把杯中剩下的液体灌下肚。

“所以，这次，我想知道你的事。因此才来找你。”

千草用手指沿着吧台上圆形水滴的印子画过，如此说道。

“那个事件，我想写。”

她翻眼小心翼翼地看我，喷出带着酒味的吐息笑了。

我没骑车，推着车子龙头上坡。一手摸索皮包，取出手机。有短信，是岸田先生传来的。内容是“下班回家时请跟我联络”。我驻足，倚着脚踏车，开始发短信。

——我现在要回去了。晚安。

立刻又有回信。手机屏幕晶亮发光。

——回去的路上要小心。晚安。

我收起手机，跨上脚踏车，用力踩踏板。

放暑假后，除了周日之外我把所有的日子都排满工作，与其说是因为没有任何节目，不如说是为了避免和岸田先生见面。我跟岸田先生只有非假日的晚上才见面。所以在暑假结束前，我应该不会和岸田先生碰到面。还有一个月。这么久没见面，我应该会忘了岸田先生。

我走上公寓楼梯，打开房门。阴暗的房间迎接我。我把二坪多的厨房和相连的三坪房间的灯打开，从冰箱取出矿泉水，直接拿起宝特瓶对嘴喝。在一体成型的小浴室淋浴后吹干头发，躺在昨天铺开就没收的被褥上，打开电视。在唯有电视光线反射的昏暗中伸出手，从皮包拿出千草硬塞给我的那本书。封面画着拙劣的天使。我高举到头上眺望，还是提不起劲翻开阅读。我只是摩挲着封面。

我知道自己在那个自称Angel Home的机构待过。爸妈当然一直瞒着我，但上了初中后我透过几本书得知。从小我就知道，市面上有报道那起事件的书籍。虽然我妈叫我“绝对不准看”那些记者和报道文学作家写的杂志报道和书，但她自己，却偷偷买了那些书。然后，她似乎看着看着就被激得失去理性，大喊：“把我当傻子！”

有时边看边哭，有时表情狰狞，把书撕个稀烂。也不管我就在旁边看她。该怎么说呢？她就是那样的人。明明是偷偷买回来的，结果却当着我们的面撕给我们看。她就是这样，老是言行不一、自相矛盾。

所以那些书，我是在图书馆看的。初中放学后我就去市立图书馆，找张自习用的桌子摊开书。有的书把那人描写成执拗如蛇的魔女，有的书把那人写成大演爱恨肥皂剧的精英粉领族，有的书把她视为可怜的爱情受害者，说她是绑架犯。而且无论哪本书，都很少提到被绑架的小孩。书中用的“A子”这个称呼，好像把我变成一个单纯的符号。我不确定是否可以归因于此，但市面上有关“那起事件”的报道，对我来说只留下不关己事的印象。

我知道自己一直——至少到上初中为止，不，说不定到上高中为止，都受到众人好奇的注视。父母，尤其是我妈，后来的确很想保护我。只是，她并不是那种可以克服自己内心矛盾的人。她常常心里虽想保护我却又让我变成众矢之的。即使搬了家、转了学，如影随形而来的“被绑架犯养大的小孩”这个标签，依然只让我觉得厌烦。就像挥之不去、嗡嗡打转的苍蝇。不，是我努力说服自己不过如此而已。我所感到的那种厌烦，和书中描写的事件，并未在我心中连接。

然而，不可否认的是，那些书的确替我补足了我几乎毫无印象的幼时记忆。有时明明没见过，看了书却觉得好像见过。即便如此，被绑架犯养大的小孩，和现在的我之间，还是找不出相连之处。

我想起脚步踉跄地走出居酒屋、拦下出租车说声“下次见！”便挥手离去的千草。下次见——这表示，她还会出现吗？

我关掉电视，把冷气的设定温度略微调高。空调室外机咔啦咔啦的运作声响也钻进屋里。我几乎隐约要想起什么。在黑暗中，悄然响起的压抑笑声。你已经睡了吗？如此朝我发问的嘶哑童音。现在我已无从判别谁是谁，但我还是可以想起一些朝我伸出的小小手掌。有时那个声音喊我薰，有时喊的是另一个名字。

想知道不知道的事，想重新想起遗忘的事，那个自称千草的女人如是说。我从未这么想过。以前我觉得就算知道过去不知道的、想起过去遗忘的也没有半点好处，至今依然这么认为。可是现在，她说的话正小声却执拗地，在我闭眼等待睡意的内心响起。为什么？为什么是我？

岸田先生跑来我打工的居酒屋喝酒。看到有客人快十一点才进来，我反射性地问“请问几位”，听到对方喊我“惠理”才终于发现是他。我带他去吧台坐，拿菜单给他。

“吓我一跳。”我小声说。

“因为一直见不到你。我是来看你的。”岸田先生接过菜单，仰头看着站在一旁的我说，“我要啤酒、毛豆，另外有什么推荐的菜品吗？”

“自制豆腐之类的，或是鸡肉丸子。”我细声回答。

“你上到十二点吧？下班后，可以给我一点时间吗？”

我没回答，朝吧台深处大喊“啤酒，毛豆，鸡肉丸子”。站在店内各处的店员齐声高喊“谢谢惠顾”。我向岸田先生行个礼便匆匆躲回后面。

他大概打算去我的住处吧。仓促地跟我上床，一边看时间，等到深夜一点过后就得整装回家吧。我一定不会拒绝他吧。如果没见面就可以忘记。但是一旦见了面，即使忘了一百件事也会有另外一百五十件事一起涌现脑海。

我在冰冻的啤酒杯倒入啤酒，端去给岸田先生。

“如果你今晚不回家，那就可以来。”为了怕站在吧台内的店长听到，我急忙说。

“我不回家。”岸田先生安静地笑了。

骗人。岸田先生动不动就说谎。明知他说谎我却一再被骗。而今天，想必我又会受骗吧。

我跟岸田先生，是去年在打工地点结识的。当初父母非常反对我搬出去独居，除了学费之外坚持不给我半毛钱。最后，他们只同意替我付房租，生活费得靠我自己赚，所以我一上大学，就开始在某家以中小学生为对象的大型补习班打工当事务员。岸田先生就是那里的讲师。

受邀跟他一起吃饭是去年五月的事。我说打工赚的钱要当生活费，后来他就常常请我吃饭。第一次跟岸田先生上宾馆是暑期讲习时，得知岸田先生已婚则是在暑假过完后。三十岁的岸田先生，好像有个比他小一岁的妻子，还有个两岁大的孩子。得知此事时，虽然自己也觉得不像话，但我还是忍不住笑了。书里描写的绑架犯，抚养我的“那个人”顿时和我的身影重叠。明明没有血缘关系却如此雷同。我像要嘲弄自己似的笑了。

因为比起跟有家室的人谈恋爱，和“那个人”做出同样的行为更值得厌恶。我之所以辞去补习班的工作，就是觉得这样便不用再见到岸田先生。当然事情并没有这么轻易结束。岸田先生依旧打我的手机找我，我也无法置之不理。

喜欢上一个人，以及，不再去喜欢，究竟是怎么一回事呢？我不懂。我第一次跟男生交往是在高中时，第一次性经验也是在那时。岸田先生并非我的第一个男人、第一次恋爱。但我至今不懂。照理说只要不见面应该就忘得了，我不知道如果他来见我该如何是好。

“我好想你。”

当我把岸田先生点的东西放在吧台上，他幽幽地说。我朝吧台内投以一瞥。店长正和打工的女孩谈笑。

“惠理不想见我？”

想啊——我把这句话用力吞回去，冷淡地说声“我在工作”就回到吧台。将堆积的盘子一一放进洗碗机。

又要重演去年的旧事吗？我半是死心地换衣服。带岸田先生回我的住处然后在夜里目送他离去，不主动跟他联络只是默默等他跟我联络——那倒也无所谓。那种事，我一定可以眉也不皱地做到。我讨厌的是，越跟岸田先生见面，越觉得需要他，我就越会想起“那个人”。像傻瓜一样爱着我父亲的“那个人”。把我们一家搞得乱七八糟的“那个人”。当我深深爱上某人时，我一定也会做出“那个人”的行动吧。那个念头令我打从心底感到恐惧。

“大家辛苦了！”我从更衣室朝店内大喊。“辛苦了！”四处也响起回应。岸田先生八成结完账，在外面等我吧。我抱着既厌烦又期待的复杂心情，走出后门。

“莉卡。”上次那个女人，又站在眼前，“喂，要不要再去喝酒？”她笑嘻嘻地说。

“凭什么……”说到一半，站在巷口的岸田先生，映入我的视野一角。“嗯，走吧。”我打开脚踏车的锁。“走吧，走吧。”我无意义地重复，推着脚踏车。

“抱歉，我跟朋友约好了，今天不行。”

我向站在巷口的岸田先生点个头，急急走过。千草一边毫不客气地打量岸田先生，一边手扶车子龙头与我并肩步行。我强忍住想转身的冲动。

“莉卡，刚才那个人，是你男朋友？个性好像很闷。”穿过小巷，千草转头看着后面说。

“别叫我莉卡，好吗？”我说。听来很刺耳。

“啊，抱歉。那你希望我怎么喊你？”千草亲昵地把脸凑近我。

“随便。叫秋山小姐就行了。”

“你好像心情不佳？是不是该找你男友一起去比较好？我是无所谓啦。”

千草好像真的这么想，不停转头回顾，我慌忙对她笑。

“不用了，那个人，不是我男朋友。我们还是赶快找个店进去坐吧。那个人说不定会跟来。”

“啊，他是跟踪狂？那，莉卡……不是，秋山小姐，我送你回家吧？”

我仔细打量站在脚踏车另一边的千草，然后回答：“嗯，就这么办。”

我只说请她送我回家，可没叫她进屋喝酒，更没邀请她留下过夜，千草却毫不客气地躺在我的被窝，摊成大字形呼呼大睡。我毫无睡意，坐在千草脚边，和调低音量的电视大眼瞪小眼。

我在思考自己为什么就是无法拒绝千草。是因为她不像班上同学那样察觉我无言的拒绝而自动退避三舍？或者，是因为如她所言，过去我们曾经一起生活过？即便我完全没有当时的记忆。

她说想写书，好像是真的。这次不是自费出版，她说希望由大型出版社出版。她送去某家出版社的企划案几乎已顺利通过，甚至和那里的编辑找到我父母家和我念的大学。千草好像是守在放暑假的大学前，向到校参加社团活动的学生一一打听我的事，最后才找到我在神乐坂的打工地点。

老实说，我觉得很扫兴。搞了半天她和过去追逐我们一家挖丑闻的那些人根本没两样。总是在身边飞来飞去的小苍蝇。但即使如此我还是没把千草赶走，也许是因为上次她说的话，在我耳中萦绕不去。

为什么？为什么是我？

千草的皮包掉在地上颓然张口，里面的东西都撒出来了。有笔记本和铅笔盒、手机和厚厚的档案夹。我瞄一眼酣睡的千草后，朝她的皮包伸手，抽出塞得鼓鼓的档案夹，悄悄打开。果然，关于“那起事件”的周刊与剪报资料塞满了透明的档案页。明明早已料到，但翻着那一页又一页的报道还是令我动摇了。我的心跳加快，无法正视那个人模糊的照片。我的脑袋抗拒将铅字当作有意义的字眼来理解。

若要回想那个人的长相，现在总是会浮现出刊登在报纸杂志上的这张模糊照片的面孔。她是否真是这样的长相，我已不复记忆。她的声音和身高亦然。这点对我自己来说也一样。我不知道自己是什么面孔。当然只要照镜子就会看到脸。我知道自己是个鹅蛋脸、双眼皮、薄唇、短发的女子。可一旦离开镜前我就想不起来了。不，我怎么也无法相信，前一刻还在镜中看到的面孔现在就顶在自己脖子上。在没镜子的地方若要想起自己的长相，浮现脑海的，总是平板雪白一片空茫。那是我所能想起的自己。

说不定——我暗忖，若把我记得的浮光掠影用我自己的语言说给千草听，或许我就能看到自己的脸吧。或许就能看到不附属于新闻报道和书籍的自己的过去时光吧。或许就能想起不是剪报照片的那个人的脸吧。我关灯，找个空位躺下。借着一闪一闪变换色彩的电视光线，垂眼看档案夹的文字。努力试着给迟迟无法进入脑中产生意义的铅字赋予意义。

……………/ / /……………

野野宫希和子。

一九五五年，生于神奈川县小田原市。当地公立中学毕业后进入私立女子高中，而后因就读T女大前往东京。同学对希和子的印象，是认真、亲切、文静的好学生。曾加入别校的滑雪社团，据说也交了男友，但她不曾将男友介绍给朋友认识，也不曾携伴与其他情侣友人一同约会，因此没有同学具体了解希和子男友是否存在。“她是个美女，所以我想应该很多人追，但她好像没有真正喜欢过谁吧。”希和子的某位昔日同学如此表示。

毕业后，进入某大型内衣制造商K社任职，隶属商品开发部。这年，希和子的母亲澄子脑出血过世。四年后，她调至宣传部。这个部门负责对媒体的宣传与应对、发行商品目录及定期刊物，希和子也参与每月发行的社内刊物的编辑工作。

那份社内刊物，有一页专门介绍社员。这个专栏会针对中途入社或调至东京总社的社员做个简单采访，再附上照片，希和子因此结识从长野分社调来的秋山丈博。

比希和子年长四岁的秋山丈博生于长野县，公立高中毕业后，于一九六九年进入K社，隶属于长野分社的营业部。一九七九年，他二十八岁时与在K社打工的津田惠津子结婚。津田惠津子生于一九五三年，比丈博小两岁。

之后在一九八二年，绩效博得好评的丈博荣升至东京总社。

在那期刊物，希和子的采访报道出了差错。她把丈博的照片与之后介绍的另一个社员的照片放反了。希和子去道歉，丈博半开玩笑地说："你若要道歉就请我吃饭吧。"就此促成两人接近。

当时丈博暂时处于单身赴任的状态。虽已确定调至总社却仍未在东京找到房子，只好把惠津子留在长野，自己先住进K社名下的单身宿舍，一边利用周末找房子。

把丈博的玩笑话当真的希和子，果真请他吃饭。本来纯粹是抱着道歉的心态，没想到，却相谈甚欢。

之后，在丈博的邀约下两人开始约会。假日，丈博邀希和子去上野动物园出游，在那里表明自己已有家室。希和子决定"不再将此人视为恋爱对象"，但在两周后，希和子生日的六月底，两人发生了肉体关系。

之后丈博经常待在希和子住的武藏野市吉祥寺东町公寓，几近半同居状态。假日两人常去房屋中介公司参观。虽是在找房子以便把妻子惠津子接来同住，希和子却错觉是在找他俩的新居。

丈博铆足全力往上爬的冲劲，在希和子看来充满魅力。从分社被提拔到总社的社员，在当时的K社尚属罕见。对于向来总是选择中庸安全路线的希和子而言，丈博的那种霸气，显得很有男子气概。刚来到东京的丈博，只觉得一切都很新奇，他邀希和子去当时刚开始流行的咖啡吧与迪斯科舞厅，这种小小的狂欢，对希和子来说十足新鲜。

一九八二年七月，丈博终于在杉并区永幅租到房子，把惠津子接来团聚。在新居安顿下来后，惠津子开始去附近的超市打工。秋山夫妇的东京生活看似安定。但丈博依旧继续与希和子见面，每两周就有一天会在希和子的公寓过夜。

这时，丈博开始常把离婚挂在嘴上。“当初我应该先遇到你”“我已开始考虑离婚”“趁着没孩子赶紧做个了断，我想对我太太也比较好”。他不断这么告诉希和子，渐渐地，希和子开始实际考量她与丈博的将来。

希和子怀有丈博的孩子，是在相识后的一年半，一九八三年的秋天。

……………/ / /……………

千草在狭小的厨房来回走动，一下子打开梳理台下方的柜子，一下子又开冰箱。

“拜托，你家怎么什么也没有。你平时到底吃些什么？”

她转身看着躺在房间的我，一脸被打败似的抱怨。

“我从来不在家里开伙。附近就有便利商店，况且打工的地方也提供员工晚餐。”

“这年头的年轻人真是的。”

千草自己明明也才二十几岁却说出这种话。“要不要去吃早餐？”她开朗地说。真不懂这人为何一早就可以这么有精神。几乎彻夜未眠的我充耳不闻，用毛巾被蒙住头。

“哎，去嘛，去嘛，跟我去啦。”

千草扯开毛巾被，蹲身摇晃我。

“唉，你烦不烦啊？好啦，我去啦。”我不甘不愿地起床。

我在客人零星填满座位、气氛暗沉的咖啡店与千草相向而坐。千草点了早餐套餐，我只叫了咖啡。入口旁边有扇圆窗，窗外灿烂的白光令人几乎看不见风景。

“千草，你是做哪一行的？”我问。

“什么都没做。因为我要写书。”她得意扬扬地回答。

“那你靠什么生活？”

“伸手讨钱，在家当米虫。”

“啊？你爸妈是做什么的？”

“我家有公寓大楼。那个人——我说她叫丹你可能也不记得了吧？丹离开Home后一直对我有罪恶感。她觉得让我在那种地方生活多年很愧疚。所以，就算我不工作她也毫无意见。她害怕。所以，我也就放心大胆地向她要钱。也许这样能消除她的罪恶感。”

弯腰驼背的老妇端了盘子来，在我面前放下咖啡，在千草面前放下装有吐司和煎蛋卷的盘子。千草在吐司上涂满草莓果酱开始吃。店内播放着有点夸张的古典音乐。

“你讨厌你妈？”

千草正在舔吮滴到指上的果酱，我如此问她。

千草愣愣地看着我，“不是讨厌或喜欢的问题，母亲就是母亲。”她迅速地说，“最近我开始可以这么想了。”她小声补充，然后就这么沉默半晌，看着盘子里的沙拉，蓦地抬起头，“怎么样？”她问我。

“什么怎么样？”

“昨天，你看了吧？那本档案夹。”千草瞪大双眼看我。那时耳朵深处清楚传来喊我莉卡的童音。圆脸，透着阳光闪闪发亮的褐发。

“不过，那些我早就看过了。没有任何新货色。”

“啊？你看过？”

“都是我妈，她常买。虽然被她藏起来或撕破了，但她做得太明显。我小时候就在猜想那里面到底写了什么。于是，到了初中的年纪，就在图书馆看过了。”

“天哪！”千草发出怪叫，重重倒向椅背，“那么莉卡，不是，惠理菜，路的事，你也全都知道喽？”

“路？”

“呃，绑架犯。野野宫希和子。”

“噢。”我从牛仔裤口袋掏出香烟，“知道啊。就跟知道福田和子[①]是谁一样。”我点燃香烟深吸一口，吐出烟后，坐在邻桌正在看报的西装男故意咳嗽。我才不理他，继续喷云吐雾。察觉千草皱眉看我，“干吗，这里又没有禁烟。”我说。

“可是当年那么一丁点大的小莉卡，现在居然大模大样抽烟！吓我一跳。”她瞪圆双眼说。

“哎，第一次看到那种报道时，你有何感想？现在看了，又有什

---

① 福田和子于一九八二年勒毙酒女同事后弃尸潜逃，展开长达十五年的逃亡，其间多次捏造假名及整形，落网后经过新闻媒体及纪实作家大幅报道轰动社会，甚至将她的故事拍成连续剧。

么感想？”千草倾身向前隔着桌子问道。她翻皮包取出笔记本。好像真的以为自己是纪实作家了。

“没什么感想。好像只是陌生人。应该说，她本来就是陌生人。倒是我，该怎么说呢？对我爸，对我父亲比较反感吧。觉得他居然摆出那副面孔说出这种话。不过，那种书和报道，本来就不知有几分是真的。因为野野宫希和子被捕后几乎完全没替自己辩解过，对吧？或许是我爸比较笨才会那么大嘴巴喋喋不休，但我总觉得事情发展得未免也太巧了吧。我想其中应该掺杂了不少执笔者的主观意见与猜测。若真是如此，我会觉得写作者好像都是很单纯的人。”

千草依旧紧握本子和笔，定定地看着我。

“看我干吗？”我问。

“我觉得你好厉害。”她喃喃低语。

“我哪里厉害了？”

“嗯……该怎么说呢？要说是非常客观吗？你好冷静。”

“因为我觉得那根本不关我的事呀。尤其是我爸跟那个人过去那一段，本来就是别人的事，跟我无关。我所认知的‘那起事件’，和婚外情之类的毕竟还是无关吧……”

真不可思议。那是我从未跟任何人提过的事。我在想什么？怎么看待这件事？有何感想？今后，纵使跟谁再怎么亲密——就算真的能跟谁亲密起来，我以为我也绝对不会说。可是现在，在这昏暗咖啡店的角落，我却对一个几乎完全陌生的女人说了，还感到安心。

首次这样向人倾诉，令我心中微生喜悦。再多问一点，再多问一点，让我毫无保留地全都说出来吧。我竟萌生这样的心情。

邻桌的西装男起身，付账离开了。我们自然而然目送他出去。门一开，白花花的日光灌入，霎时刺痛眼睛。门随着铃铛的声音关上，昏暗又缓缓回来了。

“那，你所认知的‘那起事件’，是怎样的？”

千草慢慢将视线移回我身上，问道。

“那毕竟还是……”说到一半，皮包里的手机响了。我慌忙取出，有短信进来。一定是岸田先生吧。我正想查看短信内容之际，“小姐，要讲电话，麻烦到外面。”驼背的老妇人店主走过来，小声说道。

“啊，对不起。”我连忙关机，收回皮包。我朝千草看去，她微微吐舌浅笑。我也笑了。

“然后呢？”千草催促，我喝一口冷掉的咖啡，再次开口。对我来说的“那起事件”，指的是被一群陌生的大人带往另一个港口，搭船抵达冈山港，再从那里坐车，有生以来第一次搭上新干线的那天开始的事。不是那天之前发生的事，而是那天之后的事。

……………/ / /……………

我瞥向新干线车窗，风景以难以置信的速度快速流过。四岁的我看了很害怕，死也不肯再看窗子。我觉得风景流逝的那种速度，就等于我被带离原来地方的距离。有个女人坐在我旁边，一直柔声对我说话。我不发一语。我被某人抱下新干线。四周闪烁虹光，我怀疑世界是否即将毁灭。那时的我自然不可能明白，那是照相机的闪光灯。抱着我的人，用力将我的脸压在他的胸口。我呼吸困难，把脸扭向一旁，只见从未看过的一大堆人正把相机镜头对着我。我全身悚然冒出鸡皮疙瘩，拼命忍住尖叫的冲动。

后来的事，我已不记得前后顺序。只留下犹如将剪碎的底片重新拼凑的记忆。

在某家饭店，几个陌生人来见我。瘦得像削尖的铅笔的阿姨，高个子叔叔，还有跟我年纪相仿的小女孩。阿姨一进房间就冲过来抱紧我，频频喊着我没听过的名字。阿姨在哭。叔叔一脸困窘看着我。跟叔叔手牵手的小女孩，不停偷瞄我，但每当目光相接她立刻别开脸。抱紧我的阿姨号啕大哭，我被大人的号泣吓到了，困惑与无所适从在这时达到顶点，我无言地僵直身体，就这么尿在裤子上。抱紧我的阿姨，发现之后倏地躲开身体，惊愕地看着我。她来回看着我，以及地毯上在我脚边晕开的污渍。在种种事情混杂纠缠中，唯有那双眼睛令我印象鲜明。她的表情惊慌失措，仿佛发现本以为很柔软才摸的动物毛皮竟然硬邦邦的惹人不快。

阿姨立刻露出笑容，大声嚷着要换衣服，叫人拿尿片来，屋里的大人们连忙走出房间。我在那个房间，当着大家的面，任由阿姨替我换衣服。被当众穿上尿片令我羞耻难耐。其实根本用不着，但我说不出口，只好勉强穿上松紧带过紧的纸尿片。

那之后不久，我得知那个阿姨就是生下我的秋山惠津子，叔叔是我爸，秋山丈博，小女孩是小我一岁的妹妹，秋山真理菜。但要更久更久之后，我才开始真正感到他们是我的家人。说不定至今，我依然没有那种切身感受。

我在饭店住了几晚。不时有陌生的大人来喊我，测量我的体重和身高，检查我的身体，然后，问我之前那段日子的事。在那种混乱中，据说是我爸我妈的人，一而再，再而三告诉我，我绝对是他们的亲生小孩，只是一出生就被坏人拐走了。也告诉我那个翻眼定定地窥视我的小孩是我妹妹。

当时我爸妈住在八王子的公寓。在饭店住了一阵子后，我被他们带回公寓。那是双层木造公寓的二楼房间。一进门就是厨房与饭厅，对面有两间和室。两个房间都很凌乱。餐桌上总是凌乱堆放着吐司面包、脏盘子、信件、印章、报纸。

现在回想起来，当时，我爸，我妈，还有我妹，对我的突然出现都感到手足无措。当然我妈的眼泪想必是真心的，他们大概也的确打从心底高兴我的归来，问题是撇开那股高兴不谈，他们显然不确定该如何对待这个突然现身的女儿。

我妈有时会用跟婴儿说话的那种温柔语气滔滔不绝对我诉说，可是下一秒，又会忽然陷入沉默像在看什么珍禽异兽似的凝视我。有时含笑说得好好的，突然就背对我哭了起来，再不然就朝我爸歇斯底里地怒吼。所以，我真的不知道该怎么跟我妈相处。当我期待她的笑容鼓起勇气跟她说话也常常遭到她的漠视；相反，有时我乖乖在看电视她却死缠着我说话。而我爸，跟我妈比起来还算好一点。

因为他的态度一以贯之，总是客气地像在应付陌生小孩般轻露笑容说话。他不会哭也不会大吼大叫。可惜我还是不习惯男人。或许他其实是个温和体贴的人，但他粗厚的嗓音、高大的个子、粗壮的体格、朝我伸出的粗糙手指，都只令我感到恐惧。被他摸头或是抱着，有时甚至只是靠近，我就会哭。我一哭，我爸就会露出仓皇失措的表情凝视我几秒，然后假装发现有别的事要做匆匆离开我身边。

将秋山家迎接我的心态具体呈现的是我妹妹真理菜。才三岁的真理菜，似乎已听爸妈解释过，为何突然有另一个小孩来到家里，但她当然不可能理解。更何况，爸妈还好声好气地刻意讨好那个陌生小孩，耗费比平常更多的时间陪那小孩，她心里当然不是滋味。真理菜不肯接近我，总是贴在爸妈的腿边三不五时瞪我一眼；也出现退化回婴儿期的幼稚行为，只要没看到妈妈就用足以震动屋内空气的音量哭个没完没了。

那里，和我过去待的地方相较，一切都差太多了。虫鸣和湖水般的静谧不见了，取而代之的是电视的声音和小孩的哭声，还有爸妈说话的声音与餐具相撞的声音挤满屋内，再也没有小朋友来喊我出去玩，我的周遭仿佛隐隐张覆起一层膜，我瞥向窗外却看不见群树的绿意，也看不见蓝天，只看到刮痕般的电线和隔壁大楼的灰墙。而且我被禁止外出。我觉得自己被囚禁在一个和过去样样不同的地方。

同时，八王子的住处也有形形色色的人上门造访。那些人一来，室内的空气便猛地绷紧。我和真理菜被送进有电视的那间和室，纸门外传来大人们说话的声音。那和昌江婆婆来访时的气氛截然不同。而且等他们走后我妈的心情总是变得很恶劣。

搬到八王子的公寓后有段日子，印象中我完全没开过口。因为我不知该说什么。就算跟我说话，我也无法理解爸妈在说什么、问什么。现在回想起来很好笑，但是当时我真的以为自己被绑架了。不是被坏人拐走后终于历劫归来，是现在正被坏人拐走囚禁。

那是几时的事呢？记得很冷，所以应该是冬天吧？我离家出走了。我想回去。回到有那个人和婆婆她们及有里他们等着的那个地方。

和室里铺着被子没收拾，我和真理菜被安顿在那里睡午觉。我妈躺在我俩中间哄我们入睡。真理菜睡着不久，拍抚我背部的母亲也跟着睡着了。我默默爬起来，尽量不发出声音地拉开纸门，偷偷穿过有暖桌的厨房，打开玄关的门。太阳很刺眼，风景看起来白花花的。

我缓缓下楼，走到楼梯最下面，开始步行。家家户户如积木并列。我原先住的地方，只要这样笔直走下去就可以俯瞰大海。只要沿着海边的路继续步行，就会抵达供新之介他们在停车场玩耍的面线店。

可我走了又走依然是连绵无尽的房子。房子成排耸立在我面前像要阻挡我的去路。车子扬起尘土一辆又一辆驶过。脚踏车擦身远去。没有我熟悉的绿意，没有我闻惯的那种咸咸甜甜的气味，走了又走仍看不见海。我只穿了毛衣，冷得发疼。我想起那天搭乘的新干线，以快得吓人的速度不断流逝的窗外景色。我忽然想到如果不用那种速度奔驰也许回不去，于是我开始跑。跑了又跑，我不停地跑。路的遥远前方，应该有那个人张开双臂等着我。背后衬着闪闪发亮的大海。

我当然没能回去。当我累得蹲在地上时，被警察喊住。原来我妈午觉醒来找不到我便闹得鸡飞狗跳，火速报警，所以警方正在附近四处找我。

“你跑到哪儿去了？”我妈怒发冲冠地骂我，“害我这么担心！真是坏小孩！这种坏小孩不是我们家的孩子！”

我妈失控地大吼，说完才赫然一惊闭上嘴，然后温柔地搂住我，抚摸我的头发、背部和手臂，对我轻声细语：“别再让妈妈担心了，别再跑去任何地方，妈妈都快急疯了，万一惠理菜又不见了妈妈一定会死。”

不是我们家的孩子，这句话在我耳中萦绕不去。没错，我根本不是这个家的小孩。所以放我回去吧。如果我年纪再大一点，比较懂得表达自己的心情，我大概会这么说吧。但我什么也说不出口。我甚至不知自己该想什么才对。只是，母亲在我耳畔再三重述的轻声细语，徒然令我感到恐惧。

也许我的安身之处只有这里了。那天，被带回公寓的我终于开始理解这点。

……………/ / /……………

和千草出了咖啡店，太阳已升至中天，像要发泄怒气般烈焰四射。被冷气冷却的肌肤，顿时笼罩在窒闷的热气中。

“还好吗？”千草把头凑过来问我。我不知道她在问什么东西还好吗，但我还是回答：“完全没事。”我俩开始下坡。

“我还可以再来找你说话吗？”千草问。

“你不就是为了这个才来找我的吗？”我说。就这么一路下坡来到饭田桥的车站。我有点不想跟千草分手，于是我问：“你午餐怎么解决？”

“不是才刚刚吃完早餐？”千草笑了，一个转身与我面对面。

“谢谢你收留我一晚。下次见。”她把笔记本牢牢抱在胸前说，一边后退一边挥手。

“那起事件相关报道的档案夹你带着吧？能不能借给我？”我追上千草说。千草驻足，看了我半晌，然后从皮包取出厚厚的档案夹递给我。

“谢了。我一定会还给你。”

千草不知为何露出要哭的表情看我，但她旋即咧嘴挤出笑脸，再次挥手。我抱着档案夹，也朝她挥手。千草倏地转身背对我，如泅泳般穿过人群离去。档案夹沉重如石。

我抹去从额头和太阳穴流下的汗水，朝公寓走去。树木繁茂的神社，传来一整团嗡嗡蝉鸣。我想起刚才在咖啡店收到的短信，取出手机查看。果然是岸田先生传来的。

——几时能见面呢？我好想见惠理，想得快疯了。

短信是这么写的。原来见不到面不会忘记，只会发疯啊。其实我也不是不想他，我想他。想见岸田先生。想让他摸我的头紧紧抱住我说他爱我最喜欢我。可是我想，会让我发疯的一定不是见不到面，而是继续见面。我不想变得跟那个人一样，但我无法向岸田先生解释这种事。岸田先生不知道我曾是全国知名的案件当事人。他不知道我就是那时被拐走的小孩。我好不容易才走到今天。只靠自己的双脚，只靠自己的力量。

我没回短信正想把手机收回包里，铃声响起。我以为是岸田先生，但屏幕上闪烁的是真理菜这行字。是我妹打来的。

“姐？”一接电话，真理菜温暾的声音传来，“你现在方便说话吗？”

“可以啊，什么事？”我边走边说。

“荒木町离哪个车站最近？”

“你说的荒木町是新宿区那个？应该是四谷三丁目那一站吧。搭丸之内线。”

“四谷三丁目啊。谢了。”

“跟人喝酒？”

“嗯。联谊。”

“如果喝到太晚可以住我那里。”

“我想应该不会。如果可能要外宿我再打电话给你。谢了。”

真理菜说完这些就把电话挂了。我垂眼看表，现在是十二点半。大概是午休时间吧。

对于我搬出来独居，爸妈非常反对。我爸有好一阵子都不肯跟我说话，我妈则是又哭又叫，问我这么讨厌这个家吗。可是，一旦我真的搬出来了，他们几乎对我不闻不问。现在家里只有妹妹真理菜会跟我联络。高中毕业后，在货运公司上班的真理菜，现在仍住在立川的老家。她常为了新宿哪里有好找的约会碰面地点，或是从立川坐到青山的换车顺序这种无关紧要的小事打电话问我。我想她并不是真的想知道答案，只是在不着痕迹地关心我。她是在告诉在家找不到安身之处的姐姐，我们还是一家人。

真理菜常为了与人聚餐喝酒来到市中心，我跟她说如果耗到太晚可以来我这里过夜，但她一次也没来过我的公寓。所以，我就算接到妹妹的电话也不急着收拾房间。

我关紧窗户打开冷气，躺在昨天千草睡的被子上，点起一支烟，对着天花板喷烟。我望着随手扔在一旁的档案夹，伸手轻轻翻开封面。文字还来不及化作有意义的语言，睡魔已猛烈来袭，我摁熄香烟闭上眼。拜托别让我做梦，我一边这么用力祈祷，一边等待睡意降临。

……………/ / /……………

野野宫希和子告诉丈博她已有孕在身。然而，希和子以为或许能因此促成他离婚的希望落空了，丈博劝希和子把孩子拿掉。起先希和子坚持一定要生下孩子，但丈博再三劝说她，动之以情。“我也想要你的孩子。可是如果现在生下来，好不容易才有进展的离婚计划一定会搞砸。要是我太太知道你怀孕，她八成会为了赌气而不肯离婚，说不定还会向你我双方索求精神补偿费。所以我拜托你这次就算了，等我把各方面都解决好之后我们再生小孩。那样对小孩也比较好。”听到丈博这么说，最后希和子终于决定堕胎。她认为自己拿掉小孩，可以更快实现她与丈博的将来。

一九八三年十一月，希和子在怀孕第十周做了人工流产手术。这段时间，丈博很少去希和子的住处，希和子以为他正在准备离婚所以不以为意。没想到翌年八四年一月，希和子从丈博口中得知，他的妻子惠津子怀孕了。仅仅就在两个月前自己才刚失去小孩，如今却得知惠津子怀孕，希和子决心与丈博分手，于是在下班后相约见面告诉他，但丈博却对要求分手的希和子泣诉：“我还是想离婚。只是想到妻子大老远跟我来到东京才一年半我就要抛弃她未免太可怜，所以不忍叫她堕胎。”希和子的分手决心为之动摇。结果这天丈博留在希和子住处过夜，两人的关系又重修旧好。

妻子惠津子就在那之后，开始对频频晚归、有时还外宿的丈夫起了疑心。当惠津子逼问他是否有外遇时，丈博坦白供认他与希和子的关系。面对愤慨的惠津子，丈博承诺会尽快与希和子分手。

惠津子开始打电话骚扰希和子，是一九八四年二月的事。本以为丈夫会结束外遇，但是看来不像已经结束，于是惠津子打听到希和子的住址和电话号码后，开始天天打电话给希和子，偶尔还写信。有时恳求对方与丈夫分手，有时破口大骂希和子，数落她的罪状。最伤希和子的就是小孩的事。

惠津子以亲密的语气，把哪天做的产检、她和丈夫正在替小孩想名字的事一一告诉希和子。还有一天，她提到希和子堕胎，挑衅地说："真不敢相信你居然把小孩拿掉，换作是我不管发生什么事都会生下孩子。"后来在法庭上，希和子的辩护律师问到这点时，惠津子以"当时我有产前忧郁症，情绪很不稳定"作为解释。"我害喜很严重，已经够惶恐不安了，丈夫却不在家，令我不知如何是好。我只是希望希和子能把丈夫还给我。"

这时惠津子向丈博提议搬家。站在惠津子的立场，她希望借由拉开距离来拆散希和子与丈夫。在希和子面前暗示一定会离婚的丈博，其实压根不打算离婚。为了将来买下独栋房子，他和惠津子商议减少房租开销以便存钱，最后秋山夫妻决定搬到位于日野市的公寓。由于通勤耗时，惠津子以为这样丈夫下班后应该无法在外逗留，没想到对丈博来说反而正中下怀。他以"加班和应酬弄到太晚，错过最后一班电车，简易旅馆比出租车费便宜"为由，常常在希和子住处过夜。丈博在希和子面前，则是大发牢骚："我老婆擅自决定搬家地点。这种脾气令人无法忍受。"丈博这种吊胃口的态度，和惠津子疲劳轰炸的刻薄言辞，渐渐将希和子逼入绝境。

一九八四年四月，三人的胶着状态出现变化。希和子独居的老父，因癌症住院。被惠津子的电话骚扰搞得精神崩溃的希和子，认为这是离开丈博的好机会，决心辞去工作返回老家，遂把吉祥寺的住处退租，搬回小田原的老家。为了照顾被医师宣告已是癌症末期的老父，她天天待在医院。没想到丈博透过社内通讯录查出希和子老家的电话，和希和子取得联络，甚至谎称出差，大老远跑来小田原找她。几乎是独自照顾老父的希和子，在不安与孤独中无力抗拒丈博，最后，希和子的决心再次推翻。

到了五月，希和子由于经期不顺，利用照顾父亲之便抽空去妇产科挂号。结果医师诊断她有子宫壁粘连的毛病。原因出自前一年的堕胎手术，导致子宫壁粘连闭锁。虽然医师解释只要做剥离手术还是有怀孕的机会，但希和子认定“都是因为那时杀死宝宝才会遭到惩罚，我已经不能生育了”。之后，惠津子对动不动就出差的丈博起了疑心，查出希和子老家的电话，又开始打电话骚扰希和子。

野野宫希和子遭到逮捕后，在公审期间，针对她与秋山丈博、惠津子夫妻之间的关系几乎未置一词，唯有一句话是她再三重复的。“惠津子说我是个空壳子。她说我会变成空洞的身体是我杀死小孩的报应，想起这句话，我忍不住在父亲睡着后躲在病房里偷哭。”不管问什么都只以一句“没错”回应的希和子，唯独这时语气强硬地清楚表明。在第六次公审时，对于辩护律师“你还记得（惠津子打来的电话中）被骂了些什么吗”这个问题，她还是说出一模一样的话。对此，秋山惠津子表示：“我没说过那种话。是那女的有被害妄想症。”

八月三日，希和子的父亲过世。死因是胃癌，享年六十九岁。

自七月中旬起，希和子便几乎以医院为家，也没跟丈博联络。而丈博这边，也忙着准备妻子的生产，没有去过小田原。惠津子于八月十八日阵痛入院，翌日十九日生下长女惠理菜。在医院住了一周后，回到日野市的自宅。

这时，虽已和丈博断绝联络，希和子却凭着之前从丈博那里听来的地址，找上日野市的公寓。二十五日，她目击抱着婴儿的惠津子与丈博一同返家。

……………/ / /……………

正在洗衣时对讲机响了。我以为八成又是千草来访，也没从门上的猫眼看清是谁就开了门，当场哑然。站在门口的是岸田先生。他的衬衫渗着汗，一手搭着外套。他把蛋糕店的盒子高举到眼前。

“伴手礼。”说着莞尔一笑。

“你怎么这个时间跑来？”我问。

“今天有全国模拟考，不过这次我不用当监考老师。”他隔着我的肩头朝房间一瞥，“可以进去吗？”他问。

你走。我不想见你。言语虚无地零落四散。“等一下。我收拾一下。”我说，关上门，把地上散落的千草的资料塞进壁橱。在房间角落堆成小山已放了好几天的待洗衣物，也整团抱起堆到那上头。对于马上就兴奋起来的自己，想起岸田先生手指触感与嘴唇柔软的自己，另一个自己正不屑地冷笑以对。

初中翻阅“那起事件”的相关书籍时，一切离我太遥远，野野宫希和子和书中以假名代称的爸妈，对我来说都仿佛是小说人物。所以我忘了自己正在看什么，只觉得心烦气躁。怎么会爱上这种满口谎言的男人呢？我气希和子，也气我那为人妻的母亲。我不觉得他是个魅力大到值得抢夺的人，也不觉得他体贴，这样一个对女人三心二意、优柔寡断的人渣，这两个女人为什么如此看不开呢？尤其是希和子。一个连妻子的骚扰电话也解决不了、都敢追到女友老家来了却连人家父亲的丧礼也不肯露脸的男人，她为什么就是忘不了呢？

不过，现在我可以理解了。当然不是全部理解。我只明白一件事：即便是满口谎言、对女人三心二意、优柔寡断的人，有时还是会忍不住爱上他。纵使对心知肚明的自己内心深感厌恶。

“让你久等了。很热吧？”我打开玄关的门。站在走廊上的岸田先生，一进屋就用力抱紧我。蛋糕盒掉下。“蛋糕——”我才开口就被他的唇堵住。

“我好想你，好想好想。”岸田先生呻吟道。我用力吸进男人身上的汗味。又苦又重、属于男人的、岸田先生的汗味。

我一边竖耳静听浴室传来的淋浴声，一边把鼻子凑近皱巴巴的床单。上面有本来早已消失的岸田先生的气味。这下子，我恐怕有好一阵子都无法忘记岸田先生了。我打开冰箱，取出刚才他带来的蛋糕盒。打开盖子一看，被岸田先生摔到地上的蛋糕已歪七扭八，粘在盒子右边。

一定就像这样吧。我俯瞰惨不忍睹的蛋糕暗想。野野宫希和子这个人，与秋山丈博这个人的情事。在成为绑架犯前，成为我的父亲前，我所不知道的两人，应该就是这样吧。不是特别轰轰烈烈的恋情，也没什么刻骨铭心的滋味，只是见面，做爱做的事，吃蛋糕，想着今天就分手，可是见了面又忍不住想起，如此一再重演。对方诚不诚实或说不说谎，在这种平凡的时光中想必早已不再重要。

“谢谢你借我用浴室淋浴。啊，要吃蛋糕吗？”岸田先生从脱衣间探出头。

“可是，已经变成这样了。刚才被岸田先生摔到地上。”

“没事没事。味道还是一样。”岸田先生一边说，一边穿上内裤和背心，套上衬衫。从头发滴落的水滴在衬衫上形成小小圆点。

“唉，真不想回去工作。”

“那就别回去了。”

“你别这么说。我真的会不想回去。”岸田先生系上长裤的皮带，从脱衣间出来。我把摔烂的蛋糕移到盘子里，然后端到小桌上。

“你看，草莓蛋糕和水果塔正好合为一体。这样两种味道都吃得到。”岸田先生盘坐着，开始吃摔烂的蛋糕。

“你喜欢我吗？”我问岸田先生。岸田先生抬起头，看了我半晌。

“我喜欢你离开时从不回头。”他说着笑了，“惠理喜欢我什么地方呢？”

“明知听起来就很假却还要说谎。”

我正经回答，岸田先生却笑弯了腰。

其实，爱上岸田先生的那一刻，就像上周的事一样记忆犹新。第一次一起吃饭的那天，岸田先生带我去新宿西口某家餐厅。车站内人很多，我和岸田先生并肩步行。迎面走来的中年男人狠狠撞过来，我踉跄数步，男人啐了一声就想走。那时岸田先生反射性地抓住男人手臂，低声说："撞到人的是你。"男人再次啐舌，甩开岸田先生的手扬长而去。岸田先生看着我困窘地笑了，"自己没错时用不着道歉。"他说。

吃饭期间，我数度想起岸田先生说的那句话。自己没错时——那对我来说犹如咒语。犹如将我放出牢笼的咒语。

那时之所以会把爸妈反对我独居、我在自己赚生活费的事告诉岸田先生，也是因为希望他多说点什么。我希望他说：你一点也没错，那个家会变成那样，让你一心只求离家，这些通通都可以忘了，再也没有人知道你的过去，所以你可以安心了。"连生活费都不给，我爸妈很过分吧？"我在岸田先生面前甚至还笑得出来。就像个普通的十九岁女孩。而岸田先生笑道："他们大概以为你会叫苦连天，立刻乖乖回家吧。"然后又补上一句，"不过你爸妈算错了。你活得很坚强。"

至今我不知把岸田先生那天说的话反刍过多少次。"用不着道歉。""你活得很坚强。"只要把他的话在心里反复温习，我就可以相信自己能够到达更远、更想去的地方。

如果跟别人说，对方八成会觉得"这只是微不足道的小事"吧。

八成会笑我："为了这种微不足道的小事，你就爱上他？"同样的话，换一个人来说，我或许也不会爱上对方。抑或岸田先生在另一天、另一个场所这么说，我也许会毫无感觉。可是那天，在我心中，一切都恰到好处地嵌合了。

可是，现在，我把别人可能会说的话，自己对自己说。为了这种微不足道的小事就爱上他？对于一个满口谎言的人，只为了那么一丁点小事就打算继续喜欢他？

临走时，岸田先生在玄关门口抱紧我，"真希望能说声'我回来了'立刻又回到你身边。"他在我耳畔说。我不发一语，把脸埋在他触感冰凉的衬衫上。门关起，岸田先生下楼梯的足音传来。

我才不信那种话呢。我不是对岸田先生，而是对记忆中的野野宫希和子说。在粗糙的照片中直视前方的三十几岁的野野宫希和子。我跟你不同，我才不会那么轻易相信男人说的话。因为我不像你那么傻。

……………/ / /……………

明确理解自己只能待在这里，和察觉如此一来我必须让这个家的人喜欢我，几乎是在同一时期。那时我正要上小学。我们本来住在八王子，但在我上小学的前夕，举家迁至川崎。后来我才知道，那是为了逃离我们一家已传遍邻里之间的流言蜚语。

后来我妈说，如果继续住在那里，她怕我也许会因为那件事遭到学校同学欺负或嘲笑。又过了更久之后，我才知道那与其说是为了保护我，不如说是在保护他们自己。随着时间过去，“那起事件”的细节渐渐曝光，野野宫希和子做了什么，同时，跟她发生婚外情的是什么样的男人，那个男人的妻子又是怎样的人，这些全都闹得尽人皆知。在描写“那起事件”的书籍与报道中，有一些把我爸妈这两个真正的受害者描写成加害者。他俩成了吊着希和子若即若离、逼她堕胎、一直在劈腿的负心汉，以及连日连夜不停骚扰希和子、宛如恶魔的悍妻。我和妹妹都不知道，爸妈当时好像收到不少谩骂他们的匿名电话与信件。正因有这段内幕，他们才渴望逃走。

川崎的家，从车站搭公车必须再徒步五分钟才会到，是一套位于住宅区的公寓。但社区的感觉和家中格局，对七岁的我来说都跟八王子一样。依旧是逼仄杂乱看不到海的城市，依旧是凌乱吵闹的房子。不过比起之前，访客少多了，电话响起的次数也随之骤减。

事件后，我爸辞去内衣公司的工作，成了推销学校教材的业务员。我上小学后，我妈开始在附近超市打工。明明是为了逃避闲言闲语才搬家，但流言却不知从哪儿悄悄尾随而来，令爸妈换了好几次工作。我曾遭人拐走的事也传遍校园。我懵懂理解了这点。我并未如爸妈所担心的遭到欺负。同学只是对我敬而远之。人人都离我远远的。我想，对小朋友来说“那起事件”一定也超过理解范围。大家都不知道应该如何对待一个曾经遭到绑架的同龄小孩。

不过外面的世界，对我来说并不难熬。无论在学校或放学后的校园，我都只要发呆就行了。看看书，望望天空，时间就打发掉了。我窃喜没人肯接近我，窃喜不会被问任何问题。

难熬的是在家里。我必须讨好爸妈。但爸妈是否喜欢我，我完全无法判断。当时，我开口说出的是岛上的方言。我觉得自己必须说点什么，所以缠着回家的母亲。“偶跟你说哦，今天在学校哦，有考试咧。”我妈一听就面目狰狞地瞪我。“我跟你说，今天学校举行小考。”她刻意仿照我说的话，像新闻主播那样字正腔圆地重说一遍给我听。在我妈看来，那种方言想必会唤起禁忌的回忆，很不可原谅吧。

“偶可以看电视咧？”“我可以看电视吗？”“跟你说哦，偶想买零食”“妈妈我想买零食吃！”“刚才真理菜哦”“刚才真理菜她！”母亲动不动就扯高嗓门纠正我。我一个人独处时，总是拼命练习说话。在校园角落，在独自归家的放学路上，在母亲还没回来的厨房，在蒙着被子的小小黑暗中。你知道吗？我的名字叫作秋山惠理菜。我念小学一年级。我有一个妹妹，她叫作真理菜。听着爸妈对话，听着妹妹与家人对话，听着电视里的对话，我一一重复他们的发音，他们的遣词用字。可是，每当爸妈跟我说话，我害怕出错以致紧张过度，立刻又冒出“偶跟你说哦”。

“你够了吧。”当母亲按住我的双臂想教我正确发音时，父亲如此说道。“这孩子吓坏了。你就随她怎么说吧。将来自然就会改过来了。”

母亲一听当下朝父亲怒吼：“我们的小孩为什么非得用我们听都没听过的方言说话不可？”然后趴在地板上哭了出来。

情绪起伏激烈的母亲固然可怕，温和的父亲也渐渐令我心生惧意。想必是因为我敏感地察觉，那种温和掺杂了漠不关心与自弃吧。

父亲打从心底害怕，别人把事件的原因通通归咎到他身上而非希和子身上。正因如此！事件发生后，父亲与母亲动不动就要互相确认自己在各种角度上都同样是被害者。但母亲一旦情绪失控，就会含沙射影地暗指这都是父亲的错；父亲也好不到哪里去，只想用漠不关心与自弃来敷衍。

我唯一不用紧张的，就是跟小我一岁的妹妹真理菜共度的时光。真理菜起初对于突然出现看似独占父母关爱的我很排斥。她曾把我的东西藏起来，也曾自己摔倒却说是被我推倒，故意大哭大叫。但搬到川崎后，大概是因为家中气氛总是充满火药味，她和我的距离渐渐缩短了。在母亲出外打工回来前，我俩会钻进壁橱分享秘密。在真理菜面前我什么都可以说。说池中幽魂，海边小学，夕阳如何沉落大海彼端。我还骗她说我是生在遥远国度的公主，那个国家打仗打输了，所以包括我在内的所有小孩都被掳来日本。真理菜什么都相信。“不准告诉爸爸他们哦。”我板起面孔这么一说，真理菜也露出同样严肃的表情再三点头。“惠理，那你有一天会回那个国家吗？”真理菜嗫声问道。“也许会回去吧。”真理菜一听就露出快哭的表情，“我再也回不去了。”听我这么说她才松了一口气。

有时跟真理菜说的谎话，连我自己都几乎信以为真。因为在川崎的生活，和我记忆中的昔日生活，实在差距太大了。

住在八王子时，身边骚动仍未平息，我也还完全在状况外，就这么莫名其妙、糊里糊涂地一天过一天。搬到川崎后身边出入的人变少了，母亲开始上班，真理菜也跟我一起开始上小学。表面上算是开始极为普通的生活。在那之前，我只注意到屋内的凌乱和窗外的风景这些肉眼所见的差异，现在我也开始注意到生活本身的差异了。

比方说早上，没有人来叫我起床。我起床时父亲不在，母亲还在睡。真理菜还要靠我去叫醒她。起得晚当然上学就会迟到。在我学会如何设定闹钟之前，每天都好像在打赌，不知明天是否来得及准时上学。也曾多次因紧张过度而失眠。过去我从未尿床，现在即使上了小学二年级还会犯这毛病。

早上起来也没东西可吃。电锅是空的，冰箱里顶多只有生鸡蛋和青菜。如果有零食我就跟真理菜一起吃零食。放学再带着在校园等我的真理菜一起回家。母亲会在天黑时回家弄晚餐，但晚餐是将超市卖的熟食连泡沫塑料托盘直接端上桌。而且，通常只有一样可乐饼或一样炖菜，就用那唯一一道菜配饭。我们边看电视边吃，吃完时父亲通常也回来了。父亲一回来，就轮到母亲出门。虽非每晚如此，但一周大半是这样。我和真理菜一直以为母亲晚上也要上班。过了一阵子我才知道不是这样，母亲似乎只是去夜游。她会去附近的居酒屋喝酒，跟朋友去当时刚开始出现的KTV唱歌，或是去迪斯科跳舞。

“我真的不知该怎么办。”母亲曾这么对我说。那时我大概已经上初中了吧。“一看到你，我就会想起那个女人。想起那个女人，我就会恨你爸。想到为什么只有我得受尽这种痛苦，我就无法忍受再待在家里。”

换言之，母亲是在逃避。逃离我回到的原生家庭。

母亲出门后，父亲多半在餐桌前喝酒。看到我们在看电视，他只会想起来似的随口问声洗过澡了吗、功课写了没，然后就像石头一样纹丝不动继续喝酒。我想，父亲也同样在逃避。我有一对只知道逃避的父母。

父母都不打扫房间，家里自然永远积满尘埃、杂乱无章。尿湿的被子，我从小学起就自己拿去晒。否则，那天我就得睡潮湿的被子。

早上被叫醒，醒来就有饭吃，中午小朋友们会来找我玩，大家一起热热闹闹吃饭，晚上被妈妈牵着走回家，在固定的时间吃晚餐，睡前妈妈会讲故事给我听。家里，永远整齐清洁，窗外看得见绿意盎然，路上行人会对我笑，走一小段路就是无垠大海……那是遥远国度的公主生活。是我放弃的生活。

外出的母亲，多半等我们睡着后才会回来，但偶尔也会提早回来。那种时候她就会啰唆地缠着我。不是突然搂紧我死都不肯放手，就是陪我一起洗澡帮我从头到脚刷洗干净，再不然就是钻进我的被窝。

“惠理菜，你喜欢妈妈吗？”她一问再问。“比起带走惠理菜的坏人，妈妈比较温柔吧？”“妈妈很高兴惠理菜能回来，惠理菜也跟妈妈一样高兴吗？”她会这么追问，有时还会哭。害母亲哭泣我很难受。会觉得自己好像犯下什么滔天大罪。

小学五年级时，我第一次交到朋友。新朋友叫作真部聪美，是从东京转来的学生。她好像不知道我那段人人皆知的过去，主动接近孤零零的我。我之所以能客观地理解自己的过去与“那起事件”，就是透过这第一个朋友。

聪美住在有院子的独栋洋房，我去玩过好几次。她母亲总是亲自出来迎接，还准备了一大堆两个人根本吃不完的零食。有个星期天，她邀我去她家替她庆生，班上同学只有我一人受邀，另外就只有她爸妈和她在等我。她的爸妈，和她的家中，感觉上都很像电视连续剧。我们说着玩笑话相对大笑，桌上排满亲手烹调的大餐，我还记得当时我紧张得好像误闯入不知名的世界。然后大家把灯关掉看录影带。是聪美的爸爸替她拍的成长记录，从婴儿时期到现在的聪美断断续续地映现银幕。在浴室哭泣的婴儿，爬行的婴儿，在草皮上学走路的小宝宝……我跟他们全家一起看着，蓦地，清楚理解了自己的过去。

“你小的时候，被全世界最坏的女人带走了。”之前，父亲母亲、爷爷奶奶、外公外婆都这么说过的话，在那一刻，我彻头彻尾理解了。一切都首尾贯通了。我终于明白之前觉得奇怪的理由。我根本不是什么遥远国度的公主。那个家才是我的家。父亲之所以把我当成陌生小孩对待，母亲之所以又吼又哭夜夜出门，都是因为“那起事件”。是那起事件，不，是模糊残留在我记忆中的那个女人，毁了我们的家。这些年来我之所以毫无朋友，体育课也无人愿意跟我一组，家中之所以乱七八糟，我之所以背负强烈的罪恶感，一切的一切，不是我的错而是那个女人害的。

在聪美家昏暗的室内看录影带时，数不清的“如果”涌上心头。

如果没有那个女人，我们应该会是普通的一家人。如果没有那个女人，父母应该会正常地爱我。如果没有那个女人，同学想必也不至于对我筑起无形的墙。如果没有那个女人，如果，如果，如果。

世界仿佛正缓缓颠倒。全世界最坏的女人。这时我终于知道，父母说的是对的。庆生会结束，聪美的父亲开车送我回公寓。我下了车朝聪美挥手，目送车子远去，忽然猛烈作呕。我当场蹲下把刚吃下肚的东西全都吐出来。聪美的妈妈做的炸鸡、什锦寿司、鸡蛋沙拉和雪白的蛋糕，全在黑暗的柏油路上，吐个精光。

五年级结束时，聪美开始疏远我。我用眼角余光看着聪美和其他同学愉快地放学回家。她想必是听班上同学说了什么才疏远我，但是对于这个第一次交到的朋友，我并无恨意。我憎恨的只有一个人，就是那个从我身边夺走每一样“普通”的女人。

……………/ / /……………

我的月经，已有两个月没来。九月没来时我以为只是生理失调，但这个月，已超过预定日期十天仍无消息。我很想这个月也佯装不知，但我还是不得不承认月经没来的这个事实。

八月暑假结束后，我的生活又可笑地恢复原状。早上起来去学校，上课，拒绝别人随口邀约的聚餐，一周五天去打工。周一不时跟岸田先生见面。让他在外面请我吃饭，或在我家喝啤酒。

一旦承认月经没来，我顿时心生惧意。上课的内容也听不进去。

老师说了什么后就离开教室，同学离席热闹交谈的声音零落在我耳边。

只是迟了而已。明天一定就会来。一定是因为暑假期间，我几乎都没好好吃午餐，所以营养不良。我慌张暗忖，但藏在毛衣下的手臂却爬满鸡皮疙瘩。

回过神才发现，教室里坐的全是陌生面孔。讲台上也是陌生的教师在讲话。看来是我耽于沉思之际已过了第四堂课，开始第五堂课了。我连坐在四周的是一年级还是三年级学生都不知道。也不知道这是什么课。因为不是大教室，我也不敢公然起身走出去。我只好一直低着头坐在位子上。教师说的明明是日语，却无法化作任何意义传入我心中。我瞥向窗外，刚才银杏叶尚沐浴在阳光中，现在却隐隐融入薄暮。

万一月经继续不来怎么办？万一腹中已孕育某个陌生人怎么办？当初是谁得意扬扬地嘀咕绝不会像那个人一样、不会像那个人那么傻？我的体内深处阵阵发冷，低垂的脸庞滑落大颗汗珠。

下了课，我抱着包包冲出教室。在大批学生来往穿梭的走廊一角，我打电话到打工地点，匆匆表示我身体不适要请假。听到店长叫我保重的声音我按键挂断电话，然后用颤抖的手搜寻电话簿。我想找个人见面。想找个人不当回事地对我笑称没问题。存入的姓名一一出现在手机屏幕上。“秋山父”，我说不出口。“母手机”，不可能告诉她。“真理菜”，该从何说起？“岸田先生”，要跟岸田先生说什么？难道要说我有个好消息吗？接着出现的是打工地点的人名，以及大一时互相交换电话号码的几个同学姓名，但他们对我而言宛如外国笔友。“千草”，就算是千草，我又该说什么才好呢？虽然这么想，我的手指还是按下了拨号键。

在学生街的串烤店，我们并肩坐在吧台前，身边有千草在令我深感安心。

“干吗，什么事这么正经八百要跟我说——难不成是你想起什么新的回忆了？”叫了啤酒和综合串烤拼盘后，千草说着从皮包取出笔记本。我定睛俯视千草的笔记本。

拿起送来的啤酒喝了一口后，“我可能怀孕了。”我说，然后笑了。还笑得出来令我很惊讶。

“啊？”千草拿着啤酒就这么定住，凑近看着我。

“我也不确定，月经才两个月没来。说不定马上就来了。人家不是说年轻时经期不顺是正常的？”瞪圆双眼的千草一直保持那个表情，于是我慌忙说。但千草依旧如化石般纹丝不动。

“你一定想说我模仿那女的也模仿得太彻底了吧。明明没有血缘关系。”我再次对她笑，千草这才把酒杯放回吧台。

“呃，是上次在巷子里看到的，那个很阴沉的人？”好不容易才开口的千草劈头就这么说，害我笑了出来。

“你可以喝啤酒吗？”看我笑个不停，千草担心地问。

“没事，我要大口喝个痛快。最好淹死在啤酒海。”

本来是打算开玩笑，听在耳中却发现自己的语气异样强硬，不禁一惊。仿佛已经不打自招：只不过是月经两个月没来，自己却一直担心那并非只是单纯的月经迟来或不顺。而且，自己的声音也让我发现，“死了最好”其实是自己的真心话。

“拜托，你别说这种话……”千草一脸快哭的表情小声说，“哎，我们现在就去你家吧？回去的路上去药房买验孕剂，然后，反正有我陪着，先用那个验一下吧，好吗？”千草抓紧我的手臂，压低嗓门说。

店员在台子上放下排满串烤的大盘子。

“先吃点串烤再说。”我伸手拿起串烤说。为了不让千草发现我拿串烤的手在发抖，我将手肘抵在台子上，背着千草吃掉。吃起来索然无味。

千草提议搭地下铁，但我坚持走路回去，千草只好乖乖跟上。千草拎着药房的塑胶袋。里面只装了刚买的验孕剂，是个小袋子。夜风虽冷，吹在被啤酒薰热的脸上倒是很舒服。我和千草并肩走在徐缓的上坡。步道上空无一人，来往穿梭的车子一再将我俩的身影照亮。

“刚才，你不是说‘你一定想说我模仿那女的也模仿得太彻底了吧’，那是什么意思？”千草小声问道。

“啊，对哦。我都没告诉你吧？上次站在小巷那个看似阴沉的人，就是我现在的交往对象，他已经有老婆小孩了。”我尽量说得不当一回事。千草倏地看我，我知道她又尴尬地移开目光。

“到头来，我做的事跟那女人一样。你一定觉得我很笨吧？我自己也这么觉得。”

“你喜欢那个人？”

“喜不喜欢，我已经不知道了。”我说。是真的。

“你不觉得，可以天天见面说话的人，其实不多？在大学里虽然总是见到一些熟面孔，交情却跟每天搭电车通勤遇到的人差不多。撇开那种人不论，可以见面、说话、谈笑、发问的人，你不觉得寥寥无几？我从以前，就有这种感觉了。所以，即使是跟岸田先生啊，岸田先生就是那个阴沉的人，跟他每周见个面，我也会觉得安心。也许是因为可以确定，上周的自己和这周的自己一样吧。”

“你还有我呀。我也一直跟你见面呀。”千草说得认真，害我忍不住笑了。

“可是千草你是女的，跟情人又不一样。”

千草陷入沉默，看着自己的脚下走路。前方不远处出现便利商店的白色灯光。我正想问她可不可以去一下便利商店，千草倒是先开口了。

“我没跟男人交往过，也没性经验。”她是用轻松的语气说出那种话，所以我知道，千草也尽量想说得轻描淡写，“所以，我不懂，想跟男人在一起的心情是怎样，情人是怎样，性交又是怎样，我通通不懂。所以，你的心情，我无法体会。”

“嗯。”我微微点头。

“像这种不是出于自愿，只因在Angel Home长大就遇到的令人火大的事，还有很多。比方说无法适应学校生活，也曾被同学欺负，不过，那些通通都已不重要了。只是，无法爱上男人，实在令我很害怕，想到再这样下去，我或许会和恋爱无缘，永远孤零零地生活，有时候，我会突然很茫然。这点令我说什么都无法原谅，到现在，也仍然充满疑问。我不知为何不能让我看到一个普通的世界。”千草低头，像在踢石头似的说。

“我们去便利商店买啤酒吧。”我没点头附和，却如此说道。

“你还要喝？”千草目瞪口呆地说。

在便利商店买了啤酒，我们带去公园喝。千草虽然一下子嫌冷，一下子又嫌黑，频频催我回去，但她还是乖乖跟来，坐在我身旁喝罐装啤酒。白色的路灯照亮聊具其形的沙堆。环绕公园的群树遮住马路的灯光，使得公园内一片漆黑。蓝色塑胶布在灌木丛中搭起四角帐篷。大概有人住在这里。

“你不想回去吧？”千草在我身旁说，“你怕回去验孕吧？”被她这么一说我才察觉自己的心态，但我没回答。在冷空气中喝啤酒实在不怎么美味，但我还是举起罐子喝下去。

“你听过蝉的故事吗？”我将冰冷的罐子放在掌心之间玩弄，向千草问道。千草看着我。“当你知道蝉在土里待了好几年，一出地面就立刻会死时，有没有吓一跳？”

“你怎么突然说起这个？”

“是三天还是七天，精确的日期我不知道，总之蝉一直在土中，可是出生后只能活这么几天就要死，实在太惨了。我小时候，曾经这么想过。”

我仰望遮蔽前方的黑色树林说。几个月前，骑脚踏车经过这个公园旁还能听见蝉鸣响彻云霄。有时我会停下车子，在阳光中眯起眼仰望树木，寻找蝉的踪影。虽然我一直没发现蝉到底躲在哪里嘶鸣。

“不过，长大之后我开始这么想：既然别的蝉也都是七天就死，那应该没什么好难过的吧。因为大家都一样。想必也不会怀疑为什么非得这么早死。可是，如果明明应该是七天就死却有一只蝉没死掉，伙伴们都死光了只有自己还活下来，”我把剩下三分之一的啤酒倒在脚边。液体微微发出声响渗入土中，“那样应该比较悲惨吧。”

千草不发一语。我再次抬起视线，凝望沉入黑暗中的群树。没死在夏天的蝉，仿佛正屏息依附在树干上。为了不让人发现它还活着，屏息以待绝对不发出鸣声。

“走吧。”千草悄声说。

“我想上厕所。去那边的厕所吧。顺便验一下刚才买的玩意好了。”我故意用玩笑的口吻说。

“在这种地方？”千草满脸忧心。

“现在喝醉了，不管是什么结果一定都不太会害怕。否则等我回到家，一定会怕得不敢验。”

听我这么一说，千草连忙从塑胶袋取出验孕剂。打开细长的纸盒，取出里面的东西。把折成小方块的说明书摊开，对着路灯仔细阅读。

“这上面说，要把尿液滴在这里。”说着她把形似温度计的塑胶棒递给我。

我接过来，摇摇晃晃走向厕所。位于公园角落的厕所，像从天而降的太空船发出白光。我钻进弥漫着臭味、满是涂鸦的小隔间，蹲身小便。做着做着自己忽然觉得好笑。

我拿着滴水的塑胶棒走出厕所，忍不住笑了出来。千草忧心忡忡地跑过来。

“上面说要等五分钟。到时如果这个框框没有印子出现，就表示安全过关。”

千草拉着我走到路灯下。我们动也不动地默默凝视小方框。在这种地方试图确定怀孕与否，还真像我的作风，简直太适合我了。所以，在朦胧的路灯下，当塑胶棒的小方框，缓缓浮现代表阳性反应的蓝线时，我不觉得不安，也不害怕，倒是顺理成章地想道：果然该这样才对。

……………/ / /……………

父亲的丧事办完后，希和子不久便回到东京市内。她在一九八四年十月租下以前丈博住的杉并区永福的某套小套房。父亲留下的土地与房子，由父亲的妹妹继承，希和子自己只继承了父亲的寿险金与存款。

但希和子没把新的住址告诉秋山丈博。丈博一心以为，他与希和子的关系应已自然消灭。到一九八五年二月为止，希和子曾数度前往日野市观察秋山家。

然后在一九八五年二月三日，希和子成功潜入秋山丈博家中。

“起先，我真的只是想知道宝宝生下来没有。一旦去看过他家，就忍不住想再去一次。我想知道宝宝是男生还是女生，也开始渴望靠近看得更仔细一点。透过几次观察我发现，早上秋山先生会在八点十分过后出门，他太太会开车送他到最近的车站，其间家门不会上锁。我每次都感到很不可思议，为何开车送秋山先生去上班时居然没把宝宝带着。一口咬定我是魔鬼的人，自己为何忍心撇下宝宝，这令我感到不可思议。”希和子在法庭上如此说。

但希和子坚称她并非预谋带走婴儿。“我想看宝宝。不是远观，我想近距离看个仔细。

“我进屋时，双膝发抖。我知道自己在做坏事。居家生活的情景劈头钻入眼帘，令我陷入惊慌。我什么也无法思考，只听见宝宝的哭声。我找到睡在里屋的宝宝。一抱起她，就此万劫不复。”

当初希和子矢口否认纵火。“我根本没有纵火的念头。我满脑子只想着宝宝。”虽然她这么说，但审理的重点还是锁定在纵火上，对于检察官再三质问她是否在下意识中想要复仇，她在第八次公审时，推翻了原先的说辞表示“不无可能”。虽然辩护律师从头到尾都主张“是开着没关的电暖炉不慎倒下，引燃铺在地上的被褥和窗帘”，但希和子自己却表示“不能完全排除绊倒暖炉的可能”，使得辩护律师无法再继续坚持。

总之，拐走婴儿的希和子在当天晚上，逃往学生时代的同学家中。希和子的同学A做证时指出，她并非知道希和子犯罪而故意包庇。“她说同居的男人会动粗，所以带着孩子逃出来投靠我，我信以为真。我看婴儿跟她很亲，她也很疼小孩，所以没有起疑。”

此外，虽然希和子和秋山夫妇绝口不提，但事态何以演变至绑架案的内情、秋山丈博与希和子的关系，以及秋山惠津子接近希和子的举动，都在她的供述下公之于世。

她虽然几乎拒绝了所有采访，但在希和子判刑确定后，只有一次在某杂志记者询问感想时，曾做出回答：“我自己生下小孩时，曾把她找来让她抱孩子，一起替孩子换尿片。现在想想，那或许也间接逼她走上绝路。如果有机会再见我想向她道歉。”她如是说。

希和子在A家待了六天后，将永福的房间退租逃往名古屋。那是八十年代初期因地价高涨遭到收购的地区。在居民几乎已全数迁出的社区，住着一名拒绝搬迁的女性，希和子被她收留。

希和子之所以能逃往名古屋，进而逃亡长达四年，还有段内幕。

送丈夫上班后，秋山惠津子又去便利商店买了东西才回家，却发现自家公寓冒烟。就在惠津子回来的前后，邻居叫的消防车已赶到进行灭火。房子幸未全烧但婴儿不见了。惠津子陷入慌乱，连忙打电话给丈夫，同时心里已认定，这一定是某个男人干的好事。

搬到杉并区永福时，周遭没有朋友也没有亲戚，丈夫又每日迟归，有时甚至彻夜不归，使得惠津子郁郁寡欢。她认为出去工作也许能交到朋友，于是开始在超市打工。在那家超市，惠津子认识了B男，日渐亲近。比惠津子小五岁的B当时二十四岁，是以短期兼职员工的身份出入超市。在惠津子看来，那只不过是为了解闷才开始的交往。怀孕后惠津子就辞去打工的工作，也向B提议分手，但B却迟迟不愿分手，最后甚至撂狠话说“别以为这样就没事了”。惠津子之所以选择距离丈夫职场颇远的日野市搬家，多少也是担心听到分手就翻脸无情的B会采取报复行动。

得知婴儿不在屋里时，惠津子首先想到的就是这个B。她以为这是“别以为这样就没事了”所招致的事态。警方的调查小组，就是被惠津子认定纵火、绑票的这个B给拖累了。

一直靠打工兼差维生的B，当时不巧正好行踪不明。其实他只是赖在某个于欢场结识的女人家里，但清查B的行踪意外耗时。由于起初秋山丈博对于野野宫希和子的事只字未提，调查小组遂把B锁定为嫌疑犯。惠津子一心认定犯人就是B，对于丈夫过去的外遇对象倒没想那么多。

调查开始的第八天终于查出B的下落，B接受警方侦讯。离开岐阜老家在二十岁那年来到东京的B，没钱花时就去打工，有时也靠关系密切的女人养活，一直过着有一天算一天的生活。对于他与惠津子的关系，“她会请我吃饭所以就在一起了。我不肯分手，就是因为心想也许能从她那里弄到分手费。”他如此回答。当然，B的嫌疑立刻洗清。

……………/ / /……………

“想吃什么尽管叫！”岸田先生高举菜单审视着说，“我们好久没有一起吃饭了。吃顶级排骨肉或横膈膜肉都行。”

见我不回答，岸田先生举手喊店员，自行点了菜。

烤肉店里挤满了全家福和团体客。屏风后溢出笑声。

“我有话跟你说。”我俯视点起火的烤炉说。

“先干杯再说。干杯！”岸田先生拿起送来的啤酒杯，撞了一下我的杯子后送到嘴边，一口气喝掉三分之一。

“我有话跟你说。”我又说一遍。带着笑容。

“什么事？坏消息？”岸田先生从筷笼取出筷子，递给我，伸手替我的小碟倒酱汁，忙碌地动个不停。这个人，正在害怕，我察觉。他害怕一个小了他整整十岁的女孩要宣布的事。顿时我很同情岸田先生。我想起这段日子岸田先生为我付出的种种。我觉得不该让这个人害怕，也不该让他困扰，更不该让他碰上悲惨的遭遇。我保持微笑，简直像在对烤炉说话似的急促说道：

“如果，我有了孩子你会怎样？”

岸田先生只“啊”了一声，当下定住了。

“我是说如果啦。如果有了怎么办？”

“可是惠理，你不是还在念书吗？况且……”

“我是学生没错，但我可不是小学生。”我只是想开个玩笑，但岸田先生没笑。这是当然的吧，我想，“你会叫我生下？或者，你会叫我拿掉？”

本欲开口说话的岸田先生，察觉店员走近慌忙又闭嘴。从桌上的大盘中，用夹子拣出牛舌和肋排肉，异常慎重地排放在烤炉上。

“我当然希望你生下来，可是，就现实考量而言我想现在恐怕没法立刻生。你说是吧？你有你的前途，我也有种种问题打算解决，不可能明天或后天就立刻办妥离婚。如果非要现在生……”

岸田先生压低嗓门说。烤炉冒出滚滚浓烟。屏风后面，一群女孩娇声欢呼，岸田先生表情僵硬地转头看声音来源。

“嗯……那如果是以后就没问题喽？”

“那当然。我是真心想跟你生活。等你毕了业，我家的小家伙也没那么需要照顾时，我打算全部做个了断，这我不是也说过好几次了吗？”

“哇，这个牛舌，好好吃！岸田先生你也吃吃看，再不快吃就要烤焦了。”

岸田先生默默伸出筷子，吞下肚后，翻眼小心翼翼地看我。

“你有了？”

“没有啦。就跟你说只是如果嘛。因为班上的女同学说她月经没来，我想改天陪她一起去医院，所以免不了东想西想。”

我一边把肉翻面一边说，趁隙偷瞄岸田先生一眼。如释重负的表情在他脸上明显地溢开。

“别吓我好吗？你吃这个，这种还带血的熟度最好吃了。”岸田先生用筷子夹起烤肉，放进我盘子。

盘子逐一送来。泡菜和生菜、横膈膜肉、里脊肉与牛胃。这顿饭和放暑假前没两样。岸田先生好笑地描述我也见过的补习班讲师与职员的八卦、学生的奇行，我也把学校发生的事和打工地方的怪客人说给他听。我们也发出与屏风后面一样的笑声。每次肉一烤好岸田先生就伸手夹进我盘中。本以为点太多吃不完，结果盘子就这么一一清空。

“要吃点饭吗？”岸田先生翻开像速食连锁餐厅一样大的菜单问，我没回答，保持刚才的笑容说：

“我不会再跟岸田先生见面了。”

岸田先生轻轻“啊？”了一声，从菜单边缘露出脸。

“所以请你别再打电话给我。”

“啊？等一下，怎么突然这么说。是我说错了什么话吗？”

“我已经吃得很撑了，不用再吃饭。今天是最后一次，所以就让你请客喽。”我离席站起。听着背后传来“等一下”，我正要朝出口迈步走去，忽然想起，对了还有话没说，于是又折回几步站在岸田先生身边。

“这段日子谢谢你。真的谢谢你。”我深深鞠躬，就这么不看岸田先生走出去。我对他的挽留置若罔闻，径自走出烤肉店，一边朝车站走去，一边关掉手机。

是他替我过生日。带我去看烟火。圣诞节陪我一起装饰我的房间，替我举办小小的派对。新年第一个传短信给我。带我去看樱花。让我懂得跟人一起围桌共餐的愉悦。跟我说他最爱我。我不想说的事，他从来不问。他一直不知道我的过去。他让我懂得喜欢上一个人是什么感觉。让我懂得想念是什么滋味。

我曾以为自己绝对无法再也不见他，绝对无法跟他分手。可是，我做到了。我想，我应该再也不会见到岸田先生了。我终于战胜想见他的冲动。因为，我已经不是一个人。我再也不会孤单了。

……………/ / /……………

上周，我搭上从未坐过的电车，在从未去过的车站下车，走在从未走过的街道上，冲进第一家映入眼帘的妇产科。护士和医生都满头白发。

“恭喜你怀孕了哟，小姐。”白发医生用女性化的语气说，对我咧嘴一笑。“会在绿叶最美的时节出生哦。”

我本来打算拿掉。因为不可能生下来。小孩会没有父亲，我也无法告诉父母，我还在念书，甚至没有固定收入。岸田先生一定也会很困扰，我本来决定借钱动手术拿掉。可是，听到孩子会在绿叶最美的季节出生，原先的打算顿时一扫而空。现在身在此处的某人不是我，我想。这孩子张开眼，第一眼看到的必须是茂密的新绿。

我沿着陌生的街道一路走到车站，一边体会着不可思议的感受。那是我从未有过的感受。是我现在再也不孤单的强烈自信。比起想用避不见面来忘记岸田先生的暑假，现在的我好像变得远远更加坚强了。我终于可以跟他分手。当车站遥遥在望时，我豁然开朗地这么想。

……………/ / /……………

离开烤肉店很远后，我悄然回顾。路上行人之中不见岸田先生的身影，我松了一口气。夹杂在通勤乘客之间，我小跑着冲下通往地下铁车站的楼梯。把散落地板的杂志与CD盒叠到角落，千草从她每次带的皮包取出一叠厚厚的广告传单打开。

“你应该不可能在家中生产吧？现在也有所谓的贵妇产房，不过你应该也没那么多钱。该选自然分娩还是无痛分娩呢？话说回来，如果医院太远去检查也很辛苦吧。这样的话，就只能选这家、这家或者这家了。”她把五颜六色的广告单一一分开，“这家我上网一查听说护士超严格的，直到生产那天还逼产妇走路。不过你年纪轻一定很耐运动。”

我站在三坪房间和厨房之间，凝视忙着把广告单分门别类的千草。

“我知道你很难跟父母开口，但生产得花不少钱，不说不行。反正你已经决定要生了，他们应该也没办法硬逼你拿掉。”

我忽然觉得好笑。对于我怀孕这件事，千草的态度似乎比我还实际。

“你在偷笑什么？”千草皱眉仰望我。

“算了，我来煮。你是孕妇坐着就好。”

我终于忍不住笑了出来。

“千草，你怎么好像当婆婆的？”

“趁我弄饭的时候，你先看看这个。”千草走过大笑的我身旁，径自进厨房。她打开冰箱，一边检视蔬菜一边一一取出，故作无事地问道：“你的手机换号码了？跟分手有关吗？”

“是啊。”我蹲在地上，拿起广告单回答。

“不过，那个人既然也是成年人，应该可以帮上忙吧？比方说钱的方面，或者更多方面。”

“他帮不上忙的。我想应该也不会再来我这里了。”我说，“因为他是个只想逃避麻烦的人。”

发现千草正从广告单之间凑近窥看我，我吓了一跳。千草一手拿着切半的高丽菜仔细打量我，说道：

“逃避麻烦……亏你能爱上那种人。或者应该说，明知他是那种人，亏你还能爱上他。”

我看着千草眨了几次眼。啊，对哦。凭着自己不经意脱口而出的话，我理解自己为何会喜欢岸田先生了。因为他是个逃避麻烦的人，跟我父母一样。

“这种人反而更有女人缘吧，连老婆都有了。”

“你可真是个酷妹。”千草一脸被打败的表情说，回到厨房。旋即传来菜刀的声音，但可能是不常做这种事，菜刀声咚、咚、咚，不稳得令人提心吊胆。

“你不会害喜吗？”千草背对着我问。

“嗯，还没有。”我回答。

“一月份就会进入安定期吧？”她又问。

我不太清楚安定期是怎样，但我还是回答“对呀”，千草一手拿着菜刀转过身。

“等你进入安定期，我们一起去旅行好吗？采访旅行。”

“什么意思，要去哪里？”

“那当然是Angel Home的原址，还有你以前住的小岛之类的，你不想去看看？说不定会有种种回忆哦。”

“菜刀那样拿很危险。”我说着把广告单往地上一撒，在榻榻米上躺倒，“那我怎么可能去？我没钱，也没什么想看的。”

“是哦。”千草意外干脆地放弃，再次响起笨拙的菜刀声。

我伸腿把窗子推开一点。因为躺着所以看得见夜空。在某种光线照耀下的夜空很明亮。电线黑压压地切割夜空。

“喂。”我保持面向窗外的姿势对千草发话，“喂，你干吗对我这么好？”

“啊？什么？”千草从厨房扬声。

“我说，你干吗对我这么亲切？因为我是采访对象？因为要出书暴露我的种种过去所以有罪恶感？”

“好烫！你看怎么办啦？”

千草大叫，我转头一看，瓦斯炉正冒起滚滚白烟。我慌忙冲进厨房，原来是空烧的平底锅冒出大量浓烟。

“天哪，你搞什么？你太早开火热平底锅了啦！”我急忙关瓦斯，打开抽风机，“拜托，我自己来就好，千草你去看电视吧。”我把菜刀从千草手里抢过来，开始将被她切成大块的胡萝卜细细切碎。

“你干吗对我这么亲切？”对于我这个问题，直到吃完饭洗碗盘时千草才做出答复。

“我不知道这样算不算亲切，但我就是想跟你一起走出去。我想从幽禁封闭的地方，前往更不一样的地方。”

正在洗盘子的千草忽然这么说，害我在一瞬间无法理解她在说什么。

“要从哪里走出去？”我好不容易才听懂千草的意思，如此问道。

她一边把湿盘子递给我，“从现在置身之处。”千草幽幽回答。“就这个角度而言，我也许是在利用你吧。一个人不敢走出去，可是如果跟你一起，我好像就敢走出去了。老实说，遇到你后我就这么想。啊，如果是跟这丫头，我就可以走出去了。就可以放开一直怀抱的心结了。跟你见越多次我就越这么觉得。”

“嗯——”我没什么兴趣地勉强附和，手上不停擦干她递来的盘子。我能够理解千草说的话。能够理解，并且暗想：那是不可能的。你要怎么想是你家的事，但我出不去，况且只要跟我在一起你一定也会走不出去。我没把心里的想法说出口，因为我对千草的喜欢已到了说不出口的地步。

“你知道吗？”把最后一个盘子递给我后，千草关紧水龙头说。

她不像是问我知不知道，倒像是在自言自语，“听说Angel Home的女人全都是死了小孩或生不出小孩的。”

我接过最后一个盘子擦干后放回餐具柜，取出即溶咖啡的瓶子。

“所以呢？”我问千草。这个我已从千草写的书和档案夹的剪报中得知。不过，我不认为知道这点有什么大不了的。那个我已不复记忆的机构，无论是不孕妇女团体或可疑宗教机构都不关我的事。

“没什么所以。”千草的视线对上我手里的瓶子，软弱地笑了，“是没怎样啦。”说着她拿起水壶装水，放到瓦斯炉上。我拿出马克杯准备泡咖啡。那是和岸田先生一起用过的情侣对杯。

……………/ / /……………

由于调查行动陷入瓶颈，希和子得以暂时继续逃亡。收留希和子九天的中村富子，作为希和子逃亡期间的证人，还有她包庇犯人的嫌疑，也因为希和子的供述遭到警方搜索，却被发现早在希和子被捕的前一年，也就是一九八七年九月，她已于神奈川县川崎市的老人安养院过世。

逃离中村富子家的希和子，搭上路过的Angel Home小货车，在那个机构生活了两年半左右。

以奈良县生驹市为据点的Angel Home，直到希和子再度逃亡的一九八七年为止，一般来说几乎不为人知。就在希和子逃亡的同时，媒体大篇幅报道该机构涉嫌诈骗个人财产及软禁未成年少女，希和子被捕后更因此闹得举国知名。

Angel Home本来是一九四五年生于生驹市的长谷川美津设立的“天使之家”教会。本为农家女的长谷川美津，在三十七岁那年突然宣称“我是神派遣来到人间的天使”。她声称天使乃是扮演神与人类之间的中介者，天使的任务就是帮助有困难的人走向正途，并且在近邻之间传扬她个人对《圣经》的独到诠释。翌年，美津挂出“妇女生活咨商”的招牌，聚集在战争中失去丈夫或孩子、无家可归的女人开始共同生活。美津强调“要互相帮助，为了互相帮助必须先学会放下”。以关西地区为中心，信徒日渐增多，在某位信徒提供土地后也开始建造机构。然而五十年代中期过后，信徒人数逐渐递减。

一九四八年，美津收养了某位女信徒托她照顾的少女。长谷川拿俄米，也就是日后Angel Home的负责人。

拿俄米于一九六〇年，嫁给经营袜子工厂的男人，翌年离婚回到天使之家。一九六二年美津过世，翌年，拿俄米挂出“Angel Home”的招牌。拿俄米没有像美津那样自称天使，也没有宣扬教义。她从美津那里继承的仅有“妇女生活咨商”这块招牌。

在天使之家的原址，伴随着几名剩下的女信徒，拿俄米一边过着自给自足的团体生活，一边设立以女性为对象的综合咨商所。面对上门倾诉家人生病、家庭暴力、身体不适等烦恼的妇女，拿俄米把婴灵作祟挂在嘴上。有流产或堕胎经验的女性，毫不怀疑地相信了。

拿俄米向她们募款，开始在原来的天使之家院子里放置天使塑像。那是面孔光滑没有五官、跟地藏菩萨一样大的白色人偶。拿俄米贩卖命名为天水的水，她宣称只要用那种水刷洗天使塑像，就可以得到无缘出世的孩子原谅。

一九六八年以后，近邻的山地开挖、开始新市镇建设时，随着世间急速变化，Home也有了改变。拿俄米不再对外宣称供奉婴灵，取而代之，她打出“抛下一切执念，追求真正健康”这个口号。拿俄米改口说，曾经扮演婴灵地藏角色的天使塑像其实象征毫无执念的天使心灵，刷洗塑像就可以扫除心中的执念。聚集在Home的女人分派到的工作，也不再是刷洗天使塑像和祷告，而逐渐转往蔬菜栽培及食品加工。

进入二十世纪七十年代后，炒得火热的健康风潮，使得Home的经营开始步上轨道。蔬菜、白米、面包、食用肉、饮用水。拿俄米她们把院子里能采收的作物都采收起来，无法采收的就和农民直接签约，采用巡回贩售、邮购贩售的方式。早自天使之家时代就具备的女性生活咨商功能，也发挥在这种巡回贩售中。那是个没有domestic violence（家庭暴力）、stalker（跟踪狂）、不伦这些字眼的时代。相应的对策和避难场所当然也绝不普遍。不少女性都把Angle Home视为投靠的场所。拿俄米告诉她们：“唯有将性别和出身、财产与执着乃至姓名全都放下，才能摆脱人类背负的苦恼。”

乍看之下是在实践“只要你肯敲门，大门就会为你而开”，但Angle Home的大门并非为任何人敞开。只有通过女干部的面谈与体检，主动表白或经医师诊断有流产、堕胎经验或先天、后天不孕的女性，才得以获准加入。成员们并未被告知这项事实，只有女干部及少数几名资历较深的成员才知道。

拿俄米为何如此坚持这点呢？她本人否认曾经堕胎或不孕是加入条件，因此真相不明。也许是抓住这些女性共通的痛处乘虚而入，也或许是结婚一年便离异返家的拿俄米也发生过那样的遭遇。总之，毫不知情的希和子躲进的，就是这么一个背景很讽刺的场所。希和子加入的八十年代，Angel Home因自然食品的贩卖，也开始具备自我启发的性质。希和子加入之际，曾被迫签下财产委托切结书，其实这套做法当时才刚开始实施。八十年代前期，一度曾闹出归还财产的纠纷，所以应是之后慌忙采取的措施。

一九八七年，Angle Home让未成年少女加入会员。跷家少女的家人声称女儿遭到囚禁，而掀起骚动。他们把要求归还财产的原成员也卷进来一起向媒体投诉，Angle Home只好让律师和行政机关介入，进而也同意警方任意搜查。时间就在希和子逃走不久后。除了放任学龄期孩童一直未就学就这么住在里面，这次搜查行动并未发现任何违法事项，因此没有酿成媒体渲染的那么严重的问题。

希和子被捕后，由于她曾在里面度过两年多的逃亡生活，Angel Home的名号再次浮上台面。负责人长谷川拿俄米、干部佐佐木万里子、长冢治江以及另外数人，都以知道希和子身份却知情不报的嫌疑遭到警方侦讯。

Angel Home是个隔绝在电视、广播、报章杂志等所有资讯之外的场所。但是据说拿俄米在申请加入者接受研习的期间，把那些人的底细都调查得一清二楚。此外，出外进行巡回贩卖的成员，以及被称为Out-Work去外界打工的成员，极可能都在希和子加入后发现了她的真实身份。不过，对于警方的调查，只有拿俄米一人承认知道希和子是何许人。她坚称是在希和子加入后才知道她是绑架犯，“但我又不能因此就把她赶出去。”她说。

替聚集的信徒另取出自《圣经》的新名字，早自天使之家时代就开始这样做。被收养前本是信徒之女的拿俄米，就是由美津替她命名的。拿俄米在Angle Home也继承了这个命名的习惯。给某些人取男性名字想必是因为拿俄米自己否定性别差异吧。而拿俄米给希和子取的名字是“路得”。说到拿俄米和路得，就令人想起《圣经·旧约全书》的《路得记》。故事讲的是失去丈夫与孩子的拿俄米，以及留在没有血缘的婆婆身边、失去丈夫的路得。

拿俄米表示：“我并非将《圣经》的人物性格及行为，投影在成员身上才予以命名。我所在意的仅仅只是不要让名字重复。”然而，明知希和子的身份还让她加入，极可能是对她怀着某种期待。希和子财产金额之高想必也是原因之一。虽然标榜放下姓名与学历，实际上还是很重视在现实世界的学习经历，所以就这点而言可能也对希和子另眼看待。此外，或许也认为不可能退出的她具有利用价值。

唯一承认包庇犯人的长谷川拿俄米，经裁定有罪，判处有期徒刑八个月，缓刑两年。

……………/ / /……………

“妈之前还在说，过年你不知回不回来呢。”真理菜说。电话彼端很安静。大概是在她自己房间打的。

“我想我应该不会回去。”

我整个人缩在暖桌里躺着只露出脑袋，一边抚摸肚子一边回答。虽已怀孕第十六周，不过穿着宽松的长袖T恤看不太出来肚子隆起。但恐怕还是瞒不住吧。这样不可能回家。

“偶尔回来走走好吗？区区一碗年糕汤我还煮得出来。我想应该也领得到压岁钱哦。”

“那，你帮我告诉他们把压岁钱用现金挂号寄来就好。”我说着笑了。真理菜也笑了一下，然后突然一本正经地说：

“他们没救了啦。你要体谅一下。”

“那个我老早就知道了。”

“是吗？说的也是。”真理菜低笑，“不过，反正很近，如果改变主意了随时可以回来哦。”说完便把电话挂了。

我嗖一声坐起，翻开摊在暖桌上的存折。不管再看多少遍，存款余额当然还是不会变。

到第八周为止都还好好的，没想到一进入第九周突然对气味敏感起来。我只好辞去工作。千草替我找到以国高中生为对象的函授讲座改作业工作，上个月才刚开始。但一个月顶多只能赚个十万块。虽然知道差不多该开始认真思考将来的问题，但大学放寒假后，我几乎没离开过公寓。一直窝在千草开车替我搬来的这个中古暖桌里。

待在安静的房间，便想起初中时的事。上了初中后，不再有人露骨地避开我。也有人主动跟我说话。午餐也不用再一个人孤单地吃。可是，我身边总是静悄悄的。跟小学时一样安静。

我上初中后，母亲不在家成了家常便饭。以前打工结束后她还会先回家一趟，现在也许是直接去玩吧，索性连家也不回了。这种日子她会在桌上放一千块。我就带着真理菜去超市，像母亲以前那样买一两样熟食，回来洗米煮饭和真理菜一起吃。父亲通常八点，晚的话就九点回来，用我们吃剩的菜配饭，坐在餐桌前默默喝酒。

我曾向父母抱怨过。我已经融入秋山家，到了可以随口抱怨的地步。我以为已经融入。

我的抱怨来自烦人的家事。要准备饭菜，洗衣，熨衣。因为必须做这些事所以放学后无法跟朋友去玩，也没时间做功课，这种事在别人家都是母亲在做，我如此说。“别人是别人。你懂什么别人家”是父亲的回答，而“我就是讨厌待在家里”是母亲的答复。他们直言不讳的答复把我再次带回过去。我这才发现“那起事件”原来并没有结束。

我就是从那时开始留恋图书馆。放学后带着真理菜一起去，假日则自己一个人去，我搜寻那起事件的相关书籍，埋首于自习桌前耽读。既然无法逃离过去，我决定试着了解过去。

到了初三，在社会实录书中出现的父母面貌，我也能看清了。于是，我才首次了解我的父亲与母亲是什么样的人。不在家的母亲，像摆设品一样纹丝不动只会喝酒的父亲，我顿时恍然大悟他们何以会变成这样。

把我带走的女人固然很笨，但我认为我的父母也同样愚蠢。他不配为人父，她也不配为人母。不只是父亲，连母亲也有外遇。纵使没有发生“那起事件”，我的家庭恐怕也还是会像现在这般吧。母亲还是会出外冶游，父亲也依旧不敢责骂母亲，只是自顾着不停喝酒吧。

永远也不可能变成像别人家那样的“家庭”吧。想到这里我觉得轻松多了。因为我终于知道支离破碎的家，父亲的漠不关心，母亲的冶游不归，原来都不是我的错。不是因为我的归来。

然后我想到的只有一件事。能带我去与“那起事件”毫无关系之处的，不是别人，只有我自己。为了逃离凝重的空气、像地雷区一样动辄得咎的家、禁忌的回忆、父亲的沉默以及母亲的情绪不稳，只有我自己才能带自己离开。

趁着真理菜上高中，我们再次搬家。这次搬到了立川，住的是比川崎稍微清爽一点的公寓。从这时起母亲的情绪渐渐稳定下来，晚上也较少外出了。吃的虽然还是买回来的现成配菜，但她至少会用笨拙的技术替我熨制服，也会替我准备塞满冷冻食品的便当了，可是这次却轮到我疏远家庭。我在KTV打工到晚上八点，然后去速食连锁餐厅或漫画咖啡屋温习课业。快十二点回到家时母亲还在等我。她忽然摆出慈母的架势令我很反感，不管她对我说什么我都置若罔闻径自回自己房间。

考上大学，不顾一切反对开始搬出来独居时，我觉得终于一吐心中块垒。我如愿以偿，靠自己的力量把自己带离那里了。周遭再也不会有人把十年前的“那起事件”跟我扯到一块，父母也无法再用不经意的发言把我带回过去。

……………/ / /……………

肚子猛地一动，我紧闭的双眼赫然睁开。肚内一跳一跳，有种痉挛的感觉。孩子在动！我不由如此大叫。我屏息凝视自己的肚子。

能把我带离这里的只有我自己，过去怀抱的想法唐突地涌上心头。

是的，若说我渴望去什么地方，绝不会有任何人带我去，我只能靠自己的双脚走过去。

我寻找手机。抓起放在暖桌上的手机，打电话给千草。

上次你提的采访旅行我可以陪你去。该说的话在舌上滚动。用现有的钱和千草一起去旅行，回想起来的说不定全是不愉快的回忆。打听到的也许都是痛苦的信息。但是，若能走一趟那样的旅行，回来应该会比较有行动力吧。对于今后的事，或许也就能具体做出决定了吧。我一边这么想一边抱着孤注一掷的心情听着电话铃声。

……………/ / /……………

我紧张得快吐了。甚至觉得害喜时还比现在好一些。明明是要去谈腹中胎儿的事，我却故意罩了一件宽松的大T恤。站在镜前，我确定肚子没那么显眼。要去立川的家做什么，在我走出公寓时早已不太确定。

大年初二的电车很冷清。从立川车站搭公车，车上除了我也只有两个盛装打扮的女人。

我只在立川的公寓住过两年左右，当时又很少待在家中，所以到现在还陌生得像别人家。没电梯只好走楼梯上三楼，我把手伸出口袋想按对讲机，才发现手指抖得厉害。原来我其实是胆小鬼啊，我想。继而又想，虽然那么看不起父母，其实我还是很怕惹他们生气呀。

来开门的是真理菜。虽是大过年，她却依旧穿着邋遢的运动服。

“啊！”她眉开眼笑，“姐姐回来了！”她朝屋内大吼。

走进玄关，关上门，一股室闷热气顿时笼罩我。玄关和走廊，乱七八糟堆叠着纸箱和报纸。八王子的，川崎的，我恋恋缅怀起之前住过的那些房子的空气。塞满物品，蒙了尘埃，吵吵闹闹的小公寓。所谓的怀念，原来指的并不只有甜美的情感呀，我跟在真理菜后面走进走廊时暗想。包含痛苦的苦涩心情，似乎也同样蕴含在怀念这个名词之中。

父亲正躺在地板上看电视，面前放着装有啤酒的玻璃杯。母亲在厨房不知做什么。

“哦。”父亲只动动眼睛说。

“天哪，要回来至少也该先打个电话嘛。”母亲从厨房出来说，目光倏地扫视我全身。我心头一跳。明明是来自首的，却心惊肉跳。

我在一瞬间暗想，要是母亲现在问我肚子是不是太肥，事情交代起来就简单多了，问题是母亲一个转身又回厨房去了。

“如果肚子饿了，有咖喱。”母亲说，被她视而不见令我有点烦躁。

戳在一旁的真理菜用手肘捅我。我转脸一看，她笑得贼头贼脑。“是我煮的啦，你放心。”她嗫声对我耳语。不擅烹饪的母亲连咖喱都煮不好。明明只要把市售的咖喱块丢进锅里就好，但她煮出来的不是太稀就是蔬菜半生不熟。

便利商店的塑胶袋和酒瓶，被捏扁一半的啤酒罐，连袋子一起扔在地上的马铃薯和平底锅，我望着依旧乱七八糟凌乱不堪的厨房。

“学校怎么样？”父亲眼睛仍盯着吵闹的电视，没什么兴趣地问道。

我深吸一口气，吐气，再次吸气，然后鼓起勇气开口。

“那个，我怀孕了。现在五个月。我要生下来。”

我说的话令喧闹的室内空气霎时安静。当然开着电视的室内依然嘈杂，但我知道，父亲、母亲和真理菜全都倒吸了一口气。

“所以我是来借钱的。我以后一定会还，拜托借我。借多少都行。”

父亲、母亲和真理菜都不发一语，各自从他们待的位置，像看到什么不该看的东西一样看着我。我在他们的注视下走进客厅，推开报纸、袜子、毛巾、杂志，在沙发坐下。屋内依旧表面骚动不安，但其实一片死寂。父母与妹妹那带着顾忌又缠绕流连的视线，在一瞬间令时光倒流。本该只剩模糊记忆的那一天，竟又鲜明地浮现脑海。那是我第一次见到这三人时。对了，母亲现在，就像看到一个尿裤子的陌生小孩那样看着我。我是孤单的。我突然发现，真的就我一个人。谁说我已不再是一个人？我忽然好想砸毁这充斥屋中的静谧，这徒然滑过表层的喧嚷。这念头如此强烈甚至令我的指尖阵阵发麻，而我诚实地听从那股冲动。

“你们想问孩子的父亲是谁？孩子的父亲啊，爸，是个跟你一样的人。是个不愿当父亲的人。但我还是要生。我用不着去拐走那个人的小孩，我会一个人把孩子生下来。我们母子会相依为命。今后我们两人。”

我说到这里就打住，双手捂住嘴巴。否则我怕我会尖叫出来。

为什么？为什么？为什么？为什么是我？告诉我，为什么是我？我用力咬舌，好不容易才把涌上喉头的呐喊吞下去。

厨房，传来猛烈的撞击声。我刚刚才吞下的叫声，却从我的体外传来。一抬头，只见母亲大步冲过来。她一手拿着汤勺，一手抓着隔热手套，朝着我大步冲来。胡乱挥舞的汤勺黏附的咖喱随之四溅。

母亲把汤勺朝地上一砸，又把隔热手套朝我扔来，尖声嘶吼着瘫倒在我脚边后，抡起拳头打我的腿。我的膝，我的脸，我的手臂，除了肚子以外的其他地方她都打。

“为什么？为什么？为什么会这样？你到底为了什么要做这种事，连你也想折磨我？”母亲面孔扭曲，鼻涕和眼泪像开关坏掉似的流个不停，她举起握得太用力以致失血泛白的拳头打我，用潮湿的声音高喊。

“为什么？为什么要做那种事？为什么不能做个正常人？为什么要那样——”说到这里她再也说不下去，趴在地上放声大哭。父亲直起上半身，瞪着双眼看母亲。那应是惊讶的表情，不知为何看起来却很空洞。真理菜垂着头就这么呆立原地。

不是讨厌或喜欢的问题。母亲就是母亲。

从这刚刚被我彻底摧毁的安静与喧哗之间，好久以前千草说过的话，冷不防地从天而降。

啊，对哦。

看着哭泣的母亲、动弹不得的父亲、垂头不语的妹妹，我非常冷静地想。啊，对哦，说的也是。为什么是我呢？这些年来一直抱着这个疑问的其实不只是我。我一直在想，为什么是我被卷入“那起事件”？可是真正的疑问并非那个。为什么我是我？为什么不得不接受“我”这个角色？父亲、母亲，以及妹妹，想必也都一直这么想。我为何会当什么父亲？我为何会当什么母亲？我这个做父亲的为何不敢正眼面对历劫归来的女儿？我这个做母亲的为何让这孩子看到我的情绪不稳？我这个做父亲的为何背对一切？我为何动不动就想逃避？我为何突然多了个姐姐？我为何是这个家的孩子？我为何只能变成这样？父不像父，母无力为母，总是顾忌我的妹妹，还有用憎恨一切来保护自己的我。我们一步也无法踏出那个自觉“本来不该是这样”的地方。如今我才明白，无关乎讨厌或喜欢的问题，不管怎样我们终究是一家人。

“对不起。”自己嘶哑的嗓音传入耳中，“对不起。可是我想生下来。”一直咬舌使得舌头隐隐作痛。我看着躺在地上的汤勺，上面沾的咖喱弄脏了地板。仿佛现在才想起一般，咖喱刺激的气味在鼻端弥漫开来。

……………/ / /……………

我们在鸟居前这个车站搭乘生驹缆车，再从终点站搭出租车。如果搭飞机到伊丹机场可以省下一个小时的时间，但千草坚持“万一出了什么事就麻烦了”，所以还是坐新干线到京都。看看表已快三点。动作快一点的话今天也许就能抵达小豆岛，但千草应该不会同意我赶路吧。如此一来，势必得在京都或奈良住一晚。看着出租车窗口流过的景色，我如此盘算。

在东京车站会合后，像欧巴桑一样翻阅旅游指南议论要吃什么该上哪儿去吃，可是一转眼又像小朋友吵着口渴，换乘电车后又像观光客一样频频在我耳边嗫语“好小的电车”“大家讲话真的都有关西腔”，总之一直毛毛躁躁动来动去的千草，上了出租车后，忽然闷不吭声咬起指甲。

“千草，你最近也去过Angel Home吧？”

我快被千草酝酿出的凝重气氛压倒，于是向她确认。

“对呀。写那本书时，我去采访过。可是最后还是不让我进去。根据传言，莎莱伊或莎库好像还在。我想应该是没别的地方可去吧。”

既然最近也去过，那她在紧张什么呢？我感到很不可思议。对于还是毫无记忆的我，和对幼时记忆留有深刻印象的千草来说，Angle Home的意义也大不相同吗？即使听到莎莱伊和莎库的名字，我也搞不清楚那是什么人。

“Angel Home的人，不知是怎么看待希和子的。负责人虽是缓刑，但毕竟还是被判定有罪。”我说出一直藏在心头的疑问。

“可是Angel大人却因为那起事件，被成员们另眼相看哦。新闻媒体当然把她攻击得体无完肤，但她煞有其事地说什么不能把来求助的人拒于门外，在当时，使得来自全国各地的申请加入者暴增也是不争的事实。甚至令人怀疑，她该不会打从一开始就连那个都算计好了。”

一报上Angel Home这个名词，司机就不断透过后视镜偷瞄我们。我提高戒备准备应付司机的问题，但司机什么也没问。

“我说过好几次了，不用进去里面。只要在外头绕一圈就好。”

“知道啦。”千草没好气地说，又对着窗外啃起指甲。

根据千草的表述，Angel Home现在一边贩卖自然食品，一边开设以女性为对象的瑜伽和有氧运动教室。也已废止财产全数捐出的规定，改采用入居者缴交保证金的方式，过去的婴灵信仰和自我启发的那一套似乎也全都取消了。照千草的说法，“这种说变就变的态度正是那个团体的特性”。既然供奉婴灵惹人争议那就改走自然食品路线，二十世纪九十年代狂热的新兴异教遭到纠举就改走心灵疗愈路线，聪明地抓住每个时期流行的东西不断变身。好像有内容其实完全没有。听到这番话，我不由想起曾在周刊上看到希和子说过的一句话：她说我是没有内容的空壳子。

千草倾身向前眺望前方，我也跟着朝那头瞥去。山路中突如其来地出现白墙，看起来已极为老朽。墙内有方形建筑。是像医院一样冰冷的建筑。出租车左转，在铁栅大门前停车。

“怎么样，要等你们吗？”出租车司机开口问。我和千草面面相觑。

“不用了。你开走吧。”我说。

千草付车钱的时候，我先下车走近铁门。每走近一步心跳便越激烈。门内是修剪整齐的大片草皮，毫无装饰的建筑物分外凝重地耸立。整排窗户倒映蔚蓝晴空。虽然毫无人影，却觉得好像正被对方观察，令我不由得在离门数尺处驻足。

“怎样，有印象吗？”

背后传来千草的声音。我没转身，极目眺望视野所及的庭院。于是面向建筑物上边放眼望去，我蓦地醒悟，自己正在看的是那窗口望出去的风景。我明明身在建筑物外，却正在脑海中勾勒从建筑物窗口看见的风景。辽阔的天空，伸展枝条射向天空的寒冬群树，翠绿的草地和白色的人偶，若隐若现的山棱与眼下朦胧的家屋。

“我什么也不记得。”

我嗫语。才刚说完，种种陌生的感觉便涌上心头。蒸汽氤氲的宽敞浴室，某人临去犹频频回首的背影，闷在被窝里的低笑声，塑胶餐具的撞击声。可是能想起的只有这种感觉，当时的自己在想些什么，为何发笑为何哭泣，却怎么也想不起来。我甚至想不起自己幼年的模样。就如同我想不起自己离开镜子时的面孔。

“我来采访写书时，一直在想Angel大人当时为何会收留希和子。她为何会同意让一个带着不是自己生的婴儿、看起来就很可疑的女人加入呢？虽然一般人都说，是因为捐的钱多或跟学历有关，但我认为应该没那么简单。”

“这话怎么说？”

“接下来纯粹是我的推测啦……希和子加入的时期，Angel Home或许正打算更清楚地转型为宗教团体。不只是之前的健康食品贩卖事业，在经济方面、组织方面，当然也包含知名度之类的方面，都想扩大规模，正处于过渡期。”

“所以不管怎样先增加人数再说？”

“不，不是这样，我猜Angel大人收留的，不是希和子而是你。”

“什么意思？”

“根据调查，Angel Home开始收留孩童，是八十年代前夕的事。换言之我就是第一批加入的孩童。当时的Home，把原来的生活咨商服务扩大，开始标榜赞助生产费用，支援育儿困难的单亲妈妈。她们并未对外公开宣传，而是由外出布施的人，告诉来买东西的家庭主妇，透过口耳相传散布出去。珠胎暗结的失偶女子，以及带着小孩生活穷困的女子，风闻之后纷纷来到此地。有人领到生产费用，有人获准留下居住，也有人获得育儿补助费。但是那里，早自天使之家时代，就只有一群女人集体生活。不管怎样就是很排斥让男人加入。带着男童的母亲或生下儿子的女人，都被命令做通勤的Work。你或许不记得，但School为数不多的几名男生，都是每天从外面通学。内部成员的小孩全是女的。”

看着阳光下修剪整齐的草皮，我聆听千草的叙述。我似懂非懂。说到这里才想起，这个院子以前不是排满了白色人偶吗？现在不见了，是被搬到别处去了吗？

“我根据我妈的记忆和采访对象的描述搜寻，好不容易找到一个人。她说生产时Home替她出了一半的费用。那个人虽然坚持不肯说出她投靠Home的理由，但她说出了当时的情况。生产并非在哪儿都可以，一定要在Home指定的医院，足月快生时，她说拿到一张契约书。上面据说写明了费用多少、Home负担多少、她不用还那笔钱，等等，最后，据说还有一行小字，写了这样的内容——”

千草的眼睛一直看着门内，像烧昏了头似的不停呓语。她在看那边的什么呢？

“生出来的小孩必须委由Home教育。问这是怎么回事，Home的回答很官方。说什么有人把小孩送去念昂贵的私立幼儿园和私立小学，还要求Home负担学费，所以写上那个只是为了防止这种事发生。还说什么Home有孩童集体学习的时间，为了让学童体认到团体生活的重要性，每周最好有几天把小孩送来上课。足月临盆时没有钱，只能仰赖Home的人，听了也没想太多就在契约上签字了。你知道这代表怎么一回事吗？”

我摇头。

“这是在制造纯粹培养的小孩。在Home，没堕过胎的女人和可能怀孕的女人无法成为会员。所以在Home援助下生产的女人，以及带着小孩来的单亲妈妈，会被派去做每日通勤的Work。Home想要的，不是母亲，是小孩。其间小孩会交由School照顾。等到孩子懂事后，就以体验集体住宿为由离开母亲住在Home。把‘既非男也非女’这句口号又搬出来教给孩子们。慢慢培养出更多在Home出生、感染Home想法的孩子。就那些人的作风而言算是难得一见的长期计划。换言之，那个时期，Angel大人非常想要小孩。越小的孩子她越想要。”

“所以也想要尚在襁褓的我？”

“应该是吧，当然，这只是我的推测。尤其是她们算准了希和子绝对不会逃走。所以希和子带着的你，几乎百分之百符合Angel大人的计划。在这里学会说话，在这里成长，在这里变成大人，除了这里不知道任何地方，成为纯粹培养的天使之子。”

“那么，拿俄米说不定会让我当接班人喽。”

对于这听来不太舒服的话题，我只能这样开玩笑，但千草没笑。

“没错，真的。”

千草一本正经的脸转向建筑物，喃喃低语。

“可是，这种婴儿就算长大后待在这里，也违反了必须有堕胎经验或不孕这个条件。”

“相对的，她们不懂男人。就这么保持处女的身份长大。”

听着千草的话，我的背上倏然一冷，并且立刻想起千草曾经坦承“没有性经验”。我将目光从千草身上移开，凝视眼前耸立的铁栅门。

“真的有小孩那样长大吗？有人照Angel大人的计划养大，现在也待在这里面吗？”

“谁知道，应该没有吧？因为如果我的推测正确，她那个长期计划早就失败了。想必还来不及执行，认定小孩被拐的家长就已闹了开来，导致行政机关和警方介入。没上学的孩子们被送去附近的公立学校，不管是否愿意都看到了外面的世界。之后希和子被捕，再次引起社会瞩目。生产契约书那种充满争议的东西，想必立刻就被Home全盘否认。再加上一九九五年发生奥姆真理教的地下铁毒气事件，宗教等于狂热，狂热等于危险，这个公式想必已成了常识，于是Angel大人不得不慌忙改变路线，而这，就是我推断出的Home内幕。但我没写在书里。因为我觉得，好像不该写出来。这倒不是为了Home着想，而是想到用这种方式生下孩子的女人，这样出生的孩子，可能正在哪儿生活，我就写不出来了。”

千草低下头，叹息地笑了。我朝大门走近一步，逐一看着倒映天空的窗子。窗中，飘过流云。

“假设千草你的推测是对的，当时希和子如果没逃走，那我现在一定还住在这里。”

这么一咕哝，打从刚才就一直刺激五感、本应毫无记忆的光景，不停在脑海中闪现。

“可是，即便真是如此，八成也过得跟现在的我一样。该吃饭时就吃饭，有时生气有时欢笑，到了晚上就睡觉。”我意外轻易地描绘出住在这栋古老冰冷建筑物中的自己。不管身在何处，即便当初我没被带离日野的家，或在这里长大成人，我想明天还是同样会来临。千草不发一语，只是凝目望着庭院，像在寻找什么。千草亦然，如果她母亲没有离开这里，现在她必定正从窗内，望着站在此处的我。

“但我在这头。”我幽幽低语。

“但我，在这头，是啊。”千草也小声同意。

……………/ / /……………

Angel Home同意行政机关进入的同时，希和子也再次企图逃亡。当初希和子没说出她从在Home认识的泽田久美那里拿到住址的事，之后在泽田久美及其母昌江的供述下警方才得知。

泽田久美与昌江，也因涉嫌包庇犯人遭到警方侦讯，但两人都坚决否认。以辩方证人的身份出庭做证的泽田久美表示，在Home大家都是用Angel大人取的名字互称，避免打听别人的隐私，因此她根本无从得知希和子的真实身份。对于为何将老家的地址告诉一个真实身份不明的女人这个问题，久美是这么回答的：

自己离婚时被丈夫抢去儿子的监护权，后悔与罪恶感，令她失去活下去的意志，自暴自弃地前往Home。只要住上几个月就会发现，聚集在那里的女人，几乎都有这一类的隐情。在那里可以切实感受到，不分自己的小孩或别人的小孩，都由大家一起抚养。这让她感到自己得到救赎。外界人士来调查时，看到希和子的样子，她推测希和子八成会离开。虽未想到犯罪，但轻易便能想象到她八成不能让丈夫或家人发现下落。之所以把自己娘家的地址给她，只是觉得能让她多逃一日算一日。

雇用希和子的久美之母泽田昌江，也以辩方证人的身份出庭。她同样表示："虽听说过那起案件，但压根没想到她会是犯人。"岛上居民对外来者虽敏感，但反过来说也正足以表示，对于熟人往往会轻易解除戒心。首先是昌江，听说希和子是女儿的朋友后便信任她，而昌江既已说明希和子是"远亲"，周遭的人自然也跟着相信了。

公审后面对媒体的采访，关于希和子与孩子的情形，她们异口同声地强调："看起来就像亲生母女。"在希和子常去光顾的杂货店和超市，也有人以为惠理菜是小男生。因为昌江送的衣服都是男童装，希和子取的名字"薰"，又是男女通用的名字。

唯有泽田久美在公审后，拒绝所有媒体的采访。

公审后，泽田面线店一举成名，天天遭到大批记者包围。有一阵子周刊甚至详细写出希和子在岛上的生活情况。有些报道把希和子描写成捏造假名混进面线店，利用纯朴岛民的善意，甚至还跟某男性公务员相亲的狡猾女子；也有报道以戏谑的笔法写其"穿的是别人给的，吃的是面线的残渣，在逃亡期间缩衣节食省到极点”。

一九九二年，某女性报道文学作家频繁造访面线店，从昌江那里打听到颇多证词。昌江会照顾萍水相逢的希和子，主要原因似乎是基于她与久美的母女关系。久美高中毕业后，表明想去东京念职校，但父亲义一与昌江都很反对，久美等于半是在离家出走的状态下前往东京。亲子之间断绝音信，直到六年后昌江才接到久美“要结婚”的通知。那年久美结婚后，本来断绝的亲子关系看似修复。之后久美返乡生产，在娘家待到长子满三个月为止。回到东京后久美与公婆同住，她常打电话给昌江，开朗地谈论宝宝的情形与育儿的问题，因此昌江深信久美之前担心的同住生活毫无问题。

亲子关系再次发生龃龉，是在久美离婚后。久美带着儿子逃回岛上。她向父母诉说再这样下去孩子会被婆家抢走，但在昌江看来，之前一直以为女儿的婚姻生活顺遂无事，现在却突然离婚，还跑回娘家要求父母让她和儿子藏身，会闹到离婚一定是久美不够忍耐，所以昌江教训她说因为父母的任性让小孩在单亲家庭长大会很不幸。昌江的本意是想劝她采取行动改善现况，但久美却在翌晨，没告知去向便离开岛上。几个月后，只打了一通电话回家冷淡地报告说“官司打输，小孩被抢走了”，从此毫无消息。

就在这种情况下，打着久美名号的希和子出现了。昌江对久美的罪恶感，以及期待希和子能在中间替她与久美搭起桥梁的心情混在一起，使得她未多想便接纳了希和子。

女作家问了和公审时同样的问题：“你对野野宫希和子有没有话

想说？”在法庭上，昌江对于这个问题缄默以对，但这次，在一阵漫长的沉默后，她幽幽地说：“我至今仍在想，假使你不是野野宫希和子而是宫田京子，那该有多好。”

……………/ / /……………

抵达车站内的观光中心介绍的饭店时，已将近六点。天空已呈现群青色，似乎比在东京看到的星星多一点，但也许只是错觉。千草躺在冷清的床上，不停按遥控器变换频道。

“我头一次住饭店。”

我俯视着窗外点点连绵的民宅灯火低语。

“啊？真的？”

“宾馆倒是住过。不过还是不太一样。宾馆的感觉比较安心吧。”

“一般人的感觉应该相反吧。”

千草在床上蹬脚大笑。

“因为我们家从来没有全家出去旅行过。暑假和新年都一样，根本没有任何节日。我上了初中才知道圣诞节据说是要吃蛋糕的，生日每年都会有人祝福也是和岸田先生交往后才知道的事。”

我尽量不让自己的语气带着恨意。实际上，我也没什么好恨的。别人家是别人家，父亲如此说过，现在我觉得他说的没错。我只是生在一个没有节日也没有纪念日的家庭，如此而已。我的家庭无法像别人家那样极为自然地做出家人应有的举动，如此而已。

千草不笑了，“说到那个，其实我也一样。像我，多年来连自己的生日是几号都不知道。因为在Home，都是庆祝Angel大人赐名的那天。”她幽幽说道。

房间里，弥漫着一种尴尬的沉默。事到如今我才发觉，我对千草一无所知。千草一直问我的事，却很少提到她自己。我觉得现在如果开口说话，室内气氛恐怕会变得更尴尬，但我还是坐在床上，出声说：“千草的妈妈为什么会住进Angel Home，又为什么会决定离开？”

千草本来一直躺在床上玩电视遥控器，蓦地关掉电视，说：“我三岁时，我妈长了子宫肌瘤，于是开刀把子宫拿掉了，出院后好不容易开始正常生活，有一次跟我爸因小事吵架，听说我爸竟然说她已经不是女人了。我妈好像一直忘不了这件事。我是无法理解那种感觉啦，但她说当时非常震惊。那里不是会开车巡回兜售自然食品吗？所以她就跟来布施——呃，来卖东西的成员聊了起来，然后就带着我离家出走了。我想那时我大概五岁。”

“那时的事，你还记得啊？”

“不，我不记得了。对我爸也几乎毫无印象。我觉得好像打从有记忆起就已待在Home了。这些都是后来才听说的。我妈去Home前曾威胁我爸说要打官司，逼他写离婚协议书分财产，然后她就带着全部财产，逃进Home了。我记得的，大概只有不能跟我妈睡觉的事吧。路姨……野野宫希和子来之前，那里完全否定亲子关系，所以母亲跟小孩被拆散，小孩得跟别的女人睡，也不能喊自己的母亲妈妈或妈咪。那让我很难受。我记得当时我每晚都哭。那里的女人，虽然大多很和善，但也有凶巴巴的人。虽还不至于动粗，但我哭个不停就会被骂。也曾被扔下不管。可是，也有人会紧抱着我唱摇篮曲哄我。起初我只有一个念头，就是好想好想回家。我想回到有爸爸有妈妈，那两人只属于我的地方。我不喜欢被人用怪名字称呼，不能尽情吃零食玩玩具。可是，小孩能怎样？除了去习惯，毫无办法。”

千草说到这里打住，定定地望着天花板。看她的眼神仿佛那里映着什么，所以我也跟着仰望天花板。只看到一块被间接照明照亮的浅橙色方形空间。

“习惯之后很多事都无所谓了。或者该说，不学着无所谓的话根本过不下去。况且不哭的话也就不会挨骂。除了母亲也有了其他喜欢的人。再加上，你的加入令我很开心。你是个乖巧安静的小孩，我觉得好像多了一个妹妹，好高兴。你总是摇摇摆摆地跟在我后头。不过，你大概什么都不记得了。

“一九八七年，行政机关的介入这你已经知道了吧？School的小孩被辅导进入当地的学校，我本来以为那样就结束了，但媒体闹得很大，于是警方也持续进行任意搜查。我记得当时闹哄哄的。门外整天有拿着相机的媒体记者在打转，还有人天天在门外嚷着交还女儿或交还财产。因为没做任何违法的事，所以其实安然无事，但被那些人一闹，有段期间内部很不稳定。”

千草咬着指甲，继续说。

“Home的女人，被迫一一放弃自己的信念。放弃不了的人就被赶出去。所以一旦外界那样介入，媒体又蜂拥而来，该怎么说呢？已经脑袋一片空白了。那里都是那种女人，对吧？失去冷静下只要一点风吹草动立刻会被左右。她们开始对外界超乎必要地敌视，将自己的场所异常地神圣化，以前很少见的对立现在也变得醒目起来。虽有被称为Study的反省会，开会气氛却越来越险恶，变成用来排挤别人，检举谁工作偷懒或谁说了什么坏话的批斗大会。当时，可能就是靠那样才能维持平衡吧。不过这当然都是我后来多方调查才知道的。但我那时已超过十岁了，所以我很清楚气氛不对劲。我幼小的心灵以为，你们母女就是知道会变成这样才跑去别的地方。因为没人肯告诉我你消失的原因。最后，连我妈也被这样公开批斗。至于原因，我长大之后才听说，简直目瞪口呆。”

千草说到这里打住，蹬脚大笑。她猛然直起上半身，在床上盘腿而坐。

“说她在自慰，就是批斗的理由。”

千草直视着我说，这次她仰天大笑。

“什么啊？”

“真的很莫名其妙，对吧？她们说丹每晚都在自慰，忘不了俗世的事，说她污染了Home，所以要批斗她。我从我妈那里听到时，已过了二十岁，我还真的问她说：‘你真的在自慰吗？’结果，我妈说她没有。她说她只是把前夫的照片装在小相簿里带在身边。里面都是些婚前的照片啦，婚礼的啦，还有我婴儿时期和家人的合照。她一直留着，打算将来给我看。结果好像被人发现了。那里都是些生不出小孩、想结婚却结不成或是搞外遇的人，总之，每个女人都有一把辛酸泪。除了最低限度的行李之外明明都得放弃，我妈却还小心翼翼留着那种幸福洋溢的相簿，所以大概有人看她不顺眼吧。

“女人哪，顺遂的时候真的是一团和气，一旦出了什么问题马上成了散沙。当时正是Home最混乱的时候，我妈被人用相当卑鄙的手段排挤后，就被她们以冠冕堂皇的理由赶出来。‘去俗世再做一次Work’，这是她们赶人时常用的借口。于是，她就这么身无分文和我一起被踢出门了。什么不分性别、真正的解放，嘴上说得好听，结果只为了一点鸡毛蒜皮的小事就遭到迫害。不过，我也因此才能逃离。”

千草说着，发出歇斯底里的笑声，倏地陷入沉默。

“那么，你们后来怎么办？”看千草不说话我只好问道。低头玩电视遥控器的千草，瞄了我一眼，再度啪地倒卧床上。

“我们回到我妈位于横滨的娘家。可是我妈加入Home时已被赶出家门断绝关系，所以每天都跟我外婆吵架。而且，一看到我，不是抱怨我外婆就是大骂Home。我真想求她别再跟我说了。当初明明是她自愿要加入的。我在学校也适应不良，根本没心情管她。现在虽然好像什么事都没发生过相处得和乐融融，但我永远忘不了那时的事。”

“那种心情，我懂。”我忍不住说。躺在床上的千草对我投以一瞥，“我妈什么都跟我说，最后搞得我都快疯了。好像一切都是我的错。”

“对，就是那样。明明我只是被无辜地带去，但我妈每次痛骂Home又哭又恨时，我就会觉得好像都是我害的，那让我很难受。”

千草和我都莫名其妙地陷入沉默。在那沉默中，我遥想千草的过去。我想象着那个只认识墙内世界的小孩，被高耸的建筑物与川流不息的人潮吓坏了，就这么不断换乘电车，来到陌生的城镇，被迫喊陌生人外婆，穿着不习惯的制服上学的情景。在我的幻想中，千草不知不觉变成我自己。变成那个总是包覆在安静中的小学生的我、初中生的我。

“我忽然觉得有点饿。”沉默变得尴尬，于是我说。

“刚才不是才吃过晚餐？”换了话题千草似乎也松了一口气，语调开朗多了。

“我想吃甜的。比方说卷心蛋糕。”

“真拿你没辙。要我去买吗？”

“我跟你一起去。”

我拉上窗帘，和千草一起离开房间。

此地夜晚的空气比东京沁凉。寒气刺人。路上的商店几乎都已拉下铁门。好安静。和千草这么并肩走着，我不禁想起那次买验孕剂的情景。虽仅是短短三个月前的事，却仿佛已是陈年旧事。那时和现在，我觉得似乎已站在相隔遥远的地方。

便利商店的白光，在夜色中晕染开来。我盯着那个问千草：

“那个女的早已出狱了吧？她现在在哪里？”

“出版社的编辑替我查过，她是一九九六年出狱的。不只我认识的出版社，好像也有很多媒体记者一开始就在追查她的下落。说不定现在也有媒体知道她在哪里，但就我所知，目前她下落不明。五年前，希和子的辩护律师收到希和子的明信片，当时寄信地址好像是东京。”

“东京！”

我不由得失声高喊。那女的有可能住在东京吗？也就是说，或许我可能在不经意的情况下与那女人擦肩而过。肌肤内侧好像爬满了鸡皮疙瘩。宝宝在肚子里滚来滚去，我慌忙抚摸肚子。没事的，我忍不住在心中对宝宝说。

“可是，我认为那是烟幕弹。希和子应该不在东京。”千草异常肯定地说。

“为什么？”

“因为，希和子在东京，没有留下任何美好回忆。”

走进便利商店，温暖的空气哗地笼罩我们。空气中充满关东煮的气味。

“那么，你认为她会在哪里？”我一边走向放甜点的货架一边问。

“小豆岛。”拎着黄色购物篮的千草爽快回答，我本欲伸出的手突然缩回。我凝视千草。

“为什么？”

“从Angel Home逃往小豆岛后，我认为跟东京比起来那里有许多美好回忆。”

“可是——”

我正想反驳之际，后面有人喊了一声“借过”。一个年轻女人正满脸不悦瞪着在货架前争论的我们。“对不起。”我俩慌忙道歉让出位置。她走向收银台后，我们默默把手伸向货架各自拿喜欢的甜点放进黄色购物篮。

见千草掏出钱包，我连忙制止她然后自己付账。交通费是我自己出的，住宿费和餐费是千草出钱。虽然千草笑着说那是必要开销可以报公账，但我还是不好意思什么钱都让她出。

走出便利商店，被暖气烘热的身体立刻冷却。

“可是，她做出那种欺骗岛民的行为，怎么还有脸回去？”

走在通往饭店的暗路上，我继续刚才的话题。

“的确。所以可能是小豆岛上某个没有熟人的地区，或是在濑户内海的其他小岛。”

我赫然一惊看着千草。千草也跟着止步，愣愣看着我。

“千草，你该不会——”

我的声音在颤抖。

“你该不会，其实已查出那个女人的下落，想安排我跟她见面？然后你打算把这些情节写成廉价小说？所以才邀我一起旅行？你替我出钱，也是这个缘故？”

我本来打算保持冷静，可是声音却越来越大，最后已变成怒吼。骑脚踏车经过的男人，频频回头看我们。

“我没那个意思。况且我真的不知道希和子的下落。”

千草细声说。我猛然把脸往旁一别，朝着饭店大步走去。不用看也知道千草快步跟在后面。因为便利商店塑胶袋摩擦的细碎声音一直从背后传来。

一回到旅馆房间，我就把千草皮包里的东西通通抖落到床上。当我发现打从初次见面她就抱着的笔记本，我当下抱在胸前。

“你想干吗？”

千草呆立在衣柜前，依旧用孱弱的声音说。

“还是请你别写我的事。不要出版什么书。别把我当成珍禽异兽！别让我又回到那好不容易才逃离的场所！”

我怎么可能养什么小孩呢？因为我根本不知道，母亲应该是什么样子，该怎么疼爱自己的小孩，该怎么骂小孩，怎么哄小孩，怎么跟小孩好好相处，怎么替小孩过生日，这些我通通不知道。我所知道的，仅有那个不是亲生妈妈的某人的身影，以及像在看怪物一样看着我的妈妈。

我逐年长大，打工赚钱，离家独居，谈恋爱，性交；可是，我心中的某一部分，依然停留在搭上新干线被陌生人带去饭店的那一刻。就跟尿裤子的那一刻一样，我不知所措地呆立原地。这样的我怎会以为自己能生孩子呢？我生下的孩子，迟早一定会恨我吧？就像我恨那个绑架犯，就像我恨那未尽母职的母亲。

千草一直看着我。下一瞬间她脸一挤，我以为她会哭出来，但千草却笑了出来。她边笑边靠近我，朝我的肚子伸出双手。

“哎，哎，让我摸一下。让我摸宝宝。”

“你干吗？人家是在跟你说正经的！你在听我说话吗？我叫你不要写什么书了，把这种破笔记本撕烂算了！你明明只是抱着看笑话的心态！看我傻傻地怀孕，根本不可能当妈妈还坚称要生下来，你一定正在心里笑话我吧！你一定暗想我不愧是那个女人抚养出来的小孩，你觉得很好笑吧！”

千草置之不理地在我肚子上摸来摸去，突然跪在地上把耳朵贴在我肚子上。

“你搞什么？”说着我拽她肩膀想拉开她，但她的双手牢牢按住我的腰，把侧脸紧紧贴在我肚子上。

“我第一次跟你见面时本来以为你会这样说。”

千草的耳朵继续贴在我肚子上，用平静的声音说。

“我以为你会叫我滚开，说你无话可说。但你没这样做。我那时觉得你很可怕。我觉得像绝望似的概括、承受、漠不关心地谈论自己事情的你好可怕。所以，那种笔记，你尽管撕破没关系。我现在，总算不怕你了。”

“你在胡说什么？”我依旧抓着千草的肩膀说，“我听不懂。”我的声音嘶哑，“这种地方，我根本不该来。我才不想去什么小豆岛。明天，天一亮我就自己回去。”

“惠理菜，你绝对可以当妈妈。你跟那个某某人，好歹也谈过一下子恋爱吧？你知道自己是被爱、被需要的吧？那你就一定可以当妈妈。”

千草跪着，侧脸仍然贴在我肚子上，用安抚小孩的口吻说：“如果没自信，我可以陪你一起当妈妈。或许我不太可靠，但是两个笨妈妈，总胜过你一个人吧？”千草闭上眼缓缓呼吸。暖气嗡地发出低吟。

“在那种怪地方长大，一直令我感到自卑。更何况那又不是我自愿的。可是，你怀孕后我就在想，那里的大人全是母亲，虽然有的人我喜欢，有的人我敬而远之，但她们全是母亲。一般小孩只有一个母亲，我却曾有过那么多母亲。所以，等你生下小孩，我想我一定也能胜任母亲二号，助你一臂之力。虽然我没爱过男人也没被爱过，但我觉得，我一定也可以做到。”千草说到这里打住，做个深呼吸，低喃道，“我已经不想再细数自己没有的东西过日子了。”

跪在我面前、抱着我把侧脸贴在我肚子上的千草，大衣上倏然滴落水珠，我这才发现是自己在哭。弓着背的千草，大衣就像吸收雨滴的柏油路面，一点一点地晕开水渍。千草，我懂。我真的懂，千草。我起码懂得你并不是觉得好玩才想写书。我起码懂得你并不是把我当成珍禽异兽看待。因为，你根本就写不出来。你不忍心写拿Home补助费生产的女人。你怕伤害那个人所以无法下笔。我起码还懂得，你真正想写的，不是我的故事，是你自己的故事。我只是害怕。只是害怕面对自己的过去，面对我的未来。

“上次，我们聊过没死掉的蝉，你还记得吗？那时你说，比起七天就死，活到第八天的蝉更可悲。我本来也一直这么想。”千草静静地述说，“但那也许是错的。因为第八天的蝉，可以看见别的蝉无法看到的东西。虽然它也许并不想看。但是，我想，那应该不全是糟得必须紧闭双眼的东西吧。”

我想起秋天与千草一起仰望的公园树木。我想起当时还曾在悄然伫立黑暗中的树上寻找屏息的蝉影。我唐突地想到，那个女人，野野宫希和子，在当下这一瞬间，也正在某处度过第八天之后的日子。如同我，以及我的父母，拼命所做的。

“听得见什么吗？”我问。

“我听见心跳声，只是不知道那是你的，还是宝宝的。”千草分外正经地说。

耳朵贴在我肚子上的千草身影，宛如在雨幕彼端般模糊晕染。我抽泣着，吸着鼻涕，滴滴答答掉眼泪，同时再三反刍千草说的话。

只是不知道那是你的，还是宝宝的。

我和宝宝的心脏，同样在跳动——如此理所当然的事我却在这一刻才深深体认。我也好想像千草一样把耳朵贴在自己的肚子上，仔细倾听。倾听宝宝活着的声音，倾听我活着的声音。

……………/ / /……………

之所以能发现希和子，是通过业余摄影家的一张照片。拍摄小豆岛节庆的那张照片在地方版报纸得奖，被刊登在全国版上。镜头以斜角照出正把脸凑近哭泣孩童的希和子。希和子当时不知是心情太放松了，还是注意力全放在小孩身上，总之她似乎完全没发现对着自己的镜头。

当时任职于寿险公司的秋山丈博看到那份报纸，带回自宅。当天晚上，秋山夫妇便通知警方。

一九八八年九月十九日，希和子在小豆岛草壁港等待渡轮之际遭到逮捕。她坦承正打算逃往高松。希和子带着的幼童平安获救。健康状态良好，身高和体重甚至比四岁儿童的平均值还略高出一些。

掳走畸恋对象的小孩，整整逃亡三年半的这起案件，在那天下午就以快报传开，占据了晚报和翌日早报的整个版面，头上蒙着外套被警方带走的希和子，天天被八卦谈话节目大肆报道。

第一次公审，是在希和子被捕的两个月后，一九八八年十一月于东京地方法院开庭，一九九〇年十二月审理终结。希和子从头到尾都认罪不讳，对于事实关系不做争辩。

就连她起初否认纵火，之后也转为含糊的说法："我无法断言自己没有故意踢倒暖炉。"

根据希和子学生时代友人的证词，渐渐揭发出丈博与希和子的关系、惠津子短暂的外遇以及她对希和子的骚扰，这些内幕为周刊提供了最佳话题，炒作得沸沸扬扬。把丈博描写成玩弄希和子身体和感情、将秋山夫妻视为各自出轨的假面夫妻、把焦点放在惠津子的骚扰行动上的通俗报道尤其多，使得社会大众抨击他们夫妻的声浪甚至高过批判希和子。秋山夫妻面对采访大军，脱口说出"匿名电话和信件，令人精神崩溃"。

检方表示："以极为自私任性的理由绑架幼儿，有计划地逃亡，在幼儿最可爱的时期将她从父母身边夺走，而且被捕时还企图继续逃亡。带给小孩父母的精神痛苦难以计数，被掳的小孩恐怕也将终身留下心理创伤。被告的说辞仿佛错都在被害者父母身上，至今既无反省之辞，也无道歉之意。即便被告全面供认犯行、尽心照顾幼儿之处值得斟酌其情，被告的刑事责任依然极为重大。”因此，对希和子以民宅纵火及绑架幼儿的罪名求处有期徒刑十二年。

在论告求刑的第十二次公审席上，当法官问被告希和子“可有想具体道歉之事”时，她是这么说的：

“我对自己的愚行深感后悔，同时，四年来得以体会到育儿的喜悦，也要向秋山先生表达谢意。”

法官又问，我不是叫你道谢，而是问你有无道歉之意，希和子这才小声说：“我做了真的很对不起大家的事，我无话可表歉意。”

长达两年的审理过程中，这是希和子第一次也是最后一次道歉。翌晨的报纸纷以“野野宫被告令人错愕的感谢／毫无反省之情”“育儿的喜悦／逃亡剧的结局”为报道标题。

法官对于引起争议的有无纵火这个问题，认为“不能排除过失弄倒暖炉之可能”，判处希和子有期徒刑八年。

……………／／／……………

上午，我们退了饭店的房间从奈良前往大阪，再到新大阪搭新干线。昨晚我本来打算今早天一亮就独自回东京，现在却提不起劲搭乘从新大阪开往东京的希望号快车。反正都已经来到这里了——在千草这么推波助澜下，我们买票搭上开往博多的快车。但电车一驶出，我明白自己的心情却越来越退缩。

那是我小时候，曾住过一阵子的岛。是我曾经离开八王子的公寓，企图独自走回去的岛。是我曾经坚信一定就在住宅区前方的场所。

如果去那里，说不定可以在现实中找到那偶尔在梦中出现、倏地掠过眼前的模糊景象。那几乎毫无印象的记忆，或许会被鲜明地唤醒。

然而，我害怕。我怕那里有人认识我。我怕他们质问我，为何事到如今才又出现。我怕那被封印的禁忌岁月，被证明是真的。但是，我无法告诉千草我害怕所以想回家。我不能丢下她，一个人独自逃回去。我把额头贴在窗上，凝视不断流逝而去的风景。这么做仿佛逐渐回到了四岁。回到我害怕风景流逝的速度、死都不敢看窗外的那一天。

“怎么了，不舒服吗？还是肚子饿了？要不要我去买什么零食？”见我一直默默凝视窗外，千草忧心地对我说。我朝千草一笑让她安心。

“路好像相连不止耶。光是坐着就可以到很远的地方。”我说。

“你在说什么孩子气的傻话，”千草笑了，“你以前应该也参加过学校旅行之类的吧。”

“我没去。”我回答。

小学时我装病请假。初中时，是真的发烧。高中时，一听说旅行地点是广岛，我再次装病。去广岛一定得经过冈山。那时，那是我死都不想去的地方。

“哦？一次也没去过？”

“嗯，一次也没。”我回答，眺望窗外。

过去我真的压根也没想到，有一天竟会离开东京前往某地。由此可见我有多么恐惧。恐惧去确认旅途会一路相连回到过去。

我想起自己决心在这趟短程旅行结束后就要把很多事做个了断。怎么准备当妈妈，大学该怎么办，工作怎么办，这些我都得逐一审慎思考。所以我才不惜借钱来到此地，我在心中如此告诉自己。

新干线抵达冈山，我们下了月台。我当场伫立，缓缓做个深呼吸环视四周。乘客纷纷经过伫立的我身旁。一群女人发出娇笑，看似上班族的男人们步履匆匆。

没有任何东西是我熟知的。我可以想象被一群陌生人包围着搭电车的小孩，但那无法与自己的记忆重叠。

“行李给我，我帮你拿。”

我听话地把包包交给千草。

“搭出租车去冈山港吧。”千草护着我，缓缓走下通往检票口的楼梯。宝宝忽然狠狠地踹我肚子，仿佛替我道出自己恐惧未知旅途的心声。

“两位小姐，是从东京来？”

一坐上出租车，年老的司机就笑眯眯地主动搭讪。“对，没错。”

我一边听千草如此回答，一边再次眺望窗外。宽大的道路，竞相耸立的大楼，比东京辽阔的天空。

“去冈山港是要搭船去小豆岛？”

“对，观光旅行。”

“是吗。冈山也参观过了？很大哦，一定要仔细参观。去仓敷走走，再去后乐园逛逛。吃顿什锦寿司。什锦寿司很好吃哦，一定要介绍给东京人。”

司机快活地笑着，千草也跟着笑。穿过市中心，出租车开始沿着河边走。温湿的感觉滑过太阳穴，用食指一摸，原来是汗水。抬手触额是整片濡湿。河道越来越宽，吸收阳光后微微荡漾着粼粼波光。光看水面的话会以为夏天到了。肚子如波涛起伏般突然一动，我慌忙用双手包住肚子。察觉到我的动摇，宝宝似乎正用手肘和小脚频频诉说着什么。没事的，不怕，不怕哦。我在心里如此对宝宝说。

前方终于出现大海。可以看到停泊的渡轮。出租车滑入渡轮码头的停车场。

“等肚子里的宝宝生下来了，记得再带他来哦，让他尝尝什锦寿司！”

老司机一边接过千草给的纸钞，一边从后视镜对我笑。谢谢。我本来打算笑着说，但声音嘶哑，面孔抽搐。

下了出租车，我跟在两手提着旅行包大步前行的千草后头，忽然感到视野一晃不禁当场蹲下。

“喂，你没事吧？”千草发现后跑到我身边，“累了吗？还是哪里痛？要去候船室休息吗？还是去医院？”她蹲下来急急问道。

“没事。只是有点头晕。”我说，抓着千草站起来。

外面阳光普照，候船室却朦胧晦暗。长椅成排面向大海。候船室很空旷，长椅上，只坐了一个大婶，和一个把纸箱堆在脚边的大叔。

千草去买票时，我在前方的椅子坐下，一边抚摸肚子，一边看着明媚的大海。穿着水蓝色罩衫的女人，正弯腰起劲地打扫室外。穿西装的男人走来在我前面那排坐下，取出手机开始发短信。小店的大婶正与出租车司机谈笑。

突然，现在眼前的光景，与不在眼前的光景混杂交错。发短信的上班族，浮在平静大海上的群岛，专心不乱忙着扫地的大婶，像窗帘一样垂挂着的雪白面线，停泊的渡轮，在黑暗中闪闪发光的塑胶温室，从渡轮走下来的船员，抓着铁链攀爬岩壁的女人背影，光景以错乱的顺序混在一起如走马灯般出现眼前。

很熟悉，我蓦地察觉。熟悉到甚至无须去回想。那天，被陌生人带着抵达这个场所时，倏然消失的色彩与气味，像被推挤般一口气通通回来了。那汹汹来势令我手足无措。

橙红的夕阳，银亮如镜的大海，略呈圆形的绿色小岛，田埂边绽放的艳红花朵，随风摇曳的银白叶片，带着酱油甘甜的熟悉气味，与朋友赛跑玩耍的鹿垣，濒临崩塌的围墙，那并非我渴求而来的色彩与气味，那被当成禁忌塞到记忆最底层的光景，如倾盆大雨淹没我。薰。我听见呼唤我的声音。薰，没事的，不要怕。

那种东西我一样也不需要。平静的大海和酱油味和另一个名字我都不要。我什么也不求，什么也没选择。但我却熟知在心。对于这个我从未主动造访过的地方，我竟拥有如此多的回忆。我竟在不知不觉中拥有如此丰富的回忆。

因为活到第八天的蝉，可以看见别的蝉无法看见的东西。也许并不想看，但是，我想那不全然是糟得非要紧闭双眼不可的东西。

昨晚千草的话语，仿佛近在耳边。

打扫的大婶驻足，定睛看着我这边。四目相对，她慌忙别开脸，挥动扫帚。在阳光中，尘埃清晰飞舞。我发觉自己哭了，慌忙用大衣袖口擦拭双眼。

我并不想放弃，不想放弃和那女人的荒谬生活。我渴望回到那里，甚至不惜独自离家出走四处寻找。然而，我无法承认这点。我以为就算被大卸八块也绝对不该有想回到那个女人身边的念头。我是被全世界最坏的女人拐走的。我之所以无法爱我的家，父母之所以弃我不顾，只要全都归罪给那个女人，心情至少会轻松一些。为了轻松，于是我恨那个女人。我也恨把那个女人扯入我们一家之间的父母。是恨意救了我，令我得以安心。

其实我根本不想恨，如今我头一次这么想。事实我根本什么也不想恨。无论是对那个女人，我的父母，或对我自己的过去。憎恨虽令我轻松，却也将我囚困在狭仄的场所。恨得越深，那个场所便越压迫我。

“再等一下船就开了。”

千草拎着塞得鼓鼓的塑胶袋回来，发现我用大衣袖口擦脸，顿时噤口在我身旁坐下。她安抚似的轻拍我的膝头。我朝千草放在她膝上的塑胶袋投以一瞥，隐约可见零食、巧克力和袋装海苔卷。千草从袋中取出罐装咖啡递给我。接过来才发现那是热的。

“在公园，得知肚子里有宝宝时，”自己的声音从远处传来，听起来仿佛别人的声音，“我本来想拿掉。我知道不能依靠岸田先生，也觉得很多事都不可能。我压根没有当妈妈的意愿。对于堕胎，我也毫无惧意。”

千草低微地嗯了一声。

候船室响起音乐。广播通知可以开始上船了。一个妈妈牵着小孩的手走进候船室。小孩在小店前驻足，任凭妈妈呼唤也不为所动。坐在我前排的男人把手机收进口袋，站了起来。抱着纸箱的大叔，也捧起那些走出候船室。千草和我没起身，茫然目送他们走出候船室的背影。

“去医院检查时，我本来也打算当场决定手术日期。可是，千草，那位老医生说，等宝宝出生时想必绿意盎然。那一刻，该怎么说呢？我的眼前，豁然一亮，看见了风景。有大海、天空、云彩、日光、树木、花朵，漂亮的东西应有尽有，我看见辽阔壮观的风景。那是我从未见过的风景。于是我就在想。我有义务让肚子里的某人见到这个。大海和树木和阳光，好多好多漂亮的东西。有我见过的，也有我没见过的，所有美好的东西。”远处传来的声音，听来简直像在安慰自己，“纵使我不睁眼完全不看这些东西，但是对于已置身此处的某人，我还是必须让他得到那些。因为在这里的人，并不是我。”

候船室响起通知渡轮即将起航的广播。

“怎么办，要等下一班吗？”千草担心地问。

“不。我们上船吧。”

我握紧罐装咖啡，护着肚子站起来。

小孩在小店前吵着要买东西，索性哭了起来。做妈妈的蹲身哄了一会儿，最后大概是放弃了，抱起小孩走向渡轮码头。小孩的哭声越发响亮。我跟在替我拿行李的千草身后正要走出候船室之际，仿佛听见有人喊我的名字，不禁转身。

打扫的大婶正与小店的人含笑交谈，坐在后方座椅的大婶，似乎不打算搭船，动也不动地呆坐。

“怎么了？”千草在数米外驻足问道。

“不，没事。”

我缓缓迈步走出。一走到遮阳篷外，虽是冬天却阳光炽烈，我不由得眯起眼。

渡轮内部平坦空荡，成排座椅几乎都是空的。我在前方的窗边坐下。千草在我旁边，开始把买来的东西一一摆开，甚至从袋子取出三明治与饭团。

“你太会买了吧？”我不禁失笑。

“谁叫你动不动就喊肚子饿嘛。你现在是一人吃两人补耶。医生不是也说，你应该再胖一点吗？”

千草说着，把三明治塞给我。我撕开薄薄的塑胶袋，张口咬进嘴里。

不久，屁股底下一阵震动，渡轮缓缓变换方向。我把额头贴在灰扑扑的窗上，阴暗的候船室乍然一现，旋即流逝在身后。

“没想到船很稳耶。”

吃着海苔卷的千草，凑近窗子往外看。

“因为这是濑户内海呀。”我说，说完暗暗一惊。简直像有另一个人借我的嘴说出这句话。不是自己的某人，像用这句话当暗号一样就此滔滔不绝。我如同在听别人说话般听着自己的声音。

“跟你说哦，千草，濑户内海，非常平静哦。真的，感觉上，就像镜子。那面镜子上，你猜倒映着什么？告诉你哦，上面什么也没倒映。没有云，也没有四周的浮岛，不可思议地什么都没映现。那是空无一物的镜子。就只是静静泛着银色。在那银色之上，一闪一闪像在轻抚似的，太阳就这么渐渐沉落。凸出在海面上的小岛，就这么缓缓变成剪影。”

我为何会说这种话呢？心里感到不可思议，同时却也欣然领悟。决定生下这孩子时，在我眼前展现的，或许就是那片景色。是大海、是天空、是云彩、是阳光。

在新干线上感到的恐惧，现在，我发觉已在心中消失得干干净净。没事的，一定没问题。仿佛有某只大手，正在我背上摩挲安抚。

对，没问题。什么也不用担心。等孩子生下来就搬回立川的家吧。就让无法成为母亲的妈妈，和不知怎样的人才算是母亲的我，一起来养育这个即将诞生的宝宝吧。就让总是想逃离父亲这个角色的爸爸，像个父亲一样疼爱宝宝吧。就算父母派不上用场，就算我是个没用的母亲，还有千草在。还有真理菜在。到时我可以去工作。工作赚钱，让宝宝穿可爱的小衣服，吃好吃的东西，告诉宝宝他什么都不用操心。如果想见那个人——岸田先生时，就紧紧抱住生出来的孩子吧。就像岸田先生以前对我做的，我会在宝宝耳边一再告诉他，全世界我最爱的人就是他。到时我应该就不会恨岸田先生了吧。一定没问题的。

“那么今天，我们就找个可以看夕阳的地方过夜吧。有那种饭店吗？”千草大口吞着海苔卷并翻开旅游指南。

“有啊，一定有。纵使从饭店看不见，还有可以放眼环视四方的山呀。只要在太阳下山前爬上山，便可看到太阳沉落海面。下山之后，还有很多猴子哦。千草看到那个一定会吓一跳。跟你说哦，那边有古老的木造学校。有古老的风琴，排列着小桌子。今天来不及的话就明天去。还可以进教室，学校后面就是海。”

每次开口，自己的话语就如开启门扉般显现新的光景。我热切地诉说。千草瞪圆了眼看我，然后笑了出来。

“那等于是观光旅行嘛。不过，就算是观光旅行也好。”

“对呀，去观光吧，尽情观光。否则等宝宝出生后，就有好一阵子都无法旅行了。”

我瞥向窗外。浮在海上的绿色群岛，不停流逝在身后。天空澄澈高远。海面在阳光照耀下染成整片银色。

广播通知即将抵达土庄港。千草匆匆吃掉剩下的海苔卷，开始收拾垃圾。刚才还在哭闹的小孩，现在从背后传来笑声。肚子里的宝宝轻抚似的踢着肚子内侧，于是，我清楚想起十七年前的港边，野野宫希和子高叫的话语。

那孩子还没吃早餐呢！

是的，当时她对着把我带走的刑警们，只高喊这句话。

那孩子，还没，吃早餐，呢！

自己即将被捕的当下，一切都要结束的当下，那个女人，居然还在担心我的早餐问题。怎会——怎会有这么傻的女人？于是我明白，朝我冲过来一股脑地紧紧抱住我，被尿裤子的我吓得猛然推开我的秋山惠津子，以及野野宫希和子，同样都是母亲。

我凝目望着前方，渐渐看到土庄港。我看到那个被陌生的大人们带着的小孩伫立。她穿着印有狗熊图案的蓝色T恤、牛仔裤和粉红色球鞋，茫然伫立。她不知发生了什么事，只是隐隐刺痛地感到自己孑然一身，为之困惑、害怕，好想哭却哭不出来，只能咬紧牙根紧抿双唇僵着面孔。那个小孩的身影缓缓变成大人，那就是我。我保持那张面孔就这么长大成人置身此处。我头一次，在没有镜子的地方清楚看见自己的脸。

渡轮缓缓进港，屁股底下持续不断的震动，猛然静止。

“你还好吧？”

千草右手拎着两个旅行袋和塞满食物的塑胶袋起身，朝我伸出左手。我看着千草，悄然握住那只手。

“我没事。”

我任由千草牵着我走出渡轮。小店门口翻飞的布帘，耸立背后的青山，海潮的气息，烧烤东西的酱油焦香味，朝着银色大海笔直洒下的阳光，笼罩着走下渡轮的我。

我的目光从渡轮码头这头仔细扫视到那一头。中年女性团体，坐在小店长椅上抽烟的公车司机们，抱着土产品纸袋的成群老人。转身一看，静谧的大海反射冬阳发出银光。闪亮的大海，悠悠直到彼方。

为了抱紧从渡轮窗口看到的那个满脸畏惧茫然伫立的自己，我大大张开双臂，用力深吸带着海潮味的空气。

……………/ / /……………

两个年轻女孩结伴进来时，希和子瞄了她们一眼。一个好像是孕妇。另一个让年轻的准妈妈坐下后，便去售票口。

希和子将目光从她们身上移开，眺望前方无垠的大海。然后视线不由得回到坐在前排座椅的女孩身上。

短发下，耳朵乍然冒出。灰色大衣围着红色围巾。是那孩子。希和子蓦地暗想，然后又慌忙抹消，不可能。最近，只要一看到年轻女孩，希和子就会反射性觉得那是薰。总觉得鼻子的形状、下巴的线条、耳朵的轮廓很像，不知不觉痴痴凝视，某次还因此被一个金发女孩呵斥，问她想怎样。就连那凶恶的嘴脸，都似乎残留薰的面貌，希和子心跳加快地扭开脸。

对于怎么过日子，或今后要做什么，不抱任何愿望与希望的希和子，就这么出狱回到外面的世界。希和子知道自己已经一无所有。她自弃地觉得，根本不用放她出来也无所谓。

她漫无目的走到最近的车站。那是个大热天。车站前翻飞的冰店布帘映入眼中时，希和子发现自己口渴异常，她像被吸引般走进站前餐厅。店内没有客人，桌前坐着身穿围裙的老妇。老妇托腮支肘，正着迷看着架设在天花板的电视。开着冷气的昏暗餐厅的墙上贴满菜单，希和子逐一浏览。

草莓刨冰，哈密瓜刨冰，抹茶红豆冰。拉面，叉烧面，饺子，炒饭。可乐，汽水，苏打冰激凌。

本来是想喝杯饮料润喉的，看到文字顿时腹鸣如雷。回过神才发现自己对着来点菜的老妇要了拉面和可乐。这是一家恍如时间静止的店。坐在店里，自己仿佛仍是二十几岁。

冒烟的拉面端来后希和子吃了一口，然后就把脸埋进碗中一股脑地猛吸面条。这种咸味和油腻都令人备感怀念。她停不下筷子，连汤都喝得干干净净。用筷子挑起沾在碗底的细面后，发觉自己的行为希和子不禁愕然。好吃，这个自然涌起的感想令她愕然。

人生似乎已不再属于自己。女子大学毕业后开始工作，本该像大多数女人一样结婚离职，成为幸福的妻子、幸福的母亲。然而赫然回神竟已成为举国知名的罪犯。

那也无所谓，只要有薰在。然而那个薰也已不在了，永远不在。就算获准回到外面的世界，该以什么为目标往哪儿前进，希和子毫无概念。

可是，明明身处在这种状况下，自己居然还会觉得破旧小餐馆的一碗拉面美味无比。连面渣都舍不得放过。这令希和子深为震惊。

或许还能活下去。不，也只能继续活下去吧。

响着电视声音的昏暗餐馆一隅，希和子如此暗想。

她在东京住了一阵子。有一天，出现陌生人想采访她，吓得希和子落荒而逃。从东京逃往琦玉、茨城、仙台、金泽，每次一被陌生人采访，她是案件加害者的传言一流传，希和子便落荒而逃。虽然已经没有任何东西需要保护，但打从抱着薰离开日野的公寓起，仿佛就一直在逃。

日复一日，当她准备冷冻速食晚餐时，当她在超市收银台前排队时，当她在任职的工厂贴罐头标签时，当她坐在公车上望着黑暗窗外时，总有浮光掠影不时闪现。那是曾经捏造假名住过的小岛风景。想起的，总是那曾经强烈渴望定居之处的美好。和自己现在所在之处成对比，那浮光掠影总是阳光灿烂。

虽然陌生人来访的情形已大为减少，接二连三的大新闻把当年那桩幼童绑架事件推到人们的记忆角落，但希和子仍继续迁徙，从金泽到千叶、大阪、神户，然后她发现自己其实渴望回到那个小岛。在神户的超市工作一阵子后，她前往冈山。

她直接前往将近二十年前带薰去过的冈山港，买了开往小豆岛的船票。几十分钟后渡轮来了，但希和子无法上船。她的两腿发软甚至无法从候船室的长椅站起。

渡轮起航离去，一个小时后再度驶来。站起来吧，上船吧，即便这么告诉自己，她还是无法起身。好不容易站起来时全身都在颤抖。

结果那天，她总共目送四艘渡轮离去。昔日曾经渴望定居的小岛，搭船虽只有一个小时的距离，却如同再也无法重返的青春记忆般遥远。

希和子在冈山住了下来。她找到提供住宿的商务旅馆清洁工作，存到一点钱后便租了一处廉价公寓。每逢早班下午四点前结束工作的日子，以及假日，前往渡轮码头已成为希和子的例行功课。

坐在候船室，仅仅在长椅上望着渡轮起航前往自己绝不可能前往的场所。有时，十七年前的情景会无预警地浮现。薰没付钱就拿走商品的笑容，薰嚷着渡轮好可怕紧抓着自己不放的手心触感，是如此鲜活地重现脑海。

一想到薰的模样，耳畔总会听见嗫语。空壳子，那个声音如是说。真的，希和子每次听了都想笑。失去一切的我的确是地道的空壳子。为何那时会被那个字眼伤得那么深呢？为何会狂怒到忘我的地步呢？那女人只不过是说出真话罢了。而且，人似乎也是一种可以空空如也活下去的生物。

今天，希和子也在下班后来到渡轮码头。在她每次坐的后排长椅坐下，望着阳光普照的室外。

希和子漫不经心地环视坐在前排的人们。操作手机的男人，红围巾的女孩，把纸箱堆在走道上的男人。孕妇的同伴回来了。两人正在说着什么。希和子暗忖她们要去小豆岛做什么呢?

应该不是观光旅行吧？是返乡生产吗？隔壁的女孩大概是孕妇的姐姐吧？希和子如此想象着。

能够在那个岛上生孩子，是多么幸福哇。小孩必然一睁眼就能看到风平浪静的大海，浮在水上的银岛，随风翻飞的橄榄叶片，高远澄澈的天空。一定能够尽情呼吸岛上弥漫的酱油味吧，而且会很安心，因为知道走出阴暗场所的前方，将有祝福自己的美好风景。

通知渡轮出发时间的广播响起。候船室的人纷纷起立，朝室外迈步走去。

小女生在小店前哭了起来，似乎是想买零食。希和子凝视哄劝的母亲和哭泣的孩子，不知不觉中，嘴角浮现笑意。做母亲的终于放弃，抱起小孩朝着码头行色匆匆地走去。

那身影，令希和子想起十八年前的自己与薰。从面线店步行回家的夏日，令她决定在此定居的大海与艳阳。热闹的祭典活动，把棉花糖分给她吃的薰。那些小小的寺庙，从海上吹来的凉风。希和子不知不觉在记忆中呆然伫立。我哪里也不去。薰的声音清清楚楚在耳边响起。

昌江姨现在不知过得怎样了？久美回到面线店了吗？新之介和有里现在又在何处过着什么生活呢？小花去东京学画画了吗？她拼命追逐着一一浮现的情景与人们的面容。最后希和子的眼前，浮现并排躺在地上的蝉蜕空壳。那是在神社境内，孩子们搜集的蝉蜕空壳。空洞的、干燥的空壳。

希和子轻轻摇头试图甩去脑中浮现的情景，然后叹口气。回忆的色彩一天比一天浓，希和子感到，那种浓度似乎象征着距离。距离越远，色彩越鲜明。人的记忆，是何等残酷。

本以为大概不会搭船的年轻孕妇，护着肚子缓缓站起。

逆光中看不清女孩的脸，背后的阳光将她的轮廓镶出金边。霎时希和子看得目眩神驰，仿佛看见什么非常神圣的东西。

被走在前头看似姐姐的人呼唤，年轻的孕妇走向渡轮。

薰。希和子在心中呼唤。一看到二十岁左右的女孩，便自然而然地想呼唤。

薰。等一下，薰。

从阴影中迈步跨入阳光的孕妇，像被什么唤住一样朝这边回头。她的目光游移似在搜寻，然后又朝前方走去。阳光包覆她的全身。

薰。用目光追逐她的身影，希和子在心中，悄然低语。

愿你能走出愚昧的我带来的痛苦。愿你的日子永远充满阳光。薰。

目送载着乘客的渡轮渐去渐远，希和子起身。

“今天特别温暖呢。”

已经是熟面孔的扫地大婶对希和子说。

“是呀，若能就这样直到春天该多好。”

希和子含笑回答。

“那未免想得太美了，听说明天好像又要变冷呢。”

“不过只要再过一个月，就是春天了。”

希和子含笑行礼，走出候船室。越过人行道，走向回公寓的路途，临时起意决定改道去买菜煮晚餐。牵狗的老人追过希和子，希和子沿着河边缓缓迈步。

为什么呢?

希和子边走，边将双手举向空中。为什么？憎恨别人，闯下大祸，求助别人的善意，然后又面不改色地背叛，逃离，逃离，在这过程中明明已失去一切变成空壳子，为何还觉得这手中仍握着什么呢？明知不该却仍抱起婴儿时，在手心漫开的温暖与柔软，以及沉重的分量，那早已失去的，为何好像还留在这双手之中呢?

希和子尽情张开双手，眺望指缝之间的蓝天。猛地握拳像要抓住蓝天，然后插进大衣口袋，朝超市迈步走去。希和子边走边回头。可以看见远去的渡轮。刚才搭上渡轮的陌生孕妇和她姐姐，额头贴窗眺望大海的模样浮现脑海。几时自己也能渡海而去呢?

大海在阳光照射下，海面波光粼粼瞬息万变。宛如嘲弄，宛如认同，宛如安慰，宛如宽宥，阳光在海面跃动着。

（全文完）

图书在版编目（CIP）数据

第八日的蝉 /（日）角田光代著；刘子倩译.
—长沙：湖南文艺出版社，2016.3
ISBN 978-7-5404-7409-6

Ⅰ.①第… Ⅱ.①角… ②刘… Ⅲ.①长篇小说—日本—现代 Ⅳ.①I313.45

中国版本图书馆CIP数据核字（2015）第310913号

著作权合同登记号：图字18-2015-165

上架建议：畅销外国文学

DI-BA RI DE CHAN

第八日的蝉

著　　者：［日］角田光代
译　　者：刘子倩
出 版 人：刘清华
责任编辑：薛　健　刘诗哲
监　　制：蔡明菲　潘　良
策划编辑：吴成伟　马冬冬
特约编辑：田　宇
版权支持：文赛峰　李彩萍
营销支持：李　群
版式设计：李　洁
封面设计：棱角视觉
出版发行：湖南文艺出版社
（长沙市雨花区东二环一段 508 号　邮编：410014）
网　　址：www.hnwy.net
印　　刷：北京京都六环印刷厂
经　　销：新华书店
开　　本：880mm × 1270mm　1/32
字　　数：250 千字
印　　张：10
版　　次：2016 年 3 月第 1 版
印　　次：2016 年 3 月第 1 次印刷
书　　号：ISBN 978-7-5404-7409-6
定　　价：38.00 元

质量监督电话：010-59096394
团购电话：010-59320018